中國新聞史研究輯刊

八 編

主編　方　漢　奇

副主編　王潤澤、程曼麗

第 4 冊

中國共產黨歷次黨代會的
新聞宣傳研究（1921～1973）

鄧 紹 根 著

花木蘭文化事業有限公司

國家圖書館出版品預行編目資料

中國共產黨歷次黨代會的新聞宣傳研究（1921～1973）／鄧
紹根 著 -- 初版 -- 新北市：花木蘭文化事業有限公司，2024
〔民 113〕
目 4+202 面；19×26 公分
（中國新聞史研究輯刊 八編；第 4 冊）
ISBN 978-626-344-796-7（精裝）
1.CST：中國共產黨 2.CST：中國新聞史 3.CST：新聞報導
 4.CST：宣傳
890.9208   113009361

ISBN-978-626-344-796-7

9 786263 447967

中國新聞史研究輯刊
八 編 第四冊   ISBN：978-626-344-796-7

中國共產黨歷次黨代會的
新聞宣傳研究（1921～1973）

作　　者　鄧紹根
主　　編　方漢奇
副 主 編　王潤澤、程曼麗
總 編 輯　杜潔祥
副總編輯　楊嘉樂
編輯主任　許郁翎
編　　輯　張雅淋、潘玟靜　美術編輯　陳逸婷
出　　版　花木蘭文化事業有限公司
發 行 人　高小娟
聯絡地址　235 新北市中和區中安街七二號十三樓
　　　　　電話：02-2923-1455 ／傳真：02-2923-1452
網　　址　http://www.huamulan.tw 信箱 service@huamulans.com
印　　刷　普羅文化出版廣告事業
初　　版　2024 年 9 月
定　　價　八編 6 冊（精裝）新台幣 16,000 元   版權所有‧請勿翻印

中國共產黨歷次黨代會的新聞宣傳研究（1921～1973）

鄧紹根 著

作者簡介

鄧紹根，中國人民大學馬克思主義新聞觀研究中心主任，吳玉章特聘教授，新聞學院博士生導師、閩江學者講座教授、中國新聞史學會秘書長、國家社科基金重大項目《新中國 70 年新聞傳播史研究，1949～2019》首席專家、馬工程教材《中國新聞傳播史》課題組專家、《新聞春秋》執行主編；先後在《新聞與傳播研究》《國際新聞界》《現代傳播》《新聞大學》等發表論文 100 餘篇；參與的教改項目獲得 2018 年國家級教學成果獎二等獎 2022 年北京市教學成果獎二等獎；學術著述先後獲得廣東省哲學人文社會科學優秀成果一等獎、第七屆吳玉章人文社會科學成果獎、教育部教第八屆高等學校科學研究優秀成果獎、第八屆全國新聞傳播學優秀論文獎；曾多次為中宣部、中央電視臺、新華社、中央網信辦、中科院、社科院、中國稅務總局和三峽水利集團等單位作新聞宣傳講座。

提　　要

　　中國共產黨全國代表大會（簡稱「黨代會」）是黨的最高領導機關。它和它所產生的中央委員會具有討論並決定黨的重大問題、修改黨的章程、選舉黨的中央領導機構等重要職權。在推動黨和國家事業不斷發展進步的過程中，黨代會扮演著重要角色，發揮了重大的「領航」作用。每次黨代會就是一座路標，都會引領黨的隊伍、黨的事業乃至整個國家，朝著一定的方向前進。「黨的新聞事業與黨休戚與共，是黨的生命的一部分」，「宣傳工作是黨的一項極端重要的工作。」每次黨代會都會討論新聞宣傳的相關問題並會通過相關決議，且每次黨代會的新聞宣傳工作也受到高度的重視，貫徹宣傳學習黨代會精神也是每次黨代會閉幕後的重要工作。

　　本著作全面梳理和研究從中共一大到十大的新聞宣傳工作的發展歷程。從新聞宣傳的視角，本著作對 1921 年到 1973 年召開的十次中國共產黨全國代表大會進行深入系統研究和分析，對每次黨代會分籌備、召開和閉幕等三個階段的新聞宣傳進行了史料挖掘和研究整理。該研究不僅有助於人們從宏觀上正確認識和把握黨的新聞宣傳的歷史主題和主線、主流和本質，而且拓展了黨代會的研究視野，從新聞宣傳的角度彰顯了黨的最高領導機關的職能作用，樹立黨代會在全黨同志心目中的權威性、指導性；同時，從新聞宣傳和黨代會兩個視角凸顯出中國共產黨及其新聞事業從誕生、發展到成長的歷史，譜寫了世界無產階級新聞事業史上壯麗的篇章。

本著作係 2019 年國家社會科學基金重大招標項目「新中國 70 年新聞傳播史（1949～2019）」（項目編號：19ZDA320）的階段性成果

前　圖

中共一大會址歷史照片　　　中共一大紀念船外景歷史圖

《新青年》第九卷第三號刊登的
陳公博參加一大的見聞文章《十日旅行中的春申浦》

中共二大通過的《中國共產黨宣言》

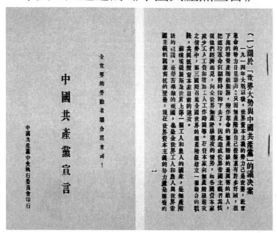

中共二大通過的《中國共產黨章程》

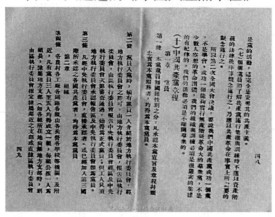

張人亞秘藏的部分珍貴檔案和文物

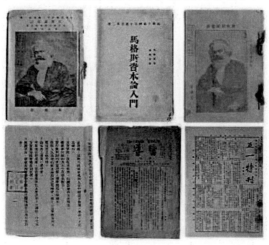

1922 年 9 月 13 日《嚮導》創刊號

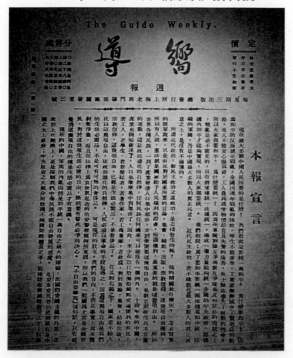

1923 年 4 月 10 日《新時代》創刊號

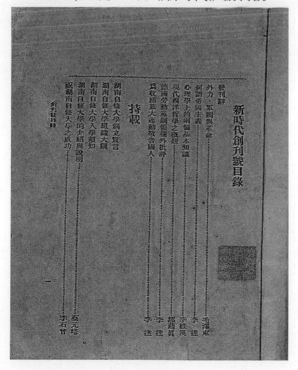

1923 年 6 月 15 日《新青年》季刊創刊號

1923 年 7 月 1 日《前鋒》創刊號

中國共產黨第四次
全國代表大會通過的議決案及宣言

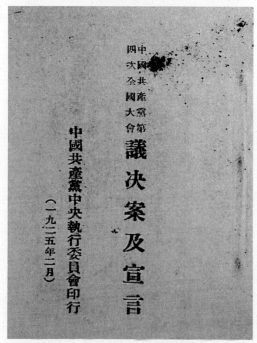

中共四大通過的
《對於宣傳工作之議決案》

对于宣传工作之议决案[*]

（一九二五年一月）

（一）

　　第四次大会认为共产国际关于宣传工作议决案，本党有尽可能地使之实施的必要，其中尤以党中左的右的乘离倾向之指示与宣传马克思列宁主义和各国党之布尔什维克化之必要，更值得我们特别注意，应使之成为党中教育工作的理论的根据。

　　中国近几年的民族革命运动受影响于我们党的宣传工作实巨。固然，大会一方面承认因为我们党的宣传工作之努力在全民族革命运动中，我们党的机关报《向导》竟得立在舆论的指导地位，我们许多同志亦得立在行动的指导地位。但同时大会亦承认因为党的幼稚，党的教育宣传还未切实，致使党的理论基础常常动摇不定，尤其对于民族革命理论的解释和鼓吹，《向导》、《新青年》、《前锋》以及《党报》中的文章，在第三次大会后竟因三次大会关于国民运动决议文的稍欠明了，同时复为防止党中左稚病起见，过于推重了资产阶级的力量忘了自己阶级的宣传，结果遂发生了右的乘离错误。同时左倾的幼稚观念也遂因右倾的扩大而存在。中间虽经一九二四年扩大中央

　　[*] 这个文件是中国共产党第四次全国代表大会制定的，收入一九二五年二月印行的《中国共产党第四次大会议决案及宣言》。

《嚮導》週報第 99、100 期對中共四大的宣傳報導

1925 年 4 月 22 日《新青年》列寧號

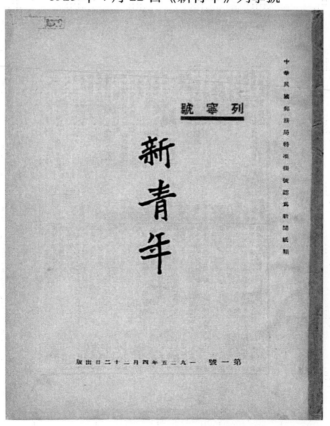

1925 年 6 月 4 日、5 日中國共產黨的第一份日報《熱血日報》

《嚮導》週報第 194、195 期對中共四大的宣傳報導

1927 年 7 月 18 日《嚮導》週報停刊號

THE GUIDE WEEKLY

嚮 導

週 報

◁ 第 二 百 零 一 期 ▷

目 次

中國共產黨中央委員會對政局宣言

國民革命的目前行動政綱草案

譚平山延光後辭職書

一九二七年七月十八日

三十二頁

中共中央黨內秘密刊物《中央政治通訊》《中央通訊》

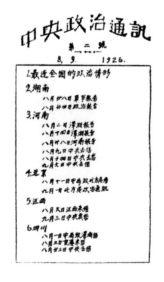

中央政治通訊

第 二 號

8, 9, 1926.

1. 最近全國的政治情形
2. 湖南
   八月初八日農甲報告
   八月廿四日政治報告
3. 河南
   八月二日澤湘報告
   八月十四日澤湘報告
   八月廿八日河南報告
   八月九日中央出報
   八月十四日中央主報
   九月大三中央省報
4. 北京
   八月十一日中局政治報告
   九月一日地方局政治通訊
5. 江西
   八月大日江西來信
   九月三日中央黨報
6. 四川
   八月一日中局政事報告
   八月二日重慶來信
   八月廿三日中央省報

中央通訊

第 二 期

中國共產黨中央委員会出版

一九二七年八月二十三日

《布爾塞維克》創刊號和第 30 期對中共六大的宣傳報導

克維塞爾布

第　一　期

目　大

一九二七年十月二十四日出版

布爾塞維克第二卷第二期（三十期）目大

中國共產黨第六次大會政治議決案
中國共產黨第六次大會土地問題議決案
廣州暴動與中國革命
十月革命對於中國革命之經驗
民族資產階級反革命的理論及其政策
資產階級改良主義的反革命性
中國革命中的農民問題
國際形勢與共產國際之任務（完）

1945 年 5 月 1 日、2 日《解放日報》對中共七大的宣傳報導

1956 年 9 月 15、16 日《人民日報》對中共八大開幕的宣傳報導

1969 年 4 月 3、26 日《人民日報》對中共九大開幕閉幕的宣傳報導

1973 年 8 月 31 日、9 月 2 日
《人民日報》對中共十大開幕閉幕的宣傳報導

目

次

緒論　中國共產黨新聞事業的研究綜述 [註1]

　　1921 年 7 月 23 日，黨的一大在上海召開，宣告了中國共產黨誕生。從建黨開始，中國共產黨新聞事業就受到了黨中央的高度重視，一直是黨的整個事業的重要組成部分。在波瀾壯闊的百餘年發展歷程中，中國共產黨新聞事業，不僅見證和記載了黨在各個歷史時期（新民主主義革命時期、社會主義革命和建設時期、改革開放和社會主義現代化建設新時期、中國特色社會主義新時代）從誕生、發展、成長走向成熟的歷史，而且自身從無到有、從小到大、從弱到強、走向世界，譜寫了世界無產階級新聞事業史上最壯麗的篇章。百年中國共產黨新聞事業肩負偉大使命，與時俱進，忠實記錄了時代強音、歷史足跡、社會發展、民族進步，不斷將革命、建設、改革、復興事業推向前進，逐步實現救國、興國、富國、強國的奮鬥目標。回顧百年中國共產黨新聞事業，是忠誠於黨、忠誠於人民的 100 年；是艱苦創業、努力奮鬥的 100 年；是不斷開拓、勇於進取的 100 年。但長期以來，「中國共產黨新聞事業史」的研究並沒有受到學界足夠的重視，研究現狀也不容樂觀。因此，站在中國共產黨成立 100 餘年的歷史關口，結合中國共產黨新聞事業史研究的實際狀況，按照中共黨史的歷史分期，梳理「中國共產黨新聞事業史」的研究歷程，總結其研究的特點，分析存在的問題，指引未來研究方向，具有重要的現實意義和學術價值。

〔註 1〕羅詩婷、鄧紹根：原文發表名《百年回顧：中國共產黨新聞事業史的研究歷程》，載於《新聞春秋》2021 年第 3 期第 3～12 頁。

第一節　萌芽起步：新民主主義革命時期黨的新聞事業史研究

　　新民主主義革命時期是中國共產黨新聞事業研究的萌芽起步階段。1921年7月，中國共產黨正式成立後，《新青年》成為黨中央的理論刊物。1922年9月，中共中央第一份政治機關報——《嚮導》週報在上海創刊發行。《嚮導》出版後，引起社會各界關注，介紹和評論該刊的文章開始出現，中國共產黨新聞事業的研究隨之萌芽，如《嚮導週報與珠江評論》（《嚮導》1922年第10期）、《陳炯明與嚮導週報》（《嚮導》1922年第11期）、《嚮導週報與勞動階級》（《中國工人》1924年第2期）、《介紹八十期以後之嚮導》（《中國青年》1924年第51期）。隨著中國共產黨新聞事業的發展，關於黨領導各種刊物的介紹逐漸增加，如《介紹「平民之友」週刊》（《中國青年》1924年第55期）、《「中國工人」月刊》（《中國青年》1925年第58期）、《介紹「勞動青年」週刊》（《中國青年》1925年第74期）等。

　　1926年，在莫斯科參加共產國際第五屆執行委員會第六次擴大會議並出任中共駐共產國際代表的蔡和森寫下長達5萬字的《中國共產黨史的發展（提綱）》，較為詳細地回顧了從建黨到1925年中央第二次擴大執委會議的歷史，深刻分析了中國革命性質、黨的歷史任務和各階級在革命中的作用，闡明了黨史研究的目的、任務和對象等核心問題。其中，對中國共產黨早期新聞事業也多有著墨，進行了記載和分析。他介紹了五四時期傳播馬克思主義的刊物《新青年》《星期評論》《勞動音》《勞動者》《勞動界》等刊物相關情況，充分肯定了《新青年》建黨貢獻；闡明了黨的「一大」後第五項工作就是「發行《共產黨》月刊、《工人週刊》等刊物」〔註2〕；他特別介紹了自己曾負責的中共中央政治機關報《嚮導》基本情況，論述了其宣傳作用，「思想界起了大的變化，並對國民黨喪失希望」，「是統一我黨的思想工具」〔註3〕。《中國共產黨史的發展（提綱）》被譽為「中共黨史研究的第一本學術著作」〔註4〕，中國共產黨新聞事業的研究也隨之起步。

〔註2〕蔡和森：《中國共產黨史的發展（提綱）》，《蔡和森的十二篇文章》，北京：人民出版社1980年，第19頁。

〔註3〕同上，第33頁。

〔註4〕李良明：《蔡和森：中共黨史學史的開拓者》，《湘潮》（理論版）2015年第3期，第130頁。

　　隨著 1938 年 1 月中國共產黨在國統區出版大型機關報《新華日報》，新華日報館編輯整理了《新華日報社論》（1～3），頑強社出版了《新華日報論評集》，離騷出版社則發行《在困難中前進：新華日報言論集》。

　　全國解放戰爭時期，為了指導新聞工作，1946 年晉察冀日報社編輯出版了《時論選集》，中國青年新聞記者學會山東分會編寫了《新聞工作選輯》。後者收錄有《黨與黨報》《我們對於新聞學的基本觀點》《論我們的報紙》《報紙是教科書》《獻給敵後青年記者》等 15 篇文章和附錄《中共西北中央局關於解放日報工作問題的決定》。1947 年，東北民主聯軍總政治部出版了《論宣傳教育》一書，載有毛澤東的《紅軍宣傳工作及士兵政治訓練問題》《論學習》《農村調查序言》《改造我們的學習》《整頓學風黨風文風》《反對黨八股》《宣傳指南》《中共中央關於調查研究的決定》《中共中央關於在職幹部教育的決定》《毛澤東同志在延安文藝座談會上的講話》10 篇文章；末附《聯共中央關於聯共黨史出版而應如何進行黨宣傳工作的決定》。同年，東北日報社編輯出版了《新聞工作手冊》，收錄了胡喬木的《人人要學會寫新聞》《從五個「W」說起》和加里寧的《論通訊員的寫作和修養》等十餘篇文章。1948 年，膠東區黨委宣傳部編輯《時論選集》（第 2 集）。同時，黨報黨刊也發表了介紹解放區新聞事業情況的文章，如 1946 年 5 月 28 日晉冀魯豫《人民日報》就報導：「冀魯豫、冀南兩區印刷出版業日益發展，共出報紙雜誌近二十種」；1946 年 6 月 25 日再報導說：「晉察冀出版業發達，報紙十二種，銷行數達十萬份」。1947 年，冀魯豫區黨委宣傳部編輯出版的《宣教大會彙刊》，附錄部分刊載了冀魯豫區各種報刊統計。1948 年 9 月 10 日，《人民日報》刊發通訊《東北新聞事業發達》，詳細報導了東北解放區報紙、雜誌、通訊社、廣播電臺、新聞工作隊伍和教育情況。

　　中國共產黨新聞事業的發展，引起了國統區研究者的關注，尤其中國共產黨新聞宣傳作用的發揮，吸引他們並進行了簡單地分析，如《現階段中共宣傳策略之研究》（《民族青年》1946 年第 1 卷第 6～8 期）、《中共鼓動人民戰爭有其宣傳組織絕技》（《經緯》1946 年第 9 期）、史文瀾的《由宣傳戰談到中共》（《忠勇月刊（吉林）》1947 年第 2 卷第 4 期）、陳元燮的《中共新聞宣傳戰的分析》（《新路線》1949 年第 14 期）等。這些文章明顯地站在國民黨的立場，攻擊中國共產黨的新聞宣傳政策。如英傑在《現階段中共宣傳策略之研究》一文中認為：「挑撥分化、欺騙民眾、拉上打下、故意誣謗。」〔註 5〕

〔註 5〕英傑：《現階段中共宣傳策略之研究》，《民族青年》1946 年第 1 卷第 6～8 期。

隨著全國解放戰爭勝利，新聞史研究者開始開展中國共產黨新聞事業專題研究。如胡道靜在《大眾新聞》1949 年 4、5、6 期連載《中共的新聞宣傳事業》（上、中、下）三篇長文。該文分《新青年》、《嚮導》週刊、革命文學的提倡、普羅文學的時代、左聯及其機關報刊、統一戰線與《新華日報》、各地的《新華日報》、廣播系統及其擴展、中共報刊言論一般等九部分，研究性、學術性較強，較為詳細介紹了中國共產黨新聞事業的發展歷史。其外還有龔漢的《解放區的報紙狀況》（《新希望》1949 年第 9 期）和方且的《中共的報刊和通訊機構》（《群言月刊》1949 第 32 期）。這些文章均站在黨和人民的立場，比較客觀準確地分析了中國共產黨新聞事業的地位和作用。如方且認為：「中共進行每一種宣傳……莫不抓住青年們的心理，而不自覺地在人民心裏生了根。反看國民黨的宣傳，較之中共，是一直遠遠地落後一大堆，無法追上。這就是國民黨想挽回頹勢中的一個最大致命傷！」〔註6〕

第二節　曲折發展：社會主義革命和建設時期黨的新聞事業史研究

社會主義革命和建設時期是中國共產黨新聞事業研究的曲折發展階段。1949 年中華人民共和國成立後，新聞事業除舊布新，隨著私營報刊和廣播電臺的社會主義改造逐步完成，新聞事業的社會主義體制得以確立，中國共產黨的新聞事業佔據絕對的主導地位。但是，社會主義建設並非一蹴而就，希望與艱難共生，探索與曲折並存，既有凱歌行進的崢嶸歲月，也有挫折失誤的曲折歷程。在「文化大革命」期間，報紙一度只剩下了 42 家，新聞事業陷入低谷。這一時期的中國共產黨新聞事業研究也呈現曲折發展的態勢，就成果而言，學術性和研究性較弱，多屬於資料彙編和回憶錄性質。

1949～1966 年 4 月之間，出現了大量資料彙編性質的文集，此外還有老一輩無產階級新聞工作者的回憶錄。

在資料彙編性質的書籍方面，主要有三大編寫主體，一類是由高校編寫的，如中國人民大學新聞系的《解放日報摘要索引》（1954 年）、《學習省報躍進經驗》（1959 年）、《海倫廣播站·介紹海倫廣播站宣傳工作大躍進的經驗》（1959 年）、《省縣報紙躍進經驗調查》（1961 年）、《中國報刊工作文集》（上

〔註6〕方且：《中共的報刊和通訊機構》，《群言月刊》1949 第 32 期。

中下）（1963 年）；北京廣播學院新聞系的《中國新聞廣播文集》（上、下）（上、下兩輯分別出版於 1960、1961 年）、《中國人民廣播十年（審稿）》（1961 年）、《中國人民廣播史資料》（1961 年）；復旦大學的《中國報刊研究文集》（1959年）等。

　　第二類由各地黨委宣傳部編寫，主要是關於宣傳的工作總結或經驗介紹。如：中共中央西北局宣傳部的《中共河南許昌地委的宣傳工作介紹》（1951 年）、中共廣西省委宣傳部宣傳處的《怎樣做好一個區的宣傳工作‧介紹中共灌陽縣第一區區委會的宣傳工作經驗》（1954 年）、中共遼寧省委宣傳部編的《在工業生產高潮中黨的宣傳工作經驗》（1956 年）、中共鄭州市委宣傳部選編的《新聞文選》（1956 年）、晉北地委宣傳部編的《報紙廣播經驗集》（1960 年）。

　　第三類由中央或地方報社編纂，報刊索引主要有，與《人民日報》相關的《人民日報索引》（1951 年）、《人民日報索引 1950.1～12》（1960 年）、《人民日報索引 1946.5.15～1948.6.14》（1961 年）、《人民日報索引 1948.1～12》（1961年），與社論相關的《人民日報社論選輯》（1955 年）和《人民日報社論索引1949～1958》（1961 年）；1957 年至 1967 年間，又週期性連續出版了 1957 年至 1966 年每一年的《人民日報社論選輯》。此外還有更細分的關於文藝評論、思想評論等的文集或選輯。

　　與《解放日報》相關的有《解放日報索引（1941 年 5 月～1947 年 3 月）》，全書分為六冊，各冊均按類排列。該書包括四部分內容：馬克思列寧主義；中國；國際；《解放日報》評論。〔註 7〕

　　與《新華日報》相關的有《新華日報索引（1938 年 1 月 11 日～1947 年 2月 28 日）》，該書收資料約 150000 條。全書共九冊，分類編排體例，基本上採用「中小型圖書館分類表草案」。書後附有《人名索引》，按姓氏筆劃排列，人名包括作者、譯者、文章或消息標題中的入名等。

　　由地方報社主編的有《紀念前進報創刊週年》（1951 年）、《山西農民報三年來走過曲道路》（1953 年）、《大躍進中的閩南日報》（1959 年）、《飛躍的三年：惠陽報報史》（1959 年）、《淮安日報在前進》（1959 年）、《金山報三年：1956.8～1959.6》（1959 年）、《四川農民日報在一九五八年》（1959 年）、《戰鬥的廿年》（1960 年）等等。

〔註 7〕盛廣智、許華應、劉孝嚴主編：《中國古今工具書大辭典》，長春：吉林人民出版社，1990 年，第 46 頁。

　　除以上資料彙編外，張靜盧輯注的《中國近代出版史料·甲編》（1954 年）、
《中國近代出版史料乙編 4 卷》（1955 年）、《中國近代出版史料丙編 4 卷》
（1956 年）、《中國出版史料補編》（1957 年）、《中國現代出版史料》（1956 年）
中也有較多關於中共新聞事業史的內容。

　　在回憶錄方面，最具代表性的是 1959 年，潘梓年、吳克堅和熊瑾玎等編
撰的《新華日報的回憶》，該回憶錄是 13 位《新華日報》工作者關於該報回憶
文章的合集，涵蓋《新華日報》在國統區發展情況的諸多方面，具有很高的史
料價值。

　　1962 年，還出版了學術性著作《中國新民主主義時期新聞事業史》。據復
旦大學新聞系教授丁淦林回憶，該書由丁樹奇、李龍牧和他撰寫，1959 年完
成初稿。1961 年出版鉛印本，作為校內使用的教材。1962 年杭州大學新聞系
將其出版，內部發行，未署編者姓名。1978 年在該書的基礎上，修改編訂了
《中國新聞事業史講義〈新民主主義革命時期〉》。〔註 8〕

　　在學術期刊方面，1951 年 1 月 25 日，由新華社主辦的《新聞業務》創刊
〔註 9〕，該刊在 1960 年與《新聞戰線》合併，1966 年停刊。1978 年後以《新
聞戰線》之名復刊並改版。《新聞業務》上除了發表與新聞工作相關的文章外，
還有與新聞史研究相關的文章和一些回憶錄性質的文章。譬如，1957 年正值
新華社成立 20 週年，《新聞業務》刊文紀念，其中與中共新聞事業史研究相關
的有吳冷西的《新華社二十年》（上、下）（分別在 1957 年第 9 期第 10 期）、
《新華社成立二十週年·二十年前的新華社》（1957 年第 6 期）、《新華通訊社
歷史簡介》（1957 年第 9 期）、《延安和陝北新華廣播電臺》（1957 年第 9 期）、
《分社—臨時分社—總社》（1957 年第 12 期）等等；還有許多回憶錄性質的
文章，如《回憶新華社的創建》（1957 年第 5 期）、《在山東戰場上》（1957 年
第 8 期）、《回憶西柏坡》（1957 年第 12 期）等。

　　在文化大革命期間，中共新聞事業研究明顯受到影響，前面提到的《新聞
業務》期刊停刊，相關書籍出版停滯。在這段時間內為數不多的書籍中，關於
毛澤東論報刊宣傳的內容出現最多，其內容多為毛澤東關於報刊的講話、評論
文章，或者為報刊撰寫的發刊詞等。僅在 1969 年，福建日報社、江西日報革

〔註 8〕丁淦林：《上講臺與編教材》，《新聞記者》2011 年第 11 期，第 72～74 頁。
〔註 9〕《共和國日記》編委會編：《共和國日記（1951）》，鄭州：河南人民出版社，
　　　　2017 年。

命委員會和新合肥報資料組都分別編輯過名為《毛主席論報刊宣傳工作》的書籍。出版者也多為地方的革命委員會，帶有很強烈的政治色彩。此外比較重要的還有《紀念長征勝利四十週年‧新華日報通訊專輯》（1975 年）、《〈人民日報〉、〈紅旗〉雜誌、〈解放軍報〉社論評論選》（1973～1975 均有出版）。

　　1977 到 1978 年間，中共新聞事業史研究開始恢復，短短兩年間就出版了 8 部與中共新聞事業研究相關的書籍，最有學術性的是復旦大學新聞系新聞事業史教研室編印的《中國新聞事業史講義：新民主主義革命時期》。其內容以中共的新聞事業為主體，包含「五四」運動以來至新中國成立前夕的新聞事業概況。

　　總體來說，社會主義革命和建設時期的中國共產黨新聞事業的研究成果學術性和研究性較弱。建國之初，黨對新聞事業的管理依舊延續戰時狀態，新聞事業被當作黨的工作的一部分，本身媒介屬性並不強，導致很多成果都是宣傳工作資料彙編，且帶有較為濃鬱的革命範式色彩；關注對象也多集中於《人民日報》《新華日報》《解放日報》和新華社等，較為單一。

　　不可否認的是，社會主義革命和建設時期的中國共產黨新聞事業研究雖歷經反覆，仍取得一定的成果。這些中共新聞事業史研究的成果、資料彙編的書籍和回憶錄都為後期的研究奠定了基礎。

第三節　恢復開拓：改革開放與社會主義現代化建設新時期黨的新聞事業史研究

　　改革開放與社會主義現代化建設新時期是中國共產黨新聞事業研究的恢復開拓階段。伴隨著新中國新聞傳播事業及其新聞傳播教育和學術研究迅速恢復與全面發展，中共新聞事業史研究也逐步恢復展開。

一

　　1979～1989 年之間，出現了較多的資料彙編和回憶錄性質的書籍，且一般帶有較濃鬱的工作總結色彩，研究性著作較少。這些資料彙編的出版單位多為媒體，報社編寫的如，北京日報社編印的《北京日報三十年：1952～1982》（1982 年）、瀋陽日報社編印的《瀋陽日報三十五年（1948～1983）》（1983 年）、湖北日報新聞研究室編印的《湖北日報大事記》（1984 年）等等；通訊社類的

如1980年，新華社內部出版了《新華通訊社國內資料分類目錄附說明》〔註10〕，將既有的資料分成政治、軍事、中外關係、「經濟總類、工業交通」、「農林水利」、「財政、金融、貿易」、文化教育、體育、「臺灣、香港、澳門」等板塊，是一種較為細緻的劃分；廣電類的有《中國中央電視臺30年：1958～1988》。此時的資料彙編，絕大部分是報社自身組織編撰的、帶有週年紀念色彩的合集，從筆者搜集的情況來看，1979～1989年出版的93種新聞傳播類書籍中，有52種為各級報刊編輯部出版，尤其是地方黨報。也有其他單位主要由研究所、高校或檔案館編寫出版的資料彙編，如1985年新聞研究所中國報刊史研究室編寫的《抗戰烽火錄——〈新華日報〉通訊選》，1987年重慶市檔案館和中國第二歷史檔案館編的《白色恐怖下的新華日報·國民黨當局控制新華日報的檔案材料彙編》，北京廣播學院新聞系編選的《中國人民廣播回憶錄》和續集分別在1982、1986年出版。

還有一些回憶錄性質的書籍，山西日報新聞研究所編的《戰鬥的號角：從〈抗戰日報〉到〈晉綏日報〉的回憶》（太原人民出版社，1985年）。也有個人的文集，如新華出版社的《毛澤東新聞工作文選》（1983年），該書從《毛澤東選集》《毛澤東文集》《毛澤東軍事文稿》和中央檔案館保存的手稿、抄件等文本中，選擇與新聞工作相關的論著、講話、批語、書信等內容結集成冊。民族出版社在80年代出版過蒙文和朝鮮文版本的《毛澤東新聞工作文選》。在記者中影響較大的還有陸詒的《戰地萍蹤》（人民日報出版社，1985年）。

研究性的專著相對較少，且主要聚焦於中央媒體。研究中央級黨報的如《人民日報史實要錄》（人民日報出版社，1984年）和《光明日報史（1952～1982）》（光明日報出版社，1982年）。在廣電方面亦有《中央人民廣播電臺簡史：1949～1984》（中國廣播電視出版社，1987年）和《中央電視臺發展史》（北京出版社，1998）兩本著作出版。

中國人民解放軍是中國共產黨領導下的軍隊，軍隊的新聞工作也是中共新聞事業的一部分，這一時期出現了三本與軍隊新聞事業相關的著作，黃河和張之華的《中國人民軍隊報刊史》（解放軍出版社，1986年）囊括了土地革命戰爭時期到抗美援朝援朝時期的軍隊報刊〔註11〕，軍事科學院編的《中國軍隊

〔註10〕　新華通訊社內部資料組編輯：《新華通訊社國內資料分類目錄·附說明》，新華
　　　　　通訊社內部資料組，1980年。
〔註11〕　黃河、張之華編著：《中國人民軍隊報刊史》，北京：解放軍出版社，1986年。

報刊簡史（1927～1987）》（1988 年）則把時間推到了 1987 年。

　　與專著相對應的是，70 年代末至 80 年代初，由媒體或高校主辦的新聞傳播學研究類型的期刊也得到復刊或創辦，刊出了較多關於中共新聞史研究的文章。其中，《新聞研究資料》尤為突出。《新聞研究資料》1979 年 8 月起由中國社會科學院新聞研究所編輯，每期都會發表相當多的新聞學研究文章。在 1979 年至 1989 年間，新聞史研究更是其主要的構成內容。根據筆者統計，1979 年至 1989 年間，共計發表過 415 篇與中共新聞事業史相關的文章，其中大部分是親歷者撰寫的回憶。

　　其他的期刊亦有刊載中共新聞史的內容。人大的藍鴻文曾在 1989～1990 年間於《新聞界》連載 7 篇關於瞿秋白的研究文章，分別是《歷史的使命──瞿秋白赴蘇俄採訪研究之一》《從北京去莫斯科：瞿秋白赴蘇俄採訪研究之三》《如實報導俄國人民的真實情況：瞿秋白赴蘇俄採訪研究之三.》《瞿秋白筆下的列寧──瞿秋白赴蘇俄採訪研究之四》《利用各種人際關係為採訪服務──瞿秋白赴蘇俄採訪研究之五》《在共產國際舞臺上──瞿秋白赴蘇俄採訪研究之六》《豐碩的成果重大的影響──瞿秋白赴蘇俄採訪研究之七》。

二

　　90 年代，中共新聞史研究有了更突出的發展。在專著方面，出現了第一部關於中共宣傳工作的著作──1990 年林之達的《中國共產黨宣傳史》，該書對新中國成立前中共的宣傳活動進行了詳細闡述和評述總結，附錄中還有「中共中央在民主革命時期的主要報刊簡表」及「中共中央宣傳機構及負責人簡表」，不過該書較忽視中共宣傳體系及制度的建構，未能展示中共宣傳活動的全貌。〔註 12〕第一部研究蘇區新聞出版史的著作──1991 年嚴帆的《中央革命根據地新聞出版史》，全書分為兩篇，分別介紹了中央革命根據地新聞出版事業的萌芽、興起和發展狀況以及根據地出版的報刊和各類書籍，並附錄了一些重要歷史文獻和回憶錄，同時編纂《大事記年表》〔註 13〕。1994 年程沄主編的《江西蘇區新聞史》則把範圍聚焦到了江西蘇區，全書分報刊發展階段、報刊系統和通訊社、報刊宣傳藝術、新聞事業的業務建設、江西蘇區新聞事業的歷史地位、江西蘇區報刊簡表六個部分。

〔註 12〕林之達主編：《中國共產黨宣傳史》，成都：四川人民出版社，1990 年。
〔註 13〕嚴帆：《中央革命根據地新聞出版史》，南昌：江西高校出版社，1991 年。

其他主要的論著還有張起厚的《中共地下黨時期報刊調查研究》（永業出版社，1991年）、黃淑君等編著的《抗日民族統一戰線的號角‧戰鬥在國統區的〈新華日報〉》（重慶出版社，1995年）、楊偉光主編的《中央電視臺發展史》（北京出版社，1998年）、譚一的《毛澤東新聞活動》（當代中國出版社，1999年）、方克主編的《中共中央黨刊史稿》（上冊）（紅旗出版社，1999年）。其中方克主編的《中共中央黨刊史稿》一書對中國共產黨成立七十多年以來，先後主辦過的近二十種黨刊作了綜合性論述，並對各種黨刊逐一進行了較為深刻的研究和評價，其下冊於2000年出版。

此時期的中共新聞史相關書籍依舊是以資料彙編和回憶錄為主。不過，相較於70、80年代，資料彙編和回憶錄更加豐富多樣，不同於以往媒體單位編寫自己的資料彙編，這階段的綜合性更強。如中共中央宣傳部新聞局編的《中國共產黨新聞工作文獻選編1938～1989年》（人民出版社，1990年）、河北省新聞出版局出版史志編輯部編的《中國共產黨晉察冀邊區出版史資料選編》（河北人民出版社，1991年）、人民日報社編的《中國新聞機構及記者名錄》（當代中國出版社，1994年）、戴舟主編的《中國黨建期刊概覽》（吉林人民出版社，1994年）等。

90年代，中國的新聞史研究走向成熟，出現了通史性著作。針對中共新聞事業的整體性研究也較多見於各類新聞傳播通史類著作中。《中國新聞事業通史》（三卷本）、《中國新聞事業史新編》《中國新聞事業發展史》《正在發生的歷史：中國當代新聞事業》等通史類著作中均有關於中共新聞事業史的概況性記述。譬如在方漢奇的《中國新聞事業通史》（三卷本）〔註14〕中，第二卷、第三卷就有詳盡而系統的關於中共新聞事業史的內容。新中國成立前的主要有「無產階級新聞事業的誕生」「中國共產黨成立和大革命時期的新聞事業」「十年內戰時期中國共產黨的新聞事業」「抗日戰爭時期抗日根據地的新聞事業」「解放戰爭時期的解放區新聞事業」「解放區新聞事業由農村向城市的轉移」「中國人民新聞事業的偉大勝利」等內容；第三卷的主體內容是新中國成立之後的新聞事業。1992年張濤的《中華人民共和國新聞史》著眼於新中國成立後的新聞傳播史，雖然未點明是中共新聞事業史，但事實上是以中共新聞

〔註14〕方漢奇主編：《中國新聞事業通史‧第2卷》，北京：中國人民大學出版社，1996年。方漢奇主編；陳業劭卷主編：《中國新聞事業通史‧第3卷》，北京：中國人民大學出版社，1999年。

事業為主。

　　除此之外，80、90 年代，中國共產黨新聞事業史研究也受到國外研究者的矚目。從英美的博士論文看，主要呈現以下特點。一是特別關注中共領導人，與西方國家相比，中國的媒體與政治有著更為顯在和直接的聯繫，「人」的色彩更為顯現，加之政治制度和意識形態差別帶來的敵視，中國媒體的這一特點更受「矚目」。在對領導人新聞傳播活動的考察中，有對中央領導人的研究，如 Go, Mae Jean 的《周恩來重要講話的修辭分析（1950～1958）》（A Rhetorical Analysis of Selected Discourse by Zhou Enlai: 1950～1958）（1982）。有對新聞界重要領導人物的研究，如 Cheek, Timothy Charles 的《人民中國的正統與異議：鄧拓的生和死（1912～1966）》（Orthodoxy and Dissent in People China: The Life and Death of Deng Tuo（1912～1966））（1986）。在境外的研究中不難發現，「post-Mao」（毛澤東後時代）一詞經常出現，這也可以反映出新聞史研究中對中共領導人物的強調。

　　二是關注中央級媒體。類似於《人民日報》、新華社和中央電視臺這樣大型黨媒，由於媒體自身較高的研究代表性，還有史料的豐富性、易得性和持續性，較常作為研究的對象。如《〈人民日報〉社論和理論文章的內容分析》（Content Analysis of "People's Daily" Editorials and Research Papers, 1949～1981: Kuhn's Model of Scientific Paradigmatic Revolutions Applied to The Socialization of Scientists In China）（Chow, Peter Kung-wo, 1984）；《對中國電視新聞的內容分析》（Chinese Television News: A Content Analysis）（Warren, John William, 1986）；《香港回歸大陸前後：對新華社和美聯社在 1997 年 5 月 1 日至 8 月 31 日的報導的內容分析》（Covering The Hong Kong Transition: A Content Analysis of The News Stories by China's Xinhua News Agency and The Associated Press of The United States between May 1 and August 31, 1997）（Zhang, Yu, 1998）等。

　　三是側重政治視角，主要考察中共對媒體的「控制」和對民眾的宣傳。控制、操縱、宣傳是研究中常見的切入點或關鍵詞。如《信息的可獲取程度、信源的信譽度、受眾認知的複雜程度：中共在中國宣傳效果的影響因素》（Information Availability, Source Credibility, and Audience Sophistication: Factors Conditioning The Effects of Communist Propaganda In China）（Zhu, Jian-Hua, 1990）；《宣傳與接受：蘇聯模式在中華人民共和國的宣傳與推廣（1950～

1965）》（Propaganda and Perceptions: The Selling of The Soviet Union in The People's Republic of China, 1950～1965）（Chang, Julian Po-keng, 1995）。

四是關注改革開放後，經濟變革給中共新聞事業帶來的影響。如 Lau, Tuen-yu 在《中國共產黨領導人、新聞記者和新聞教育者眼中的傳媒角色（1983～1989）》（The Role of The Press as Defined by The Chinese Communist Party Leaders, Journalists and Journalism Educators, 1983～1989）（1991）一文中，就三類群體對傳媒角色應該持「以領導為本」還是「以人為本」的觀點進行考察，發現中共領導人比新聞記者和教育者更傾向於持「以領導為本」的觀點，但三者之間的分歧在 1988 和 1989 年開始縮小。

在中國經濟改革不斷深化，經濟水平不斷提高的背景下，許多研究也關注著媒體改革和發展，與經濟的互動關係。如《在黨的路線和盈虧底線之間：中國新聞媒體的改革，商業化和民主前景》（Between The Party Line and The Bottom Line: Reform, Commercialization, and Democratic Prospects for News Media in China）（Zhao, Yuezhi, 1995）；《經濟改革和政府官員的榜樣：「毛澤東後」時期中國黨報的修辭和傳播》（Economic Reform and Official Role Models: Rhetoric and Communication of The Party Press in Post -Mao China）（Zhang, Mei, 1999）。

總體而言，中共新聞事業研究在海外還是比較小眾的，研究者以華人為主，研究並不是非常深入，多抓住中央級領導人和中央級媒體進行研究。研究成果的體量不大，很少有著作出現，多以期刊或學位論文的形式出現。相較於國內的研究而言，批判色彩較強。研究的時間也多集中於 20 世紀 80、90 年代，較為久遠。

三

2000 年至 2012 年間，依舊未有針對中共新聞事業的系統性論著，但文章方面針對中共新聞事業較為系統的梳理有 2006 年鄭保衛撰寫的《重溫中國共產黨新聞事業的歷史傳統——寫在建黨 85 週年之際》〔註15〕和 2011 年鄭保衛等編寫的《中國共產黨 90 年新聞事業大事記》〔註16〕，後者對中共 1920 年至 2011 年的新聞事業發展情況進行了編年梳理。

〔註15〕鄭保衛：《重溫中國共產黨新聞事業的歷史傳統——寫在建黨 85 週年之際》，《新聞記者》2006 年第 7 期，第 3～8 頁。
〔註16〕中國人民大學新聞與社會發展研究中心：《中國共產黨 90 年新聞事業大事記》，《新聞學論集》2011 年第 1 期，第 282～355 頁。

　　這一時期的中共新聞史研究學術性不斷增強，研究性的著作成為相關書籍的主要構成方面。研究涉及的領域更加多元且產出較豐富。有區域性的中共新聞事業研究。新中國成立前，中共建立了廣大的革命根據地，新中國成立後又建立起了從中央到地方的完備的黨報黨刊體系。因此，地區性的中共新聞事業研究也較為多見。如，田建平和張金鳳的《晉察冀抗日根據地新聞出版史研究》〔註17〕和姚文錦等編著的《晉冀魯豫邊區出版史·山西部分》〔註18〕；黨報黨刊研究更加系統，在整體性的報刊研究方面，王大龍編著的《紅色報刊集萃》，輯選了1914年至1949年的100多種紅色報刊，囊括中央中共和地方黨委的機關報刊，工會、共青團的報刊，人民軍隊的報刊等。〔註19〕有學者關注報刊的出版發行，如王曉嵐的《中國共產黨報刊發行史·中共新聞思想與時俱進的歷史考察之一》（中國社會科學出版社，2009年）是中國共產黨報刊發行歷史研究專著。另一部嚴帆的《中央蘇區新聞出版印刷發行史》（中國社會科學出版社，2009年）則著眼於蘇區時期，論述了中央蘇區時期中國共產黨領導下的新聞出版印刷發行事業從萌芽、形成到發展壯大這一輝煌歷史。〔註20〕在具體的報刊方面，這時期出版的還有，蔡銘澤的《〈嚮導〉週報研究》（福建人民出版社，2004年），主要對《嚮導》在中共早期的工農運動、五卅運動、國共第一次合作、北伐戰爭的指導和推動作用進行闡述，並且總結了其對中國革命的理論貢獻〔註21〕。

　　在通訊社方面，目前的研究主要集中在新華通訊社，《新華通訊社史》第一卷（新華出版社，2010年）記敘了新華社從1931年創建到新中國成立這段時間的歷史。作為黨中央耳目喉舌的新華社，在宣傳黨的路線方針政策、動員全國人民團結抗日、奪取抗戰勝利等方面，發揮了重大的作用〔註22〕。其他資料彙編性質的文集方面。有特定歷史時期的報導合集，如《新華社記者筆下的抗戰》（新華出版社，2005年）。

〔註17〕田建平、張金鳳：《晉察冀抗日根據地新聞出版史研究》，北京：人民出版社，2010年。

〔註18〕姚文錦等編著：《晉冀魯豫邊區出版史·山西部分》，太原：山西人民出版社，2009年。

〔註19〕王大龍編著：《紅色報刊集萃》，北京：同心出版社，2010年。

〔註20〕嚴帆：《中央蘇區新聞出版印刷發行史》，北京：中國社會科學出版社，2009年。

〔註21〕蔡銘澤：《〈嚮導〉週報研究》，福州：福建人民出版社，2004年。

〔註22〕《新華通訊社史》編寫組編：《新華通訊社史·第1卷》，北京：新華出版社，2010年。

　　報人方面，中共領導人及早期新聞工作的領導人依舊是關注的重點。《毛澤東等老一輩革命家為新華社撰寫的新聞作品》（新華出版社，2001 年）收入毛澤東、周恩來、劉少奇、朱德、鄧小平、陳雲、葉劍英、李先念、彭真為新華社撰寫的社論、評論、述評、消息以及對新華社記者發表的談話，以及胡喬木、陸定一為新華社撰寫的新聞作品。鄭保衛的《中國共產黨領導人新聞實踐與新聞思想研究》（中國人民大學出版社，2011 年）著眼於中共領導人這一群體，全面、系統梳理和總結中國共產黨主要領導人毛澤東、周恩來、劉少奇、鄧小平、江澤民、胡錦濤等人新聞實踐與新聞思想。此外，相關研究還有袁亮的《周恩來劉少奇朱德陳雲與新聞出版》（中國書籍出版社，2003 年），賈臨清的《周恩來新聞實踐研究 1914～1949》（三晉出版社，2012 年）等。

　　廣電方面也有不小的突破。在 2000 年這一世紀節點，廣電領域出版了《中央人民廣播電臺簡史》和《人民大眾的號角——延安（陝北）廣播史話》兩部著作。這一時期與廣電相關的著作有楊波的《中央人民廣播電臺簡史續編》（中國廣播電視出版社，2005 年）和額日德尼畢力格的《中央人民廣播電臺內蒙古語廣播簡史 1959～2010》（內蒙古人民出版社，2010 年）。

　　新聞宣傳方面，中共新聞宣傳研究專著，主要聚焦於中共宣傳工作、中共宣傳思想兩個方面，關於新聞宣傳思想的著作十分豐富。鄭保衛主編的《中國共產黨新聞思想史》（福建人民出版社，2004 年）雖然聚焦於「新聞事業」和「思想史」研究，但是由於改革開放前中共的新聞宣傳以「宣傳工作」為主，也可以視為大半部「宣傳史」，同時該書也並不局限於「思想史」的範疇，對中共新聞宣傳活動的發展及其主要媒介與任務都進行了介紹，同時總結了其經驗與教訓。〔註 23〕丁柏銓等人的《改革開放以來中國共產黨新聞思想研究》（新華出版社，2006 年），對改革開放以來中國共產黨新聞思想發展的社會背景、發展歷程、理論來源、鮮明特色等進行了系統研究。〔註 24〕

　　此外，鄭保衛於 2004 年起陸續發表了《試論中國共產黨新聞工作的歷史傳統、經驗與教訓》（2004 年）、《馬克思主義與中國共產黨新聞思想的形成和發展》（2005 年）、《試論中國共產黨新聞思想的歷史地位》（2005 年）、《簡論中國共產黨 90 年新聞思想的形成與發展》（2011 年）、《中國共產黨 90 年新聞

〔註 23〕鄭保衛主編：《中國共產黨新聞思想史》，福州：福建人民出版社，2004 年。

〔註 24〕丁柏銓、丁和根、董秦：《改革開放以來中國共產黨新聞思想研究》，北京：新華出版社，2006 年。

宣傳工作經驗及啟示》（2011 年）等一系列與新聞宣傳密切相關文章。

這一時期中共新聞事業史研究開始受到國家社科基金支持。根據筆者的統計，雖自 1986 年就有了新聞傳播史研究方面的國家社科基金支持項目，但是直接與中共新聞事業史相關的國家社科項目則晚出現的多。2004 年的兩個一般項目「陝甘寧邊區新聞事業研究」和「江西蘇區新聞事業研究」是最早的直接與中共新聞事業史相關的國家社科項目，之後又陸續出現，至 2012 年，共計 15 個。與整個新聞傳播史研究的國家社科項目（2000～2012）年的 96 個比較，體量較小，且研究時間段多集中於新中國成立前。不過，已有部分比較突破傳統研究範式的研究項目，如「抗戰時期中國共產黨在重慶的輿論話語權研究」「符號傳播與話語建構——中央蘇區的符號傳播體系研究」。

2000 至 2012 年中國共產黨新聞史相關的國家社科基金項目一覽表〔註25〕

時　間	國家社科基金	負責人	項目名稱
2004	一般項目	李文	陝甘寧邊區新聞事業研究
2004	一般項目	陳信凌	江西蘇區新聞事業研究
2005	一般項目	王傳壽	新四軍及華中抗日根據地報刊研究
2005	一般項目	董廣安	穆青新聞主張與新聞實踐
2006	西部項目	秦文志	抗戰時期黨在大後方的新聞理論與實踐
2006	一般項目	劉亞	中國人民解放軍新聞史研究
2008	一般項目	張瑾	抗戰時期中國共產黨在重慶的輿論話語權研究
2010	西部項目	王春泉	延安時期《解放日報》研究
2010	青年項目	張亞勇	中國共產黨新聞發言人制度建設研究
2011	一般項目	林新	符號傳播與話語建構——中央蘇區的符號傳播體系研究
2011	青年項目	陳志強	中國共產黨報人群體的出現與崛起研究（1921～1949）
2012	青年項目	賀碧霄	建國初年上海私營報業的社會主義改造
2012	一般項目	朱清河	延安時期中國共產黨新聞傳播思想史研究
2012	一般項目	畢耕	中國共產黨農村宣傳史研究
2012	一般項目	錢江	建國初期人民日報的輿論引導和黨報示範

〔註25〕資料來源：國家社科基金項目數據庫 http://fz.people.com.cn/skygb/sk/index.php/index/index/4541。

第四節　創新繁榮：中國特色社會主義新時代中國共產黨新聞事業史研究

2012 年至今，有 50 餘部直接相關的著作出現。從研究內容上看，呈現出系統性著作（相對於切片化的著作）有所增加，研究視角和方法有所創新的特點。

一、系統性著作不斷出現

在特定時期的整體性研究方面，王美芝的《中國共產黨早期新聞史研究》收錄了大量散佚在國內外的珍貴原始資料，通過這些史料，挖掘出中國工農通訊社成立過程及對外發表的大量新聞稿件，使中國共產黨用外文對外進行新聞傳播的歷史提前到了 1930 年，對研究中國共產黨史、軍史、蘇區史、新聞史等具有重要的參考價值〔註 26〕。另一本資料彙編性質的《中國共產黨早期新聞史史料彙編》，主要收錄散佚在國內外的珍貴原始資料，並按照主題整理編輯〔註 27〕。

專門針對黨報黨刊研究的系統性著作，最新的是胡線勤和王燦發編著的《新中國黨報 70 年》（人民日報出版社，2019 年），僅收錄新中國成立後的黨報。還有以圖錄形式呈現的，朱軍華主編的《中共早期黨報圖錄》〔註 28〕，這是一部資料集。值 2016 年建黨 95 週年和紅軍長征勝利 80 週年時出版，入編範圍是 1950 年之前中國共產黨的各級黨報。

報人方面，陳志強的《中國共產黨報人群體的出現與崛起》較全面地研究了中共的報人群體。在對「報人」進行重新界定的基礎上，全面梳理中國共產黨各個發展階段報人群體的群像，從而在報人個案研究盛行的當下，勾勒了中國共產黨報人群體的特徵，呈現了中國共產黨報人群體新聞思想演進的軌跡。〔註 29〕

二、研究不斷細化和深入

在傳統的領域，一直作為重點的黨報黨刊方面，張帆主編的《中共中央南方局與〈新華日報〉》，從中共中央南方局全面領導《新華日報》宣傳輿論工作

〔註 26〕 王美芝：《中國共產黨早期新聞史研究》，北京：人民日報出版社，2019 年。
〔註 27〕 《中國共產黨早期新聞史史料彙編》編寫組：《中國共產黨早期新聞史史料彙編》，北京：人民日報出版社，2019 年。
〔註 28〕 朱軍華主編：《中共早期黨報圖錄》，北京：團結出版社，2016 年。
〔註 29〕 陳志強：《中國共產黨報人群體的出現與崛起》，北京：人民出版社，2019 年。

和《新華日報》全方位的宣傳工作兩個視角，全面、系統地展現了全國抗戰時期黨的輿論宣傳的重要作用，深入總結了黨報工作和黨的輿論宣傳的歷史經驗〔註30〕。還有研究關注黨報編輯工作，邵雲紅的《黨報版面研究》探討了改革開放以來黨報版面的演變，主要內容包括三大部分：梳理改革開放以來黨報版面發生的變化，探究產生變化的原因，預測黨報版面的發展趨勢〔註31〕。

廣電方面，彭芳群的《政治傳播視角下的解放區廣播研究》則引入政治傳播視角進行研究，全面系統地對以延安（陝北）新華廣播電臺為代表的解放區廣播的傳播活動進行理論與實證研究，主要考察解放區廣播在傳播活動中的若干要素：解放區廣播的媒介環境、解放區廣播在政治傳播中的角色、解放區廣播介入政治的表現形態、內容生產過程的決策因素等。〔註32〕

報人方面，也不再僅限於中共領導人，除去前面提到的系統性研究外，個案研究也不斷完善。有研究陳獨秀的如，陳長松的《陳獨秀前期報刊實踐與傳播思想研究 1897～1921》（中國社會科學出版社，2015 年）；研究張聞天的如，楊永興的《張聞天的新聞實踐研究》（光明日報出版社，2017 年）。此外，《胡喬木談新聞出版》（人民出版社，2015 年）和《安崗新聞論集》（中國社會科學出版社，2015 年）分別收錄了胡喬木和安崗關於新聞出版和新聞宣傳工作方面的論述。

除此之外，一些新的領域也得到了拓展。張春林的《中國共產黨輿論監督思想史》是目前國內第一部系統研究中國共產黨輿論監督思想史的學術專著，是對中國共產黨新聞宣傳思想研究必要的、有益的補充。本書對黨的輿論監督思想進行了系統、深入的論述〔註33〕。辦報理念的具體方面，田中初的《革命情境中的大眾傳媒與鄉村民眾‧以「群眾辦報（1927～1949）」為視點》〔註34〕考察的是「群眾辦報」機制，群眾路線是中國共產黨在領導革命取得成功過程中形成的一項優良傳統，「群眾辦報」則是在新聞事業中的體現。該書試圖勾畫的，是中共領導下的革命根據地民眾如何通過「群眾辦報」機制實現與大眾

〔註30〕中共湖北省委黨史研究室編著；張帆主編：《中共中央南方局與〈新華日報〉》，北京：中共黨史出版社，2017 年。
〔註31〕邵雲紅：《黨報版面研究》，北京：人民日報出版社，2014 年。
〔註32〕彭芳群：《政治傳播視角下的解放區廣播研究》，北京：中國傳媒大學出版社，2014 年。
〔註33〕張春林：《中國共產黨輿論監督思想史》，北京：人民日報出版社，2015 年。
〔註34〕田中初：《革命情境中的大眾傳媒與鄉村民眾‧以「群眾辦報（1927～1949）」為視點》，北京：中國社會科學出版社，2017 年。

傳媒聯結的圖景。新聞教育方面，《延安大學新聞班：中國共產黨創辦的第一個大學新聞專業》〔註35〕一書關注中國共產黨大學新聞教育的發軔。共 30 餘萬字、120 多幅圖片，以祥實的史料與人物訪談、專題剖析、回憶文字、口述歷史、資料彙集與文獻整理與引用等方式，對中國共產黨於 1946 年底創辦的第一個大學新聞專業——延安大學新聞班，進行了全方位、深層次解讀。在對外宣傳方面，敖依昌和謝先輝主編的《八路軍的美國友人》〔註36〕，記述的是抗戰時期黨的老一輩無產階級革命家指揮、開展著抵抗日本侵略的武裝鬥爭；重視結交國際朋友，爭取他們和世界上同情中國革命事業的外國朋友瞭解和支持八路軍的經歷。

三、受到的國家社科基金項目支持力度更大，且研究視角更加多元

根據筆者統計，2013 年至今，共有 63 個與中共新聞事業史直接相關的國家社科基金項目。其中重大項目 7 個、重點項目 2 個、一般項目 36 個、青年項目 13 個、西部項目 4 個、後期資助項目 1 個。從研究項目的內容來看，明顯有了更新的突破。開始注重新中國成立後的時期、注重國際傳播和文化傳播，注重新的研究視角（如「新革命史」、尋求新的檔案），注重研究更具體的問題等等。且其中相當一部分項目在學科分類下屬於「黨史‧黨建」類，也反映了中共新聞事業史研究跨學科的特點。

2013 至 2020 年中國共產黨新聞史相關的國家社科基金項目一覽表〔註37〕

時　間	國家社科基金	負責人	項目名稱
2014	重點項目	董廣安	穆青精神的現實影響及其傳承研究
2014	青年項目	李習文	抗戰時期中國共產黨國際傳播能力建設研究
2015	青年項目	姬德強	中國共產黨反腐敗傳播歷史研究（1921～2020）
2015	一般項目	許加彪	抗戰時期陝甘寧邊區中國共產黨媒體的社會動員研究
2015	青年項目	劉興旺	《新華日報》與中國共產黨形象建構研究

〔註35〕 邊江，郭小良，孫江編著：《延安大學新聞班：中國共產黨創辦的第一個大學新聞專業》，北京：新華出版社，2020 年。
〔註36〕 敖依昌、謝先輝主編：《八路軍的美國友人》，北京：光明日報出版社，2014 年。
〔註37〕 資料來源：國家社科基金項目數據庫 http://fz.people.com.cn/skygb/sk/index.php/index/index/4541。

2015	一般項目	劉家林	中國共產黨城市辦報史研究（1921～1949）
2015	重大項目	陳信凌	中央蘇區紅色文化傳播的歷史經驗研究
2016	青年項目	田雷	東北地區革命文化傳播史研究（1905～1949）
2016	一般項目	張品良	從蘇區到延安時期馬克思主義新聞思想中國化的歷程及經驗研究
2016	一般項目	蔡斐	抗戰大後方新聞史研究（1937～1945）
2016	一般項目	徐信華	《新青年》話語體系的演變與中共意識形態建構研究
2016	一般項目	陳矩弘	中國共產黨出版史資料整理與研究（1921～1949）
2016	西部項目	蒙雨	抗戰時期大後方左翼文藝運動與中國共產黨宣傳策略研究
2016	重大項目	丁柏銓	十八大以來中國共產黨新聞輿論觀研究
2017	一般項目	蔣亞平	改革開放以來《人民日報》「三農」新聞報導的敘事研究
2017	一般項目	趙新利	抗戰時期中國共產黨在對日宣傳戰中的中流砥柱作用研究
2017	一般項目	武志勇	建黨百年中國共產黨新聞政策變遷研究
2017	一般項目	龍鴻祥	中央蘇區形象的國際傳播研究
2017	一般項目	郭恩強	紅色報刊與中國新聞界集體記憶建構研究
2017	一般項目	李曉潔	延安時期攝影文化研究
2017	一般項目	張燚	長征時期中國共產黨民族政策宣傳的歷史經驗研究
2017	青年項目	葉俊	中國共產黨新聞宣傳觀念變遷與發展路徑研究
2017	青年項目	王磊	中國共產黨早期基層黨員群體傳播馬克思主義研究
2017	青年項目	王楠	中國共產黨揭露侵華日軍暴行的報刊資料整理與研究（1931～1945）
2017	西部項目	江衛東	中國共產黨改造《大公報》（1949～1966）策略研究
2017	重大項目	王春泉	多卷本《延安時期新聞傳播文化史》
2018	一般項目	張文彥	中國共產黨紅色圖書出版史（1921～2017）
2018	一般項目	趙昊	抗戰時期中國共產黨形象的圖像傳播研究（1931～1945）

2018	一般項目	林緒武	從《紅色中華》和《新中華報》看中國共產黨政權建設理論與實踐
2018	青年項目	陳龍	中國共產黨宣傳工作研究（1921～1931）
2018	青年項目	楊琰	美國館藏西方記者筆下的中共敵後抗戰觀察文獻整理與研究
2018	青年項目	劉思妗	中國共產黨早期留學生學習與傳播馬克思主義的歷程和經驗研究
2018	後期資助項目	王華	山東解放區新聞史（1937～1949）
2018	重大項目	趙建國	中國共產黨新聞宣傳工作史料收集、整理與數據庫建設（1949～1966）
2019	一般項目	李曉靈	延安時期中國共產黨新聞傳播話語建構及其當代價值研究
2019	一般項目	侯竹青	「人民」概念與中國共產黨意識形態的建構及傳播研究（1919～1949）
2019	一般項目	鄒華斌	中國共產黨毛澤東思想宣傳史研究
2019	青年項目	張朋	革命與戰爭語境下中國共產黨新聞政策演變研究（1921～1935）
2019	青年項目	周瑞瑞	英美在華報刊上的中共黨史資料整理與研究（1919～1949）
2019	重大項目	鄭保衛	百年中國共產黨新聞政策變遷研究（1921～2021）
2020	一般項目	李海波	「新革命史」視野下的延安時期新聞傳播史研究
2020	一般項目	俞凡	基於中日檔案的中國共產黨華北抗日根據地輿論動員研究
2020	青年項目	夏羿	中國共產黨圖像宣傳史研究（1921～1949）
2020	西部項目	丁騁	社會主義改造時期中國共產黨領導新聞輿論工作研究
2020	西部項目	王婧	中共中央南方局的報刊宣傳經驗與啟示研究
2020	重大項目	黃瑚	百年中國共產黨對外傳播研究
2020	重大項目	林緒武	百年中共黨報黨刊史（多卷本）
2021	一般項目	王繼先	新四軍新聞事業史及史料收集整理研究
2021	一般項目	李傑瓊	世界歷史理論視野下中國共產黨百年新聞事業的實踐邏輯研究

2021	一般項目	田蘇蘇	晉察冀抗日根據地新聞傳播史
2021	一般項目	吳輝	中國共產黨百年英雄文化記憶的媒介建構研究
2021	一般項目	郭小良	延安時期中國共產黨百年英雄文化記憶的媒介建構研究
2021	一般項目	龍偉	傳播媒介在中國共產黨建黨過程中的角色及作用研究
2021	一般項目	張好玟	延安聲音媒介史
2021	一般項目	高楊文	中國共產黨百年出版思想史研究
2021	一般項目	楊清華	紀實影像視域下中國共產黨政黨形象百年演進邏輯研究
2021	一般項目	王宏波	百年來中國共產黨先進人物傳記圖書出版與傳播研究
2021	一般項目	彭顏紅	中國共產黨推進馬克思主義大眾化傳播的經驗研究
2021	一般項目	凌小萍	馬克思主義在中國早期傳播的話語形成史研究
2021	一般項目	王明亮	中國共產黨海外統戰宣傳模式與經驗研究（1921～1949）
2021	一般項目	鍾佩君	延安《解放日報》對中國共產黨革命文化的發展研究
2021	一般項目	楊焯	在華英文報刊中「紅色中國」形象建構研究（1919～1949）
2021	重點項目	湯志華	民主革命時期中共海外報刊與黨的國際形象塑造研究

四、在建黨百年之際，湧現出一大批與中國共產黨新聞事業史相關的成果

　　2021 年正值建黨百年之際，與中國共產黨新聞事業史相關的研究成為學術熱點。學術會議也多圍繞此主題展開，如，2021 年 5 月 8 日，由中國人民大學新聞學院、中國新聞史學會和中國人民大學馬克思主義新聞觀研究中心等主辦的「中國共產黨百年新聞事業學術研討會」在中國人民大學召開。這是 2021 年國內新聞學界首個以建黨百年為主題的大型學術會議，國內 12 所新聞院校協辦，共襄盛舉，百餘位專家、學者線上線下，匯聚一堂，共話中國共產黨新聞事業百年輝煌歷程，合著建黨百年新聞學界學術共同體嶄新篇章。5 月

15 日，在復旦大學、延安大學、清華大學同步舉行了「非凡事業・紅色傳承」百年中國共產黨新聞傳播：歷史、理論與實踐學術論壇。

學術期刊也紛紛開闢專欄，刊載與中國共產黨新聞事業史研究相關的最新成果。如，《新聞與傳播研究》從 2021 年第 2 期起陸續開闢有「慶祝中國共產黨成立一百年專欄」，截止至第 8 期，刊載了《中國共產黨百年新聞政策的研究圖譜與未來落點》（第 2 期）、《中國共產黨建黨初期先進知識分子的馬克思主義書報閱讀》（第 3 期）、《「保衛蘇維埃！」：〈紅色中華〉經濟動員研究》（第 5 期）、《五四運動後〈新青年〉轉向與中國無產階級新聞事業誕生的歷史再考察》（第 6 期）、《中國共產黨新聞宣傳實踐框架的最早建構》（第 7 期）、《經典的知識再生產：西方對斯諾「紅色中國」書寫的認知及其知識系譜》（第 8 期）六篇文章。

以「百年」為統攝視角的研究也很多，在中國知網中，主題檢索中輸入「百年 AND 中共 AND 新聞」就能獲得 74 篇相關文章，其中在 2021 年發表的就有 25 篇。涉及新聞政策、新聞思想、報刊個案等諸多方面。

綜上所述，百年來中國共產黨新聞事業史的研究已有豐碩的成果，系統性研究不斷出現、個案研究不斷豐富、研究領域不斷開拓，同時，史料也不斷豐富、方法亦不斷創新，且得到的國家社科基金支持力度越來越大。長期以來，保存較為完整的各級黨報黨刊史料和各種歷史親歷者的回憶錄也為日後研究的進一步深入奠定了基礎。

「求木之長者必固其根本，欲流之遠者必濬其源泉」，展望未來，中國共產黨新聞事業史研究的創新發展應結合習近平總書記所要求的學習「四史」（黨史、新中國史、改革開放史、社會主義發展史）從以下幾方面尋求突破。首先，應當著力增強中共新聞事業史研究的特色，使「黨」的特色更加鮮明，且加強新中國以後時段的研究。其次，研究者需要樹立方法創新和跨學科的意識。中共新聞事業史研究涉及到黨史、新聞傳播史等多種學科，研究者應該加強中共黨史的學習，從黨的誕生、發展與壯大的時空脈絡中把握中共新聞事業史的特點。第三，充分挖掘和利用新的史料和數據庫。中共新聞事業史料的系統性整理工作應該有所規劃，特別應該加強對新聞傳播事件當事人、親歷者、見證人進行口述歷史研究，保存好第一手歷史資料。此外，還可以通過建立數據庫和挖掘海外史料的形式尋求研究上的突破。

第一章　百年啟航：中共一大的新聞宣傳[註1]

1921 年 7 月 23 日，中國共產黨第一次全國代表大會（簡稱「中共一大」）在上海召開，由於會場一度遭到暗探和巡捕騷擾，最後一天的會議轉移到浙江嘉興南湖遊船上舉行。黨的一大召開宣告中國共產黨正式成立。這是開天闢地的大事變，具有偉大而深遠的意義。自從有了中國共產黨，中國革命的面目就煥然一新。在百年輝煌的歷史征程中，中國共產黨始終將為中國人民謀幸福、為中華民族謀復興作為初心和使命，堅守與踐行、光大與發揚了開天闢地、敢為人先的首創精神，堅定理想、百折不撓的奮鬥精神，立黨為公、忠誠為民的奉獻精神，「敢教日月換新天」，創造了人間奇蹟，成為世界上最大的政黨，深刻改變了中國，也深刻影響和塑造著世界。[註2]目前學界關於黨的一大及其成立過程和意義的研究，成果豐碩，見解精深；但是從新角度出發展開對黨的一大研究，仍然會有新的學術發現，更有利於深化黨的一大及其黨史研究。有研究者認為：「中國共產黨成立後，李達擔任中央局宣傳主任，主管宣傳工作，黨的宣傳事業有了專職幹部和專門機構。各級黨組織也有計劃、有組織地採取多種形式展開宣傳，取得了顯著成績，使馬克思主義理論得到了廣泛的傳播。」[註3]這從黨的宣傳視角取得了新認識，但順著這一思路，立足新聞傳播學科，

[註 1] 原發表名《百年啟航：新聞宣傳視角下的中共一大》，載於《人民論壇·學術前沿》2021 年第 20 期，第 103～110 頁。

[註 2] 本書編寫組：《中國共產黨簡史》，北京：人民出版社，2021 年，第 15 頁。

[註 3] 顧海良總主編，丁俊萍主編：《馬克思主義中國化史》第 1 卷，北京：中國人民大學出版社，2018 年，第 138 頁。

從新聞宣傳的角度去研究黨的一大，則會有新的研究成果。所謂「新聞宣傳」，據《馬克思主義新聞觀百科全書》解釋：「這是中國共產黨對黨領導的新聞工作、宣傳工作的統稱。這與領導黨的新聞工作和宣傳工作的是黨的同一個部門——宣傳部——有關。由於黨的新聞工作必須服務於黨的政治路線，所以儘管具體的新聞工作需要遵循新聞職業規範，但在宏觀上，黨領導的新聞工作是黨的宣傳工作的一部分。」〔註4〕筆者擬從新聞宣傳視角，對黨的一大進行新的學術研究，凸顯其在中國共產黨新聞宣傳史的獨特歷史地位和貢獻，彰顯其研究的理論價值和現實意義。

第一節　中共一大代表均有新聞宣傳工作經歷

　　1921 年 7 月 23 日，黨的一大在上海法租界望志路 106 號（今興業路 76 號）正式開幕，參加會議的中國共產黨各地早期組織代表，分別是：上海的李漢俊、李達，北京的張國燾、劉仁靜，長沙的毛澤東、何叔衡，武漢的董必武、陳潭秋，濟南的王盡美、鄧恩銘，廣州的陳公博，旅日的周佛海，包惠僧受陳獨秀指定出席了會議。他們共 13 人，代表全國 58 名黨員；另外，還有共產國際代表馬林和尼科爾斯基出席了會議並發表熱情的講話。在新近落成開館的中國共產黨第一次全國代表大會紀念館《偉大的開端：中國共產黨創建歷史陳列》展覽中，《中國共產黨第一次全國代表大會代表簡況》記載的大會代表「社會身份」中，有四位代表具有「新聞宣傳」工作經歷，分別是：李達「學者、編輯」，李漢俊「學者、編輯」，陳公博「教授、編輯」，包惠僧「記者」。另據《解放軍報》刊文介紹說：「出席中共一大的 13 位代表中，有 12 位曾在中國共產黨創立前後辦過報紙和刊物。」〔註5〕遺憾的是，該文只是簡單地列舉了毛澤東、何叔衡、董必武、李漢俊、李達、陳潭秋等六位，並沒有對 12 位代表「在中國共產黨創立前後辦過報紙和刊物」情況做詳細介紹。

　　事實上，如果對參加中共一大的 13 位代表的生平經歷詳加考察，就會發現他們在黨的創立前後均有參與過報刊工作，均具新聞宣傳的工作經歷。上海的李漢俊和李達均參加了陳獨秀主編的《新青年》雜誌社，是上海共產黨早期組織的重要成員，積極參與《新青年》改組、撰稿工作，並共同參與了中國第

〔註4〕陳力丹主編：《馬克思主義新聞觀百科全書》，北京：中國人民大學出版社，2018年，第 174 頁。

〔註5〕孫健：《中共一大代表與我黨早期新聞宣傳》，《解放軍報》2021-4-18。

一份面向工人階級進行馬克思主義宣傳的通俗刊物《勞動界》週刊的創刊工作；不同的是，李漢俊還參與了《星期評論》《民國日報》編輯工作，而李達則負責了黨內第一份政治理論機關刊物《共產黨》月刊的創辦工作。北京共產黨早期組織代表是張國燾、劉仁靜。前者受陳獨秀的影響，與鄧中夏、黃日葵、高尚德、許德衍等人成立國民雜誌社，創辦《國民》雜誌，組織平民教育講演團，後參加了《勞動週刊》《勞動音》創辦和撰稿工作；後者則參加了「少年中國學會」，積極為會刊《少年中國》《少年世界》撰稿，參與平民教育講演團，創辦了《先驅》雜誌，主編了《政治生活》，為《中國青年》《嚮導》積極撰稿。長沙共產黨早期組織代表是毛澤東、何叔衡。前者先後創辦《湘江評論》，改組《新湖南》，指導《女界鐘》出版，積極為長沙《大公報》撰寫時評，創辦平民通訊社和文化書社，發動和參與政治運動，成為新聞宣傳工作的行家裏手。何叔衡則主編了《湖南通俗報》，還連載過前者撰寫的農村調查文章。武漢共產黨早期組織代表是董必武、陳潭秋。五四運動期間，董必武認為革命活動應從宣傳新思想與培養革命人才入手。當下能做的有兩件事，一曰辦報，二曰辦學校，並著手行動，擬定了一個辦《江漢日報》的募捐章程，明確辦報宗旨及組織辦法。1920 年夏，他指導武漢中學學生會創辦了《武漢中學週刊》以介紹新思想。1921 年 2 月，他和黃負生、劉了通等創辦了《武漢星期評論》，並為該刊寫評論。陳潭秋也參與了《武漢星期評論》創辦工作，該刊以改造教育和社會為宗旨，反對尊孔讀經，倡導民主與科學，宣傳婦女解放，鼓吹勞工運動。他撰寫了《趕快組織「女界聯合會」》《「五一」底略史》等重要文章在該刊發表，對促進革命婦女運動和工人運動起了積極作用。濟南共產黨早期組織代表是王盡美、鄧恩銘。他們共同發起成立「勵新學會」，參加了研究和傳播新思想、新文化的《勵新》半月刊的創辦工作，分任該刊編輯部主任、庶務主任。廣州共產黨早期組織代表是陳公博，先後在建黨前後創辦了《政衡》《廣東群報》等報刊。旅日共產黨早期組織代表周佛海，則參加過民國日報社、新青年社，時常積極為《新青年》《共產黨》月刊撰稿。受陳獨秀指定而派遣參會的包惠僧則是職業記者，先後任《漢口新聞報》《大漢報》《公論日報》《中西日報》記者。因此，出席中共一大的 13 位代表，在建黨前後均參與過報刊工作，均有新聞宣傳工作經歷。

　　實際上，不僅出席中共一大的 13 位代表均有新聞宣傳工作經歷，而且當時中國共產黨員早期組織成員中，絕大多數人擁有新聞宣傳工作經歷。雖然據

著作《中國共產黨早期組織及其成員研究》的 58 名中共早期組織成員的「職業」統計，有五位代表具有「新聞宣傳」工作經歷，分別是：李漢俊「報人」，沈玄廬「官員報人」，邵力子「教授報人」，宋介「報人」，包惠僧「記者」。〔註6〕當時全國有 58 名中國共產黨員早期成員，其中上海共產黨早期組織 14 人，北京共產黨早期組織 16 人，武漢共產黨早期組織 8 人，長沙共產黨早期組織 6 人，廣州共產黨早期組織 4 人，濟南共產黨早期組織 3 人，旅法共產黨早期組織 5 人，旅日共產黨早期組織 2 人。〔註7〕以上八個共產黨早期組織，從前面出席黨的一大代表參加辦報開展新聞宣傳工作來看，僅有旅日共產黨早期組織沒有創辦報刊，但也通過投稿積極參加了國內報刊的馬克思主義宣傳活動；而未派代表出席黨的一大的旅法共產黨早期組織則先後出版過《少年》《赤光》等刊物，積極開展傳播馬克思主義的宣傳活動。筆者對每個共產黨早期組織成員參與建黨活動的記載考察後發現：58 人中，除武漢共產黨早期組織有 3 人（趙子健、鄭凱卿、趙子俊）沒有新聞輿論工作經歷，其他 55 人擁有新聞輿論工作經歷，占 94.83%。〔註8〕55 人中，毛澤東、羅章龍（璈階）、高君宇（尚德）、譚平山（鳴謙）、陳公博、譚植棠等六人是首屆北京大學新聞學研究會會員，其中前三人獲得聽講半年證書，而後三人獲得聽講一年證書。

　　為什麼會出現中共一大的 13 位代表均有新聞宣傳工作經歷以及當時中國共產黨員早期組織成員 94.83% 擁有新聞宣傳工作經歷？其主要的原因是中國共產黨是馬克思主義與中國工人運動相結合的產物。它是在五四運動時期進步刊物不斷介紹和傳播馬克思主義並與工人運動日益相結合的過程中孕育誕生的。近代中國國人辦報興起後，先進知識分子逐漸形成了「文人論政」的傳統。他們通過創辦報刊，傳播新知識新思想，製造和引導輿論，干預社會政治，達到「議政而不參政」的目的。在十月革命和五四運動的影響下，中國先進的知識分子逐漸目光聚焦在馬克思主義，追隨社會主義蘇俄革命道路，他們以《新青年》等進步報刊宣傳陣地，開始系統傳播馬克思主義。同時，在「南陳北李，相約建黨」之際，經共產國際批准，俄（共）代表維經斯基來華暸解五

〔註 6〕中共嘉興市委宣傳部、嘉興市社會科學界聯合會、嘉興學院紅船精神研究中心著《中國共產黨早期組織及其成員研究》，北京：中共黨史出版社 2013 年版，第 6～8 頁。

〔註 7〕中共中央黨史研究室：《中國共產黨的九十年（新民主主義革命時期）》，北京：中共黨史出版社，2016 年，第 29～30 頁。

〔註 8〕鄧紹根：《百年尋根：中國共產黨新聞輿論工作黨性原則的確立》，《中國出版》2021 年第 9 期，第 9 頁。

四運動後中國革命運動發展情況，對中國共產黨的創建起了一定的促進作用。在維經斯基等人的指導和幫助下，中國共產黨早期組織積極踐行列寧「辦報建黨」思想，充分發揮了列寧所闡發了報紙「組織者」功能，將創辦報刊機構建立新聞宣傳陣地、從事新聞宣傳工作視為建黨的中心環節，使得新聞宣傳工作從一開始就是黨的整個事業的一個重要組成部分。正是中國「文人論政」的傳統和列寧建黨思想（尤其是「辦報建黨」）的指導，使得中國共產黨早期組織及其成員積極參與了創辦報刊從事新聞宣傳的工作。

第二節　一大會議期間代表們關於新聞宣傳工作的彙報

全國各地共產黨早期組織成立後，它們有計劃、有組織地進行了研究和宣傳馬克思主義、同反馬克思主義思潮展開論戰、在工人中進行宣傳和組織工作、成立社會主義青年團組織等四項工作；尤其前三項，各地共產黨早期組織均以新聞宣傳陣地為依託，取得了卓有成效的進展。7 月 24 日，中共一大舉行了第二次會議，各地代表報告本地區黨團組織的狀況和工作進程，並交流了經驗體會，其中有相當篇幅的內容涉及到新聞宣傳。根據目前保存下來的北京和廣州共產黨的報告資料，可以看出大體情況。

北京共產黨早期組織代表在第二次會議上進行了《北京共產主義組織的報告》。據譯自中共駐共產國際代表團檔案的俄文稿，原文明沒有署名，但根據內容判斷，報告者為張國燾。〔註9〕他彙報了北京知識分子的政治運動可以分為三派：「1.民主主義運動；2.基爾特社會主義；3.無政府主義運動。……拿起任何一張報紙，即使是軍閥們出版的報紙，都可以找到通篇是各種混亂思想同民主主義、基爾特社會主義和無政府主義等學說的大雜燴的文章。」〔註10〕面對如此混亂的局面，他們在工人和知識分子當中積極從事宣傳工作。他彙報了「在工人中的宣傳工作」的經驗和成績，並介紹了工人報刊的創辦情況，「我們為工人階級出版的宣傳刊物，大部分篇幅不多。我們經常鼓勵工人自己寫簡訊，並全部刊登在我們的刊物上或一般的報刊上。我們最初出版的是《勞動音》

〔註 9〕中共中央黨史研究室、中央檔案館編：《中國共產黨第一次全國代表大會檔案文獻選編》，北京：中共黨史出版社，2015 年，第 14 頁。

〔註10〕中共中央黨史研究室、中央檔案館編：《中國共產黨第一次全國代表大會檔案文獻選編》，北京：中共黨史出版社，2015 年，第 11 頁。

週刊，但出到第六期以後，就被政府查禁了。遭到這次迫害以後，我們的刊物改名為《仁聲》。但在第三期以後，由於缺乏經費，只得停刊。我們還出版了一些小冊子，如《工人的勝利》和《五一節》，這些出版物傳播得相當廣泛。可是，我們的主要宣傳工作集中在要求提高工資和縮短工時上，這些要求現在已成為最有效的戰鬥口號。」〔註11〕然後，他也特別彙報了「在知識分子中的宣傳工作」情況，「我們曾試圖在知識分子階層中擴大我們的宣傳工作，可是現在印刷所受到監視，因此，不能刊印我們的出版物，我們翻譯了一些小冊子，如《俄國革命和階級鬥爭》和《共產黨綱領》等等，但我們的譯文尚未印出。我們只散發了上海印的《共產黨宣言》和《經濟學談話》。《曙光》雜誌雖由我們的一同志負責出版，但不純粹是我們的刊物，而是一個混合性的刊物。我們刊登了一些翻譯文章和原著；當羅素教授在上海講學，並宣傳基爾特社會主義時，我們組織了公開辯論，並作為其論敵發表了意見。我們不得不時常公開與無政府主義者以及社會黨人進行爭論，但很少參加筆戰，大部分爭論是公開辯論或私人談話。」〔註12〕

廣州共產黨早期組織代表在第二次會議上作了題為《廣州共產黨的報告》。據譯自中共駐共產國際代表團檔案的俄文稿，原文沒有署名，但根據內容判斷，報告者為陳公博。他彙報了廣州共產黨早期組織創辦報刊情況，「去年……我們回到廣州的時候，創辦了《社會主義者》日報（應為《廣東群報》），但不能說《社會主義者》就是某種組織，它是一個宣傳機構。……去年年底，B 和佩斯林來到廣州，建立了俄國通訊社，對組織工會採取了措施，並在《勞動界》週刊上發表了文章。……他們出版的報紙叫《勞動界》，印數為三千份。……無政府主義者退出了黨。於是，我們開始成立真正的共產黨，並宣布《社會主義者》日報為從事黨的宣傳工作的正式機關報。……《勞動界》已停刊。」〔註13〕然後，他介紹了廣州共產黨早期組織的現狀，「目前，我們的宣傳機關報是《社會主義者》日報，該報每月需要七百元，很難維持下去。……每月從黨員的收入中抽出百分之十來維持《共產黨》月刊和負擔工人夜校的費

〔註11〕 中共中央黨史研究室、中央檔案館編：《中國共產黨第一次全國代表大會檔案文獻選編》，北京：中共黨史出版社，2015 年，第 13～14 頁。

〔註12〕 中共中央黨史研究室、中央檔案館編：《中國共產黨第一次全國代表大會檔案文獻選編》，北京：中共黨史出版社，2015 年，第 14 頁。

〔註13〕 中共中央黨史研究室、中央檔案館編：《中國共產黨第一次全國代表大會檔案文獻選編》，北京：中共黨史出版社，2015 年，第 15 頁。

用。……此外，成立了由宣傳委員會直接領導的宣傳員養成所，並委派我為該所所長。這個養成所是廣東省進行社會教育的主要機構。」〔註14〕最後，他闡述了未來工作計劃，如吸收新黨員、成立工會、成立工人學校、對農民的宣傳工作、與士兵的聯繫等五項。特別在「對農民的宣傳工作」提出，「馬克思主義小組組員褚諾晨同志，為了實現共產主義思想，創辦了《新村》，我們要千方百計地幫助他擴大影響，擴大宣傳。」〔註15〕

第三節　一大會議期間代表們關於新聞宣傳工作的討論和決議

7月25、26日，中共一大休會，李達、董必武等起草供會議討論的黨綱和今後實際工作計劃。7月27、28和29日連續三天，分別舉行三次會議，集中議論此前起草的綱領和決議。討論認真熱烈，大家各抒己見，會議未作決定。7月30日晚，中共一大舉行第六次會議，原定議題是由共產國際代表對討論的各項問題發表意見，並通過黨的綱領和決議，選舉中央機構。但是，會議剛開始不久，法租界巡捕房密探突然闖入會場，會議被迫中斷。由於會場受到暗探注意和法租界巡捕搜查，代表們分批轉移至浙江嘉興南湖，在一艘遊船上召開了最後一天的會議，繼續著上海30日未能進行的議題。

大會首先討論並通過《中國共產黨第一個綱領》，確定了黨的名稱、奮鬥目標、基本政策、提出了發展黨員、建立地方和中央機構等組織制度，兼有黨綱和黨章的內容，是黨的第一個正式文獻。其中第九條與新聞相關，規定：「凡是黨員不超過十人的地方委員會，應設書記一人；超過十人的應設財務委員、組織委員和宣傳委員各一人；超過三十人的，應從委員會的委員中選出一個執行委員會。執行委員會的章程另訂。」〔註16〕

大會還討論和通過《中國共產黨第一個決議》，對黨的未來工作作出了安排部署，如發展工會組織和研究機構，建立工人學校，要求與其他政黨關係上

〔註14〕中共中央黨史研究室、中央檔案館編：《中國共產黨第一次全國代表大會檔案文獻選編》，北京：中共黨史出版社，2015年，第16頁。

〔註15〕中共中央黨史研究室、中央檔案館編：《中國共產黨第一次全國代表大會檔案文獻選編》，北京：中共黨史出版社，2015年，第17頁。

〔註16〕中共中央黨史研究室、中央檔案館編：《中國共產黨第一次全國代表大會檔案文獻選編》，北京：中共黨史出版社，2015年，第3頁。

保持獨立政策，強調與第三國際建立緊密關係等。其中，第二部分就是「宣傳」，規定：「一切書籍、日報、標語和傳單的出版工作，均應受中央執行委員會或臨時中央執行委員會的監督。每個地方組織均有權出版地方的通報、日報、週刊、傳單和通告。不論中央或地方出版的一切出版物，其出版工作均應受黨員的領導。任何出版物，無論是中央的或地方的，均不得刊登違背黨的原則、政策和決議的文章。」〔註17〕

最後，大會產生了中央領導機構。考慮到黨員數量少和地方組織尚不健全，代表們討論決定暫不成立中央委員會，只設立中央局作為中央的臨時領導機構。大會選舉陳獨秀、張國燾、李達組成中央局，陳獨秀為書記，張國燾分管組織工作，李達分管宣傳工作。〔註18〕黨的第一個中央機關由此產生。也有研究者認為當時中央局，陳獨秀任書記，李達為宣傳主任，張國燾為組織主任。〔註19〕

第四節　國內外報刊關於中共一大的新聞宣傳

黨的一大召開標誌著中國共產黨的正式成立；但是，由於處於秘密活動狀態，黨的成立宣言不可能在報紙上公開發表，所以沒有對外公開進行新聞報導。但是通過史料的整理，還是能有所發現，窺見端倪。

1921 年 7 月 30 日，陳公博因經歷一場虛驚未去嘉興南湖參會，而是去了杭州西湖度蜜月；但他隨後撰寫了遊記《十日旅行中的春申浦》，發表於 8 月出版《新青年》第九卷第三號（雖然該號目錄署有出版時間是 1921 年 7 月 1 日，但事實上並沒有按期出版，延期至 8 月）。根據他的記載，給我們今天留下了還原 7 月 30 日當晚法租界巡捕房密探突然闖入會場搜查的情形。「有一天夜裏，我和兩個外國教授去訪一個朋友，談了片刻，兩個外國教授因事先行，我因為天熱的原故，不願匆忙便走，還和我的朋友談談廣州的情形和上海的近狀；不想馬上便來一個法國總巡，兩個法國偵探，兩個中國偵探，一個法兵，三個翻譯，那個法兵更是全副武裝，而兩個中國偵探，也是睜眉努目，要馬上

〔註17〕中共中央黨史研究室、中央檔案館編：《中國共產黨第一次全國代表大會檔案文獻選編》，北京：中共黨史出版社，2015 年，第 7 頁。

〔註18〕中共中央黨史研究室：《中國共產黨的九十年（新民主主義革命時期）》，北京：中共黨史出版社，2016 年，第 38 頁。

〔註19〕張靜如主編：《中國共產黨歷屆代表大會：一大到十八大》（上），河北人民出版社，2012 年，第 90 頁。

拿人的樣子。那個總巡先問我們，為什麼開會？我們答他不是開會，只是尋常的敘談。他更問我們那兩個教授是那一國人？我答他說是英人。那個總巡很是狐疑，即下命令，嚴密搜檢，於是翻箱搜篋，騷擾了足足兩個鐘頭。他們更把我和我朋友隔開，施行他偵查的職務。那個法偵探首先問我懂英語不懂？我說略懂。他問我從那裏來？我說是由廣州來。他問我懂北京話不懂？我說了懂說。那個偵探更問我在什麼時候來中國？他的發問，我知道這位先生是神經過敏，有點誤會，我於是老實告訴他：我是中國人，並且是廣州人。這次攜眷來遊西湖，路經上海，少不免要遨遊幾日，並且問他為什麼要來搜查，這樣嚴重的搜查。那個偵探才告訴我，他實在誤認我是日本人，誤認那兩個教授是俄國的共產黨，所以才來搜檢。是時他們也搜查完了，但最是湊巧的，剛剛我的朋友李先生是很好研究學問的專家，家裏藏書很是不少，也有外國的文學科學，也有中國的經史子籍；但這幾位外國先生僅認得英文的馬克斯經濟各書，而不認得中國孔孟的經典。他搜查之後，微笑著對我們說：『看你們的藏書可以確認你們是社會主義者；但我以為社會主義或者將來對於中國很有利益，但今日教育尚未普及，鼓吹社會主義，就未免發生危險。今日本來可以封房子，捕你們，然而看你們還是有知識身份的人，所以我也只好通融辦理……』其餘以下的話，都是用訓戒和命令的形式。……於是我們翌日便乘車遊杭，消度我們的後補密月了。」〔註20〕該文不但詳細記載了法國巡捕搜查一大會址的情況，而且提供了 7 月 31 日大東旅社謀殺案的準確時間，1921 年 8 月 1 日，上海《新聞報》《申報》分別刊登新聞《大東旅社內發生謀斃案》《大東旅社內發現謀命案，被害者為一衣服華麗之少婦》，報導了 7 月 31 日大東旅社謀殺案。這對於後來黨史的研究者推斷一大召開的時間、日程安排等提供了重要幫助。因此，由陳公博撰寫並在《新青年》發表的遊記《十日旅行中的春申浦》是最早關於中共一大的文章。

　　中共一大成立情況，被陳公博採用隱晦的語言記載於《新青年》雜誌之上，為在秘密狀態下舉行的中共一大留下了難得的歷史文獻。同時，中共一大成立情況也被國際報刊所關注。同年 9 月 4 日，參加過中共一大的共產國際代表馬林為荷蘭《論壇報》（Tribune）撰寫新聞報導，介紹了中共成立初期的情況，並連載於該報 11 月 9、10 日第 34～35 期上。他寫道：「俄國的事變使一小批

〔註20〕中共中央黨史研究室、中央檔案館編：《中國共產黨第一次全國代表大會檔案文獻選編》，北京：中共黨史出版社，2015 年，第 151 頁。

知識分子轉而信仰第三國際。尤其是陳獨秀教授。他幾年前就發行《青年雜誌》。他是我們學說的堅定擁護者，最近出版的一期雜誌就可以證明這點。孫中山在廣州站穩之後，把陳獨秀召到那裏辦教育，但是後者的共產黨同仁表示強烈反對，陳被共產黨召回。幾天前，他已經辭去教育委員務，決意全身心投入宣傳事業。他那個雜誌的讀者群在八個地方結成小組，他們已經在中國建立共產黨，該黨從今年（應該為去年 1920 年）起出版《共產黨》月刊。」〔註21〕這裡報導新聞事實基本準確，符合陳獨秀行蹤。1921 年 9 月中旬，陳獨秀確實回到上海，會見了馬林。馬林撰寫的「遠東來信」收藏於共產國際檔案中1921 年的「非歐洲國家部」中，原文為荷蘭文。

　　總之，中共一大在黨的百年新聞宣傳史上具有重要地位。首先，出席中共一大的代表均有新聞宣傳工作經歷，且全國 58 名早期中共黨員絕大部分有新聞宣傳工作經歷。由於在黨的創立過程中，各地共產黨早期組織積極開展了研究和宣傳馬克思主義、同反馬克思主義思潮展開論戰、在工人中進行宣傳和組織工作，因此它們將創辦報刊機構建立新聞宣傳陣地、從事新聞宣傳工作作為建黨的重要環節，使得全國共產黨早期組織成員具有了從事新聞宣傳工作的經歷。這說明新聞宣傳工作從一開始就是建黨的重要工作。其次，一大會議期間，各地共產黨早期代表不僅彙報了各地新聞宣傳工作的進展情況，而且就新聞宣傳工作進行了熱烈的討論並通過了未來相關工作決議；尤其，根據目前保留下來的檔案資料，北京和廣州共產黨早期組織的報告中，新聞宣傳活動的內容佔有相當的比重；代表們也對黨的綱領和決議展開了熱烈討論，並最後通過了《中國共產黨第一個綱領》《中國共產黨第一個決議》，其中均有新聞宣傳的相關條款規定。特別是《中國共產黨第一個決議》第二部分「宣傳」內容，初步確立了中國共產黨新聞宣傳工作的黨性原則，反映出「新聞輿論工作是黨的工作的重要組成部分」的觀點，確立了「黨管媒體」「堅持黨對新聞輿論工作的領導」和黨的媒體必須「在思想上政治上行動上同黨中央保持高度一致」的方針。〔註22〕而《中國共產黨第一個綱領》第九條設立「宣傳委員」和中央臨時領導機構——中央局的組成及分工（李達分管宣傳工作），這種制度安排和組織分工，充分體現了中國共產黨對新聞宣傳的高度重視和制度設計，反映出

〔註21〕中共一大會址紀念館編：《中共首次亮相國際政治舞臺檔案資料集》，上海：上海人民出版社，2016 年，第 172～173 頁。
〔註22〕鄧紹根：《百年尋根：中國共產黨新聞輿論工作黨性原則的確立》，《中國出版》2021 年第 9 期，第 9 頁。

「黨管宣傳」「黨管意識形態」的理念。因此，中共一大不僅奠定了中國共產黨新聞宣傳工作堅持黨性原則優良傳統，而且設計了「黨管宣傳、黨管意識形態、黨管媒體」的制度安排和組織分工，也說明新聞宣傳工作從一開始就是黨的整個事業的一個重要組成部分。百年輝煌，揚帆起航。正是始終堅持黨性原則，堅持黨的領導下，中國共產黨新聞宣傳工作走向了革命、建設、改革和復興偉業的偉大勝利。

第二章　建章立制繪藍圖：中共二大的新聞宣傳 [註1]

　　1921 年 7 月，中共一大宣告中國共產黨正式成立，黨從此走上了輝煌的百年征程；但是由於時間倉促，正式的黨章和中央領導機構等許多重大問題尚未解決，全部建黨的任務留給中共二大完成。1922 年 7 月 16 日，中共二大在上海南成都路 625 號拉開了帷幕。中共二大是百年黨史上的重要里程碑，被後人讚譽為創造了黨史的七個「第一」，即第一次提出黨的民主革命綱領，第一次提出黨的統一戰線思想，制定了第一部《黨章》，第一次公開發表了《中國共產黨宣言》，第一次比較完整地對工人運動、婦女運動和青少年運動提出了要求，第一次決定加入共產國際，第一次提出了「中國共產黨萬歲」的口號。[註2] 目前學界關於中共二大研究，成果豐碩；本文以中共中央黨史研究室、中央檔案館編輯出版的《中國共產黨第二次全國代表大會檔案文獻選編》為史料基礎，從新聞宣傳的新視角考察，力圖豐富和深化學界對中共二大的歷史認識，研究發現其在黨的新聞宣傳史上也具有「建章立制繪藍圖」的奠基作用。

第一節　中共二大籌備階段的新聞宣傳

　　1921 年 9 月 11 日，陳獨秀辭去廣東教育廳長，回到上海專任中共中央局

〔註 1〕《建章立制繪藍圖：新聞宣傳視野下的中共二大》，《青年記者》2021 年第 15
　　　 期，第 36～41 頁。
〔註 2〕欒吟之、梁建剛：《中共二大的七個「第一」》，《學習時報》，2019 年 02 月 25
　　　 日。

書記。10 月 4 日，他在漁陽里 2 號住宅被法國巡捕房搜捕，搜出《新青年》《勞動界》《共產黨》月刊及共產黨印刷物。他和包惠僧、楊明齋等被捕入獄。在共產國際代表馬林等多方營救下，最後與 26 日以「罰洋 100 元了案」。獲釋後，他以中共中央局書記身份，首次召集了中央會議，提出了一些關於中央工作和會議的規範，確定了工人運動的計劃，決定繼續出版《共產黨》，復刊《新青年》，籌備成立人民出版社。〔註3〕11 月，他以「中央局書記」名義向全國各地共產黨支部發出《中國共產黨中央局通告》，布置建立與發展黨團工會組織及宣傳工作等四項目標，指明了召開中國共產黨第二次全國代表大會的時間和任務，「明年七月開大會……，以便開大會時能夠依黨綱成立正式中央執行委員會」，特別提出「中央局宣傳部在明年七月以前，必須出書（關於純粹的共產主義者）二十種以上。」〔註4〕這個通告，也是在中國共產黨歷史上首次出現和使用了「中央局宣傳部」的稱呼。同月 23 日，蔡和森、李立三等人由法國回國，陳獨秀介紹他們入黨，並留蔡和森在中央局宣傳部工作。至此，中央局除分管宣傳工作的李達之外，增加了富有新聞宣傳經驗的報刊理論家蔡和森，從而加強中央的新聞宣傳隊伍建設，為創辦新的黨報黨刊、迎接大革命的新聞宣傳做好了人員準備。

在陳獨秀的領導下，中國共產黨從 1921 年 12 月至 1922 年 4 月進行了紀念李卜克內西殉難兩週年、支持香港罷工、上海新年宣傳運動和反基督教運動等活動。1 月 15 日，上海社會主義研究會、中國青年團、馬克恩學說研究會等團體在寧波同鄉會館召開紀念會，紀念李卜克內西、盧森堡殉難兩週年。陳獨秀、李啟漢、沈玄廬、陳望道等先後發表演說，500 餘人參加了此次紀念活動。為了此次活動，中央局專門出版了一本小冊子以及組織各地印發傳單。雖然「大會不帶有示威性質，而好像帶有嚴肅報告的學術性質」；但被共產國際在華工作全權代表利金撰寫的給共產國際執委會遠東部的報告中卻被認為是「中國共產主義組織中央局同青年一起開展的比較成功的宣傳運動」。〔註5〕1 月底，中國農曆新年初一，根據陳獨秀的提議，中國共產黨開展了「新年宣

〔註 3〕唐寶林、林茂生等：《陳獨秀年譜》，上海：上海人民出版社，1988 年，第 157 頁。

〔註 4〕中共中央黨史研究室、中央檔案館編：《中國共產黨第二次全國代表大會檔案文獻選編》，北京：中共黨史出版社，2014 年，第 33 頁。

〔註 5〕中共中央黨史研究室、中央檔案館編：《中國共產黨第二次全國代表大會檔案文獻選編》，北京：中共黨史出版社，2014 年，第 57 頁。

傳運動」。上海共產黨全部黨員李達、陳望道、沈雁冰、李漢俊等與中國、朝鮮社會主義青年團團員百餘人，工人五十人，上午在上海市內散發「賀年帖」六萬張。「賀年帖」一面寫「恭賀新禧」，另一面寫共產主義內容的口號和太平歌歌詞，如「天下要太平，勞工須團結。萬惡財主銅錢多，都是勞工汗和血」「推翻財主天下悅」，「不做工的不該吃」等。下午又在「新世界」等群眾聚會的遊戲場所散發了反帝國主義及本國軍閥的傳單二萬張。群眾見了說：不得了，共產主義到上海了。〔註6〕利金在報告中寫道：成千上萬中國普通百姓被吸引到上海「新世界」來了。上海小組利用這種情況以及寄賀年卡的習俗開展了一日宣傳運動。他們印發了總共 8 萬份的兩種傳單：一種是新年賀卡，一面印有老一套的賀詞，一面印有告工人書；另一種是喚（煥）發民族感情，號召為建立統一的中國而與蘇俄攜手戰鬥的呼籲書。〔註7〕2 月，支持香港的罷工活動，中央局本來擬定了一日聲援罷工計劃，但未能實現，最後只限於宣傳鼓動，出版了專門的傳單和呼籲書，並同上海警察局展開了激烈的搏鬥，李啟漢被捕。3 月，中央局發動了反基督教宣傳運動。1922 年 5 月，利金在給共產國際執委會遠東部報告寫到：中國共產黨「在其存在的兩年間確實做了大量組織、宣傳和出版工作。僅我在上海逗留期間，就出版了大約 16 種翻譯的小冊子。」〔註8〕

　　為了準備召開中國共產黨第二次全國代表大會，1922 年 5 月 1～6 日，第一次全國勞動大會在廣州開幕，通過了《第一次全國勞動大會宣言》。5 月 5～10 日，中國社會主義青年團召開第一次全國代表大會，通過了《中國社會主義青年團綱領》。6 月 15 日，第一次直奉戰爭結束後，陳獨秀起草和發表了《中國共產黨對於時局的主張》，這是中共中央首次發表對時局的主張。6 月 17 日，署名「陳獨秀中國共產黨中央執行委員會」對外公開印行了《中國共產黨對於時局的主張》，分析了辛亥革命以後國際帝國主義和中國封建軍閥互相勾結，壓迫中國人民的歷史和現狀，指出帝國主義的侵略和軍閥政治是中國內憂外患的根源，也是人民受痛苦的根源。無產階級在目前最迫切的任務是，必須用革命手段取消帝國主義列強在中國的各種特權；肅清軍閥，沒收軍閥官僚的財產，將他們的田地分給貧苦農民；保障人民的自由權利。為了完成這個

〔註 6〕唐寶林、林茂生等：《陳獨秀年譜》，上海人民出版社，1988 年，第 162 頁。

〔註 7〕中共中央黨史研究室、中央檔案館編：《中國共產黨第二次全國代表大會檔案文獻選編》，北京：中共黨史出版社，2014 年，第 57 頁。

〔註 8〕中共中央黨史研究室、中央檔案館編：《中國共產黨第二次全國代表大會檔案文獻選編》，北京：中共黨史出版社，2014 年，第 59 頁。

任務，中國共產黨主張和國民黨等革命黨派以及其他革命團體，建立民主主義的聯合戰線，共同反對帝國主義列強和封建軍閥的雙重壓迫。

6月30日，陳獨秀以「中共中央執行委員會書記」的名義撰寫了《給共產國際的報告》。該報告比較系統地彙報了中國共產黨建黨初期情況，有相當部分關於新聞宣傳內容。陳獨秀在報告第一部分「現在狀況」中，彙報了黨費收支情況，其中新聞出版支出占相當的比重，「自一九二一年十月起至一九二二年六月止，由中央機關支出一萬七千六百五十五元；收入計國際協款一萬六千六百五十五元，自行募捐一千元。用途：各地方勞動運動約一萬元，整頓印刷所一千六百元，刷印品三千元，勞動大會一千餘元，其他約二千餘元。」〔註9〕然後他用相當的篇幅報告了中國共產黨成立初期開展「政治宣傳」的成就，其內容包括：

1. 關於華盛頓太平洋會議之運動如左（下）：
    I. 譯印第三國際對於太平洋會議宣言（五千份）。
    II. 譯印山川均及利彥批評太平洋會議論文（各五千份）。
    III. 印陳獨秀論太平洋會議論文（五千份）。
    IV. 印李漢俊批評太平洋會議小冊子（五千份）。
    V. 在上海國發大會散佈關於太平洋會議傳單（五千份）。
    VI. 在上海工人集會散佈關於太平洋會議傳單（五千張）。

2. 一九二二年正月一日，上海共產黨全部黨員及中國朝鮮社會主義青年團團員一百餘人，工人五十人，上午分散「賀年帖」（內載鼓吹共產主義的歌）六萬張於上海市內，下午分散攻擊國際帝國主義及本國軍閥的傳單二萬張於「新世界」等群眾聚會的遊戲場。結果一朝鮮青年因散「賀年帖」在法租界被捕。

3. 正月十五日，全國共產黨所在地都開 Karl Lieb-knecht 紀念會，由全部黨員出席演說，分散紀念冊五千本；紀念冊內載 Karl Lieb-knecht 及盧森堡女士傳及「斯巴達卡司團」宣言。此次紀念會廣州最盛，工人參加遊行者二千餘人。

4. 五月五日全國共產黨所在地都開馬克思紀念會，分散馬克思紀念冊二萬本。

5. 奉直戰爭後，由中央機關發布《中國共產黨對於時局之主張》的小冊子五千份，主張聯合全國民主派對於北洋軍閥繼續戰爭。

〔註9〕中共中央黨史研究室、中央檔案館編：《中國共產黨第二次全國代表大會檔案文獻選編》，北京：中共黨史出版社，2014年，第68頁。

6. 中央機關設立之「人民出版社」所印行書如左（下）：

馬克思全書二種：*Communist Manifesto*，*Lohn Arbeitund Kapital*。

列寧全書五種：*Lenin's Life*，*Sovietat Work*。

討論進行計劃書：*Erfolgeund Schwierihkeitender Sowjetmacht*、共產黨禮拜六；康民尼斯特叢書五種：《共產黨計劃》（布哈林）、《俄國共產黨黨綱》《國際勞功運動中之重要時事問題》《第三國際議案及宣言》、*Trosky's From Octoberto Brest Litovisk*、以上書十二種各印三千份。〔註10〕

　　陳獨秀的報告也介紹了中國共產黨初期開展「勞動運動」的成績，特別是中國勞動組合書記部主辦機關刊物情況，「在上海發行《勞動週刊》，至四十一期為會審公堂所封禁，發行最多時五千份，前後統計印行十六萬五千張」〔註11〕，「《工人週刊》每期印二千份，大部分銷行北方鐵路工人，今猶繼續刊行。」〔註12〕而在廣東方面「設立勞動通信社」。在第二部分「將來計劃」中，他特別提到了「政治宣傳」工作，要「多印行對於農民工人兵士宣傳的小冊子，發行《共產黨半月刊》，專討論世界的及本國的政治經濟問題。」〔註13〕

　　7月1日，由廣州新青年社印行的中共中央理論刊物《新青年》第九卷第六號出版，並刊登了兩則《新青年社特別啟事》：（1）本社現已遷移隔壁，即『昌興馬路二十八號』。一切信件，均請寄至此處；所有書報往來辦法，仍照舊章辦理！（2）本社出版的《新青年》和各種叢書，上海方面，已託商務印書館、伊文思圖書公司代售了。〔註14〕該號《新青年》發揮了黨中央理論刊物的宣傳鼓動作用。首先刊登了《馬克思學說》《馬克思學說之兩節》《平民政治與工人政治》《自由與強制——平等與獨裁》《俄國的新經濟政策》《共產主義之界說》《無產階級專政》《俄羅斯革命和唯物史觀》《馬克思主義上所謂「過渡期」》等文章，積極傳播了馬克思列寧主義；其次，發表了《評第四國際》《評新凱先生〈共產主義與基爾特社會主義〉》《再論共產主義與基爾特社會主

〔註10〕中共中央黨史研究室、中央檔案館編：《中國共產黨第二次全國代表大會檔案文獻選編》，北京：中共黨史出版社，2014年，第68～69頁。

〔註11〕中共中央黨史研究室、中央檔案館編：《中國共產黨第二次全國代表大會檔案文獻選編》，北京：中共黨史出版社，2014年，第69頁。

〔註12〕中共中央黨史研究室、中央檔案館編：《中國共產黨第二次全國代表大會檔案文獻選編》，北京：中共黨史出版社，2014年，第70頁。

〔註13〕中共中央黨史研究室、中央檔案館編：《中國共產黨第二次全國代表大會檔案文獻選編》，北京：中共黨史出版社，2014年，第71頁。

〔註14〕《新青年社特別啟事》，《新青年》第九卷第六號，1922-07-01。

義》《今日中國社會究竟怎樣的改造？》等文章，與基爾特社會主義展開了激烈的論戰；再次，介紹了中國社會主義青年團第一次全國大會情況並刊登了大會決議案。該號《新青年》積極發揮了黨中央理論刊物的作用，為即將召開了的中共二大做好了輿論宣傳準備。

第二節　中共二大決議中關於新聞宣傳的相關規定

　　1922 年 7 月 16 日至 23 日，中共二大在上海南成都路輔德里 625 號（李達寓所）開幕。出席會議共 12 人（有一名代表姓名不詳）代表全國 195 名黨員，分別是：中央局委員陳獨秀、張國燾、李達，上海的楊明齋，北京的羅章龍，山東的王盡美，湖北的許白昊，湖南的蔡和森，廣州的譚平山，中國勞動組合書記部代表李震瀛，中國社會主義青年團臨時中央局代表施存統。大會共進行了 8 天，以小型的分組會為主，舉行了三次全體會議。陳獨秀主持大會，並代表中央局向大會作一年來的工作報告；張國燾報告出席遠東各國共產黨及民族革命團體第一次代表大會的經過以及第一次全國勞動大會的情況；施存統報告社會主義青年團第一次全國代表大會的情況。

　　大會討論通過了《中國共產黨第二次全國代表大會宣言》《關於「世界大勢與中國共產黨」的議決案》《關於「國際帝國主義與中國和中國共產黨」的決議案》《關於「民主的聯合戰線」的議決案》《中國共產黨加入第三國際決議案》《關於議會行動議決案》《關於「工會運動與共產黨」的議決案》《關於少年運動問題的決議案》《關於婦女運動的決議案》《關於共產黨的組織章程決議案》《中國共產黨章程》等 9 個決議案。這些決議案中，有些間接或直接包括新聞宣傳相關內容。間接相關內容方面，如大會最主要的成果是發表了《中國共產黨第二次全國代表大會宣言》，提出了反帝反封建的民主革命綱領，初步闡明了現階段中國革命的性質、對象、動力、策略、任務和目標，指明了中國革命的前途。這些成為中共二大後最重要的新聞宣傳的時代主題和具體內容。

　　有些決議案內容，則直接有新聞宣傳相關的條款，如《中國共產黨加入第三國際決議案》。該決議案規定：中國共產黨決定「正式加入第三國際，完全承認第三國際所決議的加入條件二十一條，中國共產黨為國際共產黨之中國

支部。」〔註15〕該決議後附有《第三國際的加入條件》(《加入共產國際的條件》)。《加入共產國際的條件》是共產國際 1920 年制定的行動綱領，是指導各國共產黨加強自身建設的綱領性文獻。它確定了加入共產國際的各政黨必須具備的條件，劃清了共產黨與形形色色的機會主義政黨的界限。這就從根本上堵住了機會主義分子混入共產國際的渠道，為維護共產國際在思想上、組織上的純潔性提供了保證。在《第三國際的加入條件》21 條中，有九條（一、四、五、七、九、十、十一、十四、十八）直接涉及到新聞宣傳，成為指導各國共產黨開展新聞宣傳活動必須遵循的根本原則，並為各國共產黨開展新聞宣傳繪製出路線圖。如《第三國際的加入條件》中的第一條，「（一）每日的宣傳和運動須具真實的共產主義的性質，並遵守第三國際的綱領和決議。黨的一切機關報，均須由已經證實為忠於無產階級利益的忠實共產黨編輯，不要空空洞洞說成『無產階級專政』為一種流行的爛熟的公式，應當用實際的宣傳方法，把每日的生活事實系統的清解於我們報紙上面，使一切勞動者，一切工人，一切農人，都覺得有無產階級專政出現之必要。一切定期的或其他的報紙與出版物，須完全服從黨的中央委員會，無論他是合法的或違法的，決不許出版機關任意自主，以致引出違反本黨的政策。凡屬第三國際的黨眾，無論在報紙裏面，公眾集會裏面，工團裏面，合作社裏面，不僅要系統的，嚴刻的攻擊資產階級，並且要攻擊與他通氣的各色改良派。」〔註16〕這一條款成為各國共產黨在新聞宣傳中必須遵循的黨性原則，也基本確立了中國共產黨初期的黨性原則內容。而《第三國際的加入條件》中的四、五、七、九、十條，則直接規定了新聞宣傳的對象和範圍，必須在軍隊、鄉村農民、工人群眾和共產國際黨內外開展新聞宣傳工作。其中十一、十四和十八條不僅規定了新聞宣傳開展形式，「努力從事合法的或違法的宣傳」，而且再次強化了堅持黨中央領導和與黨中央保持高度一致的新聞宣傳黨性原則，如「一切活動隸屬於革命的宣傳和運動之真正的利益之下」「各國共產黨的中央機關報，必須刊布國際共產黨執行委員會一切重要的正式文件。」〔註17〕

在《關於婦女運動的決議案》中，第三部分明確規定：「第三國際，為一

〔註15〕中共中央黨史研究室、中央檔案館編：《中國共產黨第二次全國代表大會檔案文獻選編》，北京：中共黨史出版社，2014 年，第 14 頁。

〔註16〕中共中央黨史研究室、中央檔案館編：《中國共產黨第二次全國代表大會檔案文獻選編》，北京：中共黨史出版社，2014 年，第 14～15 頁。

〔註17〕中共中央黨史研究室、中央檔案館編：《中國共產黨第二次全國代表大會檔案文獻選編》，北京：中共黨史出版社，2014 年，第 16 頁。

切無產階級、一切被壓迫的民族、一切被壓迫的婦女及一切被壓迫的少年的世界革命的總機關，所以他的裏面包括共產黨婦女國際為其一部。第三國際第三次大會議決，定各國共產黨於他們的組織之旁設立特別委員會，以宣傳廣大的婦女群眾，並令在各國創立一婦女部，各國共產黨的機關報中，亦須為婦女特闢一欄。中國共產黨決定在盡快的時期內實現第三國際這種決議。」〔註18〕這也成為中共二大後黨的新聞宣傳的指導方針，許多黨的報刊紛紛開設「婦女」專刊，或者直接創辦了黨領導下的婦女報刊。

雖然大會通過《關於共產黨的組織章程決議案》沒有出現「宣傳」的字眼，但是關於「群眾黨」黨性的規定和黨員言論的要求直接為黨的宣傳鼓動工作提出了更加迫切的任務。該決議規定：我們共產黨，不是「知識者所組織的馬克思學會」，……應當是無產階級中最有革命精神的大群眾組織起來為無產階級之利益而奮鬥的政黨，為無產階級做革命運動的急先鋒；……我們既然是為無產群眾奮鬥的政黨，我們便要「到群眾中去」，要組成一個大的「群眾黨」。……個個黨員不應只是在言論上表示是共產主義者，重在行動上表現出來是共產主義者。……無論何時何地，個個黨員的言論，必須是黨的言論，個個黨員的活動，必須是黨的活動；……我們中國共產黨成功一個黨，不是學會，成功一個能夠實行無產階級革命大的群眾黨。〔註19〕大會通過了《中國共產黨章程》。這是中國共產黨第一部比較完整的章程，共六章，二十九條。章程第一次明確提出了徹底地反對帝國主義和反對封建主義的民主革命綱領，即黨的最低綱領；第一次詳盡地規定了黨員條件和入黨手續，對黨的組織原則、組織機構、黨的紀律和制度，也都作了具體的規定。其中第四章「紀律」「第二十一條」中，明確規定：區或地方執行委員會及各組均須執行及宣傳中央執〔執〕行委員會所定政策，不得自定政策，凡有關係全國之重大政治問題發生，中央執行委員會未發表意見時，區或地方執行委員會，均不得單獨發表意見，區或地方執行委員會所發表之一切言論倘與本黨宣言章程及中央執行委員會之議決案及所定政策有牴觸時，中央執行委員會得令其改組之。〔註20〕

〔註18〕 中共中央黨史研究室、中央檔案館編：《中國共產黨第二次全國代表大會檔案文獻選編》，北京：中共黨史出版社，2014年，第24頁。

〔註19〕 中共中央黨史研究室、中央檔案館編：《中國共產黨第二次全國代表大會檔案文獻選編》，北京：中共黨史出版社，2014年，第25～26頁。

〔註20〕 中共中央黨史研究室、中央檔案館編：《中國共產黨第二次全國代表大會檔案文獻選編》，北京：中共黨史出版社，2014年，第28頁。

第三節　國內外對中共二大的輿論反映

7月23日，中共二大選舉產生了中央執行委員會，陳獨秀、鄧中夏、張國燾、蔡和森、高君宇為中央執行委員會委員，另選出三名候補執行委員。陳獨秀被推舉為中央執行委員會委員長，蔡和森、張國燾分別負責黨的宣傳和組織工作。大會結束後，中國共產黨中央執行委員會印行了鉛印小冊子《中國共產黨第二次全國代表大會決議案及宣言》共11部分，包括《中國共產黨第二次全國代表大會宣言》《中國共產黨章程》以及《關於「世界大勢與中國共產黨」的議決案》《關於「國際帝國主義與中國和中國共產黨」的決議案》《關於「民主的聯合戰線」的議決案》《中國共產黨加入第三國際決議案》《關於議會行動議決案》《關於「工會運動與共產黨」的議決案》《關於少年運動的決議案》《關於婦女運動的決議案》《關於共產黨的組織章程決議案》等9個決議案。

在中共二大召開之際，共產國際駐遠東代表馬林回到莫斯科總部，向共產國際執行委員會彙報工作，因故未能參加中共二大。7月11日，他向共產國際彙報了中國共產黨成立後開展工作的大致情況，也特別提及了新聞宣傳工作。他寫到：「上海和北京的週報定期出版、以大部分篇幅刊載翻譯文章的《共產黨》月刊也定期出版我們打算讓青年（團）和共產黨的兩個月刊合併，因為這兩種月刊的內容大體相合。在我離開以前，《共產黨》已停止出版。我同黨的領導機構就出版一種政治週報問題商量了數次，可是這一計劃直到今年4月尚未實行。……共產主義文獻的翻譯和出版由黨辦理。例如列寧的《國家與革命》已由一個中國同志翻譯出版。」〔註21〕7月24日，共產國際給馬林頒發了《共產國際》和《國際新聞通訊》駐遠東記者的委任狀，「偉人菲力浦先生為《共產國際》和《國際新聞通訊》駐遠東的記者。這兩種刊物用3種歐洲文字出版。呈共產國際執行委員會主席團卡爾·拉狄克。」〔註22〕共產國際根據馬林彙報情況，立即致信給剛剛成立的中國共產黨中央執行委員會，表達了對中國共產黨宣傳工作現狀的不滿，「我們才明白，你們黨的成分依然主要是知識分子，黨與工人沒有什麼重要聯繫。雖然也在印刷一些宣傳品，但是向群眾發表宣言口氣不懇切，聽不出有聯繫群眾的意思。工人的疾苦在這個宣傳中，則根本沒有提

〔註21〕中共中央黨史研究室、中央檔案館編：《中國共產黨第二次全國代表大會檔案文獻選編》，北京：中共黨史出版社，2014年，第75頁。

〔註22〕中共中央黨史研究室、中央檔案館編：《中國共產黨第二次全國代表大會檔案文獻選編》，北京：中共黨史出版社，2014年，第84頁。

及。在海員大罷工的日子裏，我們置身於這場運動之外。」並指示今後開展宣傳工作應該廣泛發動工人、青年和婦女，「工人應該在各種各樣的重大事件中通過黨的宣言、號召，黨對工運動的支持和參加示威遊行等來瞭解黨。黨應該親自組織這樣的示威遊行。……我們應該力爭對迄今一直與民族運動有聯繫的有組織的工人產生影響。……黨的宣傳還應該涉及婦女，應該從女工中間開始。為了黨的進一步發展，必須吸引青年，激發青年工人和青年知識分子對我們工作的興趣。必須把青年工人和大多數女工納入工會組織的工作中去。」〔註23〕

中共二大發表《中國共產黨第二次全國代表大會宣言》，這是中國共產黨正式發表的第一個宣言，引起了上海租界當局的關注。8月9日，法租界總巡捕房西探目長戴納會同督察員黃金榮、華探目程子卿等，闖進陳獨秀寓所，搜出《新青年》雜誌和許多共產黨書籍，再次將他逮捕，帶入盧家灣總巡捕房。當時上海《申報》對陳獨秀被捕進行了報導：「法捕房西探長戴薩克君查得法新租界陳獨秀家，藏有違禁書籍。於前日，帶同探目程子卿李友生等前往陳家抄出書籍甚多，帶入捕房。昨解法公堂請究，先由西探長稟明前情，並將書籍呈鑒；被告由巴和幫辦博勒律師代辯，稱此案捕房所控各節，敝律師尚未研究，求請堂上准予展期，以便完備手續等語。中西官判陳還押，准予展期七天再行訊核。」〔註24〕陳獨秀被捕消息見報，全國各地呼籲釋放陳獨秀。中共中央曾通報各地組織派人到上海來活動，還曾電請孫中山設法營救，孫曾打電報給上海法領事。蔡和森、李石曾等亦聯名致電法領事，並面訪法公使詢同，務使嫌疑冰釋，恢復他自由。蔡元培並在北京面質法國大使，請其轉令駐滬領事釋放。18日，會審公堂第二次開審，巴和律師幫辦博勒律師稱，所搜之物不能認為充分證據」，最後判決罰洋400元，將陳獨秀釋放。8月19日，《申報》報導了此消息，「法捕房前在陳獨秀家搜出違禁書籍及底稿等物，拘解法公堂奉訊判候再核在案。昨又提訊，先由西探長上堂稟明前情，並將各種書籍呈鑒。被告由巴和幫辦博勒律師代辨稱：此案捕房控陳係共產黨人等語，然被告不過說說，並無共產黨之實；捕房又在被告家中抄出廣東政府收款據，而此種收據並不犯法，係被告在粵省辦理學校事宜；故由該政府給被告洋四萬元，轉撥各學校作為經費所用。被告在廣東創辦新青年會，乃係粵政府所允許。被告既為

〔註23〕中共中央黨史研究室、中央檔案館編：《中國共產黨第二次全國代表大會檔案文獻選編》，北京：中共黨史出版社，2014年，第81頁。

〔註24〕《法公廨訊究陳獨秀》，《申報》1922-08-12。

該會主任，故作此種新青年書籍。查公堂不過禁止過激之事，現今被告並無機器及印刷品物，不過收藏新青年社書籍底稿而已，並無違犯章程；尚有各種往來信札，並無鼓吹工黨之行為，請察聶讞員商之。法副領事葛君判：陳獨秀罰洋四百元充公外，再交尋常保出，外抄案書籍底稿一併銷毀。」〔註25〕同日，上海《民國日報》報導說：有兩三個從莫斯科留學回來的青年團員，「在歡迎陳獨秀出來的時候，還曾用俄語唱了國際歌」。〔註26〕由於陳獨秀的入獄，《新青年》雜誌停刊，黨中央失去了理論陣地。

　　在陳獨秀入獄期間，馬林和越飛於 8 月 12 日抵達中國。他們帶回了《共產國際執行委員會給其派駐中國南方代表的指令》，認為：「國民黨是一個革命組織，它保持著辛亥革命的性質並努力建立一個獨立的中華民國」，「共產黨人應該在國民黨內和工會內擁護共產黨的人組織成一些小組」，「為了反對外國帝國主義的鬥爭，需要建立一個專門的宣傳組織，它設法在全國開展工作，其行動綱領應不僅立足於反對日本的公開壓迫，而且立足於反對英美帝國主義的偽善政策，立足於聯合蘇俄和日本革命份子。如有可能，這個組織的建立應取得國民黨的同意，但是又應該完全不依賴國民黨。」〔註27〕他們批評中共中央提出的與國民黨建立「聯合戰線」的主張是「左」傾思想，提議再召開一次全黨會議，討論中國共產黨加入國民黨的問題。8 月 29 日至 30 日，中國共產黨中央執行委員會在杭州西湖舉行會議，陳獨秀、李大釗、蔡和森、張國燾、高君宇及馬林、張太雷出席會議。馬林根據共產國際的指示，建議中國共產黨黨員以個人資格加入國民黨，實現國共合作。經過充分討論，會議決定在孫中山改組國民黨的條件下，由共產黨少數負責人先加入國民黨，同時勸說全體共產黨員以個人名義加入國民黨。西湖會議的召開，標誌著中共政治主張發生了重大改變，即同國民黨合作形式由此前的「黨外聯合」轉變為「黨內合作」。〔註28〕鑒於《新青年》雜誌停刊，為了宣傳政治主張，大力開展國民革命運動，中共中央決定出版機關刊物《嚮導》，重構黨的新聞宣傳體制（後文再續），開拓黨的新聞宣傳新格局。

〔註25〕《本埠新聞‧陳獨秀被控已訊結罰洋四百元》，《申報》1922-08-19。
〔註26〕唐寶林、林茂生等：《陳獨秀年譜》，上海人民出版社，1988 年，第 173 頁。
〔註27〕中共中央黨史研究室、中央檔案館編：《中國共產黨第二次全國代表大會檔案文獻選編》，北京：中共黨史出版社，2014 年，第 85 頁。
〔註28〕張靜如主編：《中國共產黨歷屆代表大會：一大到十八大》，河北人民出版社 2012 年，第 186 頁。

　　中共二大發表的宣言和時局主張，也引起了思想評論界討論。9 月，上海新創刊的時事評論雜誌《孤軍》（堅持法律至上，主張維護「法統」而反對革命）刊登了《評〈努力週報〉的政治主張和中國共產黨對於時局的主張》，分別對胡適提倡的「好人政府」主義和中國共產黨的政治時局主張進行了分析，認為：「好政府主義者一派是以眼前的事實為標準，以所謂「決戰的輿論」希望南北軍閥激發天良，建設一個好政府」；而「中國共產黨是以自黨本位為標準，以所謂『革命手段』聯絡孫派，推倒異己，掌握政權」。該文特別對中共二大的政治主張進行了評判，「共產黨人覺悟到『中國政治經濟的現狀依歷史進化的過程』，現在還不夠上說社會革命，這一層在事實上有根佐，在學理上有根據；他們現在覺悟到這一點，我們是很贊同的；但是他們所主張用所謂革命的手段推到異己掌握政權這一層，我們很誠懇地提出反對，很誠懇地請他們再考慮一下。」〔註 29〕

　　中共二大發表的宣言和時局主張更加引起了北洋政府當局的警惕和嚴防。全國各地郵局檢查員加強了對中國共產黨宣言等出版物的檢查。如 1922年 10 月 1 日，上海《申報》報導說：「江蘇齊督電稱：略云據密探報稱，有人在滬極力宣傳過激主義。工人、學生多易被其煽惑。據郵局檢查員檢查印刷品中，有《中國共產黨宣言》《共產黨宣言》。其目標不外鼓吹工人、農人，組織無產階級剷除制度。似此意煽亂，實於社會治安有關。邇來罷市罷工風潮，日漸彌蔓，顯係有人從中主動，自應從嚴防範。」〔註 30〕10 日，上海《時報》也報導說：齊督軍、韓省長迭據檢查郵電委員呈報，「檢出中國共產黨油印宣言書等件，鼓吹過激主義。」22 日，《申報》再次報導，「蕪湖房道尹頃接許省長通令，案準內務部諮開準國務院函準江蘇齊督軍真電報：據有人在滬極力鼓吹社會主義，現擬操縱全國工商學界之激烈分子，為將來罷工、罷市，要挾軍人地步；並據郵局檢呈，《中國共產黨宣言》顯係有人從中主動，事關地方治安，亟應嚴密防範。遇有該印刷品，應即一併查禁，以杜亂萌等語。房道尹除通令所屬各知事外，並令蕪湖廳嚴加防範。」〔註 31〕北洋政府為中國共產黨「過激」宣傳，召開內閣會議決定取締新文化運動。11 月 13 日，《大公報》

〔註 29〕公敢：《評〈努力週報〉的政治主張和中國共產黨對於時局的主張》，《孤軍》1922 年第 1 期，第 13～14 頁。

〔註 30〕《嚴防俄人在華擾亂電》《申報》1922-10-01。

〔註 31〕《蕪湖快信》，《申報》1922-10-22。

報導說：「政府以近來過激流傳非常迅速，各處罷工東遏西起，顯有奸徒從中煽惑；本年國慶節，居然有中國共產黨北京支部之印刷品散佈市衢尤可注意。其影響於社會現狀甚大，恐有蹈亡俄覆轍之慮。前日，居仁堂開特別閣議，內長孫丹林提出禁止新文化案，決定由內務部提議條例，再經閣議通過公布。蓋教府以過激潮流之宣傳，實由於新文化云。」〔註32〕

　　總之，中共二大為圓滿完成中國共產黨的創建工作，在政治上、理論上和組織上定了基礎，與一大共同完成了黨的創建任務，標誌著中國共產黨創建事業進入了一個嶄新階段，這也黨的二大在黨史上所具有的特殊意義。正如陳獨秀所說：中國共產黨「黨在第一次代表大會時還沒有綱領，甚至沒有規章，黨的要求——無產階級專政——懸在半空，到第二次大會時就腳踏實地了，有了規章，找到了與中國實際聯繫並決定了黨要走的道路。」〔註33〕確實，中共二大制定了反帝反封建的民主主義革命綱領，成為當時黨的新聞宣傳的時代主題和主要內容；大會通過的《中國共產黨第二次全國代表大會決議案及宣言》和九個決議案成為當時黨的新聞宣傳的具體內容；尤其《中國共產黨加入第三國際決議案》附錄《第三國際的加入條件》則對黨的新聞宣傳的對象、範圍、根本原則和具體方法進行了相關規定；而《中國共產黨章程》《關於婦女運動的決議案》《關於共產黨的組織章程決議案》均對黨的新聞宣傳有所規定。這些相關規定基本構成了中國共產黨早期新聞宣傳制度，積極指導著黨的早期新聞宣傳工作的有效。特別大會第一次喊出了「中國共產黨萬歲！」宣傳口號，意義深遠。從黨的一大閉幕齊聲高呼的「共產黨萬歲！」到中共二大的「中國共產黨萬歲！」，體現出新生的中國共產黨人對馬克思主義的堅定信念，對自身能夠承擔起革命重任的堅定自信，對中國革命必將取得最終勝利的堅定自信。「中國共產黨萬歲！」這一響亮的宣傳口號一直使用至今，傳遍中華大地。

〔註32〕《閣議決定取締新文化・為遏止過激潮耳》《大公報》1922-11-13。
〔註33〕中共中央黨史研究室第一研究部：《共產國際、聯共（布）與中國革命檔案資料叢書第二卷共產國際、聯共（布）與中國革命文獻資料選輯（1917~1925）》，北京圖書館出版社 1997 年，第 477 頁。

第三章 「黨管宣傳」有保障：
中共三大的新聞宣傳[註1]

　　1923 年 6 月 12 日至 20 日，中共三大在廣州召開，決定與孫中山領導的
國民黨實行黨內合作、共產黨員以個人身份加入國民黨，促成第一次國共合
作，揭開了席卷全國、轟轟烈烈大革命的序幕，標誌著黨從創建時期轉入大革
命時期。中共三大在黨史上具有重要的地位，創造了八個「首次」，包括：首
次修訂黨的章程；首次制定《中國共產黨黨綱草案》；首次制定《中國共產黨
中央執行委員會組織法》；通過黨史上第一部《農民問題決議案》；首次在黨代
會閉幕式上唱《國際歌》；中共三大是陳獨秀、李大釗、毛澤東唯一一次共同
出席的黨代會；是李大釗唯一一次參加過的黨代會；是毛澤東第一次進入中央
領導核心層。[註2] 它們不僅是中國共產黨的發展和中國革命進程影響深遠的
縮影，也是此次大會極富開創精神的真實記錄，一些「首次」中體現的中國共
產黨的優良傳統，一直延續至今。本文擬從新聞宣傳的新視角，豐富和深化中
共三大的研究新成果，闡明中共三大在黨的新聞宣傳史上的歷史作用。

第一節　中共三大之前的新聞宣傳體系

　　1922 年 7 月，中共二大在上海召開後，由於陳獨秀的入獄，《新青年》雜
誌被迫休刊，黨領導的新聞宣傳格局中失去了一個重要陣地；但機遇和困難是

〔註 1〕原發表名《「黨管宣傳」有保障：新聞宣傳視野下的中共三大》，《青年記者》
　　　　第 2021 年第 17 期，第 97～101 頁。
〔註 2〕謝慶裕：《中共三大在黨史上的八個「首次」》，《南方日報》2021-06-21。

並存的，中國共產黨領導的新聞宣傳體系迅速迎來了一個新格局。8 月 1 日，旅歐中國共產主義青年團創辦的理論刊物《少年》雜誌在法國巴黎創刊。前期主要由趙世炎負責編輯，1923 年 3 月後周恩來接任編輯，陳延年、陳喬年負責刻印。該刊主要任務是「傳播共產主義學理」，對旅法學生和華工進行馬克思主義教育，先後發表了趙世炎的《旅法的中國青年應該覺醒了》，周恩來的《共產主義與中國》等政論，闡述只有共產主義才能救中國的真理，與鼓吹無政府主義的《工餘》雜誌和《青年會星期報》展開論戰；譯載馬克思《法蘭西內戰》片段和列寧《共青團的任務》等著作，刊登共產國際和少共國際的文件，報導世界和中國工人、青年運動消息。〔註3〕《少年》雜誌的創辦，開拓了中國共產黨對外新聞宣傳的新局面。

　　中國共產黨國內的新聞宣傳格局也發生了新變化，強調國際宣傳的同時，不斷產生了新生力量。中共二大後，共產國際代表馬林來到北京，向北方區委提出建議，出版一種英文日報，爭取在中國外交界及國際工人運動中擴大黨的影響。當時區委討論決定創辦英文《遠東日報》，並在南池子冰窖胡同租定報館館址，開始了籌備工作。同年 8 月 29 日至 30 日，中國共產黨中央執行委員會在杭州西湖舉行特別會議。會議確定了與國民黨進行「黨內合作」的政策策略，開啟了國共合作的先河。鑒於《新青年》雜誌休刊，為了宣傳國共合作的大革命主張，中共中央決定出版機關刊物《嚮導》週刊，重構黨的新聞宣傳體制，開拓新聞宣傳新格局。9 月初，陳獨秀、蔡和森等人進行了積極的籌備工作。據羅章龍回憶：「《遠東日報》編輯部，主要由馬克思學會西文翻譯組負責。在籌備過程中，立案事宜發生波折，而且一時亦無法購置英文排字機。由於上項困難，經中央商議決定作罷，改在上海出中文週報，即《嚮導》週刊。原定名為《政治嚮導》，後簡稱《嚮導》。《嚮導》主編陳獨秀，早期編委會成員有國際代表馬林、伍廷康以及高君宇、李守常、羅章龍、張國燾、蔡和森等。編委會下設翻譯室，有英、法、德、俄、日五個組。……《嚮導》編委要求熟悉各國黨的過去與現在的政治文獻，須經常閱覽中、西文報紙，如康民特爾、朴羅芬特爾出版的報紙與月刊，及英、德、法文版國際通訊等刊物。」〔註4〕9 月 8 日，陳獨秀「為印刷《嚮導》事」親自致信亞東圖書館汪原放，囑咐他：

〔註 3〕方漢奇等主編：《中國新聞事業編年史》（第二版）上，福州：福建人民出版社，2018 年，第 494 頁。

〔註 4〕張靜如主編：《中國共產黨歷屆代表大會：一大到十八大》，石家莊：河北人民出版社 2012 年，第 252 頁。

週報用最好報紙印四千份，需款若干，請向各印局詢明示知；然後，他又派李達到亞東圖書館商定《嚮導》週刊排版事宜，決定按照《新青年》16開排版印刷。〔註5〕9月13日，由蔡和森擔任主編《嚮導》在滬創刊發行。《嚮導》開載布公地宣布了本報的中共中央政治機關報性質，「《嚮導》是中國共產黨的政治機關報。」陳獨秀為《嚮導》題寫刊頭，並撰寫了《本報宣言——〈嚮導〉發刊詞》，闡明了反帝反封建軍閥民主革命綱領，提出了《嚮導》週刊奮鬥目標，「本報同人依據以上全國真正的民意及政治經濟的事實所要求，謹以統一、和平、自由、獨立四個標語呼號於國民之前！」〔註6〕

《嚮導》緊密圍繞「二大」會議所確定的民主革命綱領進行解讀和宣傳。首先，它積極宣傳反對帝國主義，激發民眾的民族覺悟。為及時、大量揭露帝國主義的侵華罪行，激發人民的反帝鬥志，《嚮導》設立《外患日誌》專欄，逐日刊載帝國主義侵略中國的罪行；為努力戳穿列強的偽善面目，揭破反動文人的欺騙宣傳，《嚮導》發表文章30餘篇文章揭露列強在華新聞侵略活動，並對它們的造謠惑眾進行了駁斥。其次，揭露封建勢力的罪惡，推動反軍閥鬥爭。《嚮導》幾乎每期都有評述軍閥賣國的文章，揭露軍閥在軍事、政治、經濟、文化等方面出賣主權、出賣民族利益的事實。《嚮導》在宣傳打倒帝國主義，打倒封建主義軍閥的民主革命綱領中，逐漸成為一份宣傳黨的路線、方針和政策以及指導中國現實政治鬥爭頗有影響的報紙。〔註7〕《嚮導》在中國共產黨新聞事業史上具有特殊的重要地位，是中共中央第一份政治機關報。雖然此前中國共產黨已有《新青年》和《共產黨》等刊物，但它們均非中共中央創辦政治機關報。《新青年》雖在1920年8月後逐漸成為中國共產黨上海發起組的機關刊物，但它是黨中央的第一本理論刊物，且已被迫停刊。《共產黨》月刊則是中國共產黨上海發起組正式創辦的第一份黨刊，但它是一個半公開的理論性刊物。而《嚮導》是在共產國際的指導和陳獨秀為中共中央領導下為宣傳中共中央制定的反帝反封建民主革命綱領創辦的，且作為週刊刊期短，能夠及時干預社會，討論時政問題。《嚮導》創辦的重要意義在於：它從一個方面標誌

〔註5〕唐寶林、林茂生等：《陳獨秀年譜》，上海：上海人民出版社，1988年，第176頁。

〔註6〕陳獨秀：《本報宣言——〈嚮導〉發刊詞》，《嚮導》創刊號，1922年9月22日。

〔註7〕鄧紹根：《二千年來歷史上破天荒的榮譽作業——〈嚮導〉週報在中共報刊史上歷史地位》，《新聞與寫作》2012年第4期，第68頁。

著中國共產黨已從一個宣傳主義的團體成長為領導中國革命的獨立政治力量。〔註8〕《嚮導》創刊後，剛開始出版發行狀況並不理想。1922 年 11 月，《嚮導》隨中共中央遷往北京出版。同年 10 月 14 日，共產國際代表馬林記載了當時中國共產黨的新聞宣傳格局，「宣傳：週刊、月刊不能定期出版。無經費出版《新青年》和《先驅》，值得注意。——我將過問管理和組織工作。《嚮導》週報 3000 份——在上海的狀況不佳，需要適應遷往北京——遷往工人集中的城市漢口」；後來他再次記錄到：《嚮導》「週報順利，7 期，湖南最好，3500 份已售出。活動中心 11 月底遷往北京，那裏可望大量銷售。蔡〈和森〉是很好的編輯，還應由他編輯《新青年》。這個月刊現狀不好，7 月以來沒有出刊。」〔註9〕12 月 27 日，蔡和森以「本報同人」名義在《嚮導》週報第 15 期發表《敬告本報讀者》一文，介紹了報社的經營困難，「本報出刊 15 期，支出不下 1300 元，收入卻只 150 元，加上郵局經常沒收，損失不小」；他積極呼籲讀者援助，申述了四點援助理由：第一，「《嚮導》有一種不可磨滅的價值。」「像《嚮導》這樣有系統的批評政治……不斷的攻擊國際帝國主義和本國軍閥，在中國也算第一次發現。它是真正代表中國民眾利益的報紙，它是中國苦同胞的忠實好友，它是中國革命運動中不可少的先鋒，它的影響現已布滿全國。」第二，「《嚮導》是中國共產黨的政治機關報」，共產黨與著述機關不同，它由出版物得來的代價仍然用在發展宣傳事業上，贊助《嚮導》，既是「贊助共產黨的宣傳事業」，讀者又可以「不斷的看到共產黨的各種出版物」。第三，「因為敵人壓迫本報。本報既是中國民眾的喉舌，所以北京政府，軍閥，外國侵略家莫不壓迫本報」，因此更需本報好友的贊助。第四，「本報是有組織的活動的表徵。本報並不像別的報紙一樣，只是發空議論。本報所發表的主張，是有數千同志依著進行的。」他認為：「贊助本報，就是贊助中國革命」，最後提出了三種贊助辦法：1.捐款，以 3 分郵票起碼即可；2.訂閱本報；3.為本報宣傳，幫助推廣銷路。〔註10〕通過多方努力，《嚮導》週報經營狀況有所改善。據馬林 1922 年 12 月記載：《嚮導》週報「印行 6000～7000 份，主要對象是

〔註 8〕鄭保衛：《中國共產黨新聞思想史》，福州：福建人民出版社，2004 年，第 11 頁。

〔註 9〕中共中央黨史研究室、中央檔案館編：《中國共產黨第二次全國代表大會檔案文獻選編》，北京：中共黨史出版社，2014 年，第 93～94 頁。

〔註10〕方漢奇等主編：《中國新聞事業編年史》（第二版）上，福州：福建人民出版社，2018 年，第 498～499 頁。

學生和國民黨人。」〔註11〕

　　除了《嚮導》，中國共產黨領導的新聞宣傳機構不斷增加。如 1922 年還增添了社會主義青年團南昌地方團組織機關刊物《紅燈》週刊。1923 年 1 月 1 日，天津《新民意報》創辦《星火》副刊。1 月 5 日，又增設了《明日》副刊，專事宣傳馬克思主義，實際由天津社會主義青年團主辦；此後該報添設《覺郵》副刊，曾發表周恩來從法國寄回的一些通訊《西歐的「赤」況》《伍的誓詞》《生別死離》（詩）等；又開設了專論婦女問題的《女星》副刊，由鄧穎超領導的女星社負責。同時，北大學生中的共產黨員黃日葵、鄧中夏、何孟雄等參與了《北大學生新聞》等報紙編撰活動。「二七」大罷工後，京漢鐵路總工會在項英、林育南等領導下創辦了《京漢路罷工日刊》指導工人罷工鬥爭。4 月 10 日，毛澤東在長沙創辦了第一家公開正式出版的中共湖南機關刊物——《新時代》，主編是李達，16 開本，月刊，長沙文化書社發行，也是湖南自修大學校刊。《新時代》以「努力研究致用的學術，實行社會改造的準備」為創刊宗旨。毛澤東不僅為該月刊撰寫了《發刊詞》，而且撰寫了文章《外力、軍閥與革命》。同期刊載的還有李達的《何謂帝國主義》《為收回旅大運動敬告國人》、譯文《德國勞動黨綱領欄外批評》，羅學瓚的《環境與教育》及其翻譯的《共產主義與經濟的進化》，以及劉春仁的《中國民主革命之將來》等文章。這些重要文章，積極宣傳了馬克思主義理論，對中國革命的策略問題進行了初步探討。《新時代》月刊實際上成為了中共湘區委員會的理論刊物，在推動中國革命鬥爭、宣傳黨的「二大」反帝反封建的民主革命綱領和民主聯合戰線中，《新時代》月刊也起到了重要作用。由於湖南軍閥趙恒惕的迫害，《新時代》在 1923 年 7 月出完第四號後被迫停刊。〔註12〕

　　共產國際代表馬林對中共三大召開之前新聞宣傳狀況也進行過記載，並向共產國際執委會、紅色工會國際、共產國際執委會東方部及其遠東局也作了彙報。他高度評價了已停刊《新青年》雜誌對建黨和中國社會的重要作用，「黨員人數還不足 250 名，大部分是學生，知識分子中間產生了很多問題，組織得不到發展，其原因之就是月刊（《新青年》）長期停辦。曾有一個時期，這

〔註11〕　中共中央黨史研究室、中央檔案館編：《中國共產黨第二次全國代表大會檔案文獻選編》，北京：中共黨史出版社，2014 年，第 95 頁。

〔註12〕　許莉：《〈新時代〉月刊：一份由毛澤東創辦的學習和傳播馬克思主義的理論刊物》，《湖南日報》，2021-06-09。

個小的組織受我們陳獨秀同志辦的《新青年》雜誌的影響，在中國的生活中發生了直接的作用。這個刊物抨擊中國的舊觀念，從而引起人們強烈的興趣。《新青年》小組曾經是中國的思想中心，它在中國的學生中起了重要作用。隨後便是陳獨秀和幾個朋友為俄國革命所吸引，創了一個以翻譯我們的文獻為主進行共產主義宣傳的時期。黨就是在這個時期建立的。當時幾沒有什麼論述中國政治的文章，能夠用我們的觀點論述政治和經濟事件者寥若晨星，所以我認為月刊的長期停辦，其部分原因應歸於這一點。因此，我感到有必要通過寫有獨到見解的論述中國問題的文章去尋求與中國社會的結合。可是幾乎沒有人能勝任此事。《新青年》雜誌原有的影響業已喪失，單靠譯載文章無法挽回這個影響。」〔註13〕同時，他對黨的新聞宣傳格局進行了介紹，「人們不做政治宣傳，直到去年8月開辦一家週報（《嚮導》）在廣州印刷3000份、北京又加印3000份，利用這個刊物，通過我們的宣傳，完成了在中國國民運動中和國民黨中建立左翼的任務。因為我的月刊自1922年7月以來就不再發行，理論宣傳和啟蒙工作當然僅限於翻譯外國的文獻。」最後，他介紹了黨刊《前鋒》的籌備情況，「新的月刊《前鋒》第一期將於6月20日編輯完畢。我為這家雜誌寫了一批評中國國民運動的文章。」〔註14〕

第二節　中共三大關於新聞宣傳的報告和相關決議

　　1923年6月12日，中共三大在廣州東山恤孤院31號（今恤孤院路3號）開幕。陳獨秀、李大釗、毛澤東、蔡和森、陳潭秋、惲代英、瞿秋白、李立三、項英等來自全國各地及莫斯科的代表近40人（代表全國420名黨員）出席大會，共產國際代表馬林也參加了會議。陳獨秀主持了會議。

　　6月12日上午，大會開幕後，陳獨秀代表第二屆中央執行委員會作大會報告。他彙報了黨的二大以來革命形勢和黨的發展狀況，其中包括了諸多新聞宣傳的情況。第一，經費方面的新聞宣傳開支，「黨的經費，幾乎完全是我們從共產國際得到的，黨員繳納的黨費很少。今年我們從共產國際得到的約有一萬五千，其中一千六百用在這次代表會議上。經費是分發給各個小組的，

〔註13〕中共中央黨史研究室、中央檔案館編：《中國共產黨第三次全國代表大會檔案文獻選編》，中共黨史出版社，2014年，第42頁。
〔註14〕中共中央黨史研究室、中央檔案館編：《中國共產黨第三次全國代表大會檔案文獻選編》，中共黨史出版社，2014年，第43頁。

同時還用在中央委員會的工作上，用在聯絡上和用在出版週刊上。」第二，《嚮導》等黨刊黨刊出版和籌備情況，「杭州會議以後，我們間斷地出版了日報，這種間斷的情況是罷工造成的。報紙只出了二十八期，每期平均印五千至六千份。然而在初期我們的日報遭到了批評，現在它得到同情。北京、湖北、廣州和上海等地也出版了週刊。……《新青年》雜誌以前每月出版一次，現在改為三個月出版一次。出版《前鋒》月刊，刊登有關中國政治經濟情況的一般性的文章和國際政治形勢問題的文章。」〔註15〕第三，黨的二大以來新聞宣傳的成績和不足，「關於京漢鐵路罷工事件，我們出版了小冊子，在很多場合，我們發表了宣言」，「我們是在「打倒帝國主義和軍閥」的口號下工作的。打倒軍閥的口號已得到中國社會上大多數人的響應，而打倒帝國主義的口號還沒有產生很大的影響。黨員應該更加注意反對帝國主義的口號。」他批評說：「宣傳工作進行得不夠緊張，我們很少注意農民運動和青年運動，也沒有在士兵中做工作。要在婦女中進行工作，女黨員的人數也還太少。在工會的宣傳工作中，我們沒有提出任何口號。現在我們在工人中只能提出成立中國總工會的口號，而不能提出無產階級專政的口號。還應當在工人中進行擁護國民革命的宣傳。」〔註16〕當日下午，共產國際代表馬林作了國際形勢報告。

6月13日，大會討論了陳獨秀的工作報告和《中國共產黨黨綱草案》，傳達共產國際和青年國際會議精神，通過《關於第三國際第四次大會決議案》。在《中國共產黨黨綱草案》中進一步闡明了反帝反封建的民主革命綱領，提出了現階段「共產黨之任務」18條，即「最小限度的黨綱以為目前的要求」，其中第5條提出了爭取新聞出版自由的權利，「保障人民集會、結社、言論、出版之自由權，廢止治安警察條例及壓迫罷工的刑律。」〔註17〕

6月14日，李大釗、毛澤東、譚平山、徐梅坤、林育南分別代表北京、廣東、上海、武漢作工作報告。毛澤東在大會上代表湘區作工作報告，創造性地提出農民問題，強調了發動農民參加革命的重要性。毛澤東的報告得到了陳

〔註15〕中共中央黨史研究室、中央檔案館編：《中國共產黨第三次全國代表大會檔案文獻選編》，中共黨史出版社，2014年，第3頁。

〔註16〕中共中央黨史研究室、中央檔案館編：《中國共產黨第三次全國代表大會檔案文獻選編》，中共黨史出版社，2014年，第4頁。

〔註17〕中共中央黨史研究室、中央檔案館編：《中國共產黨第三次全國代表大會檔案文獻選編》，中共黨史出版社，2014年，第8頁。

獨秀和馬林的充分肯定，並被大會指派主持《農民問題決議案》的起草工作。大會總結京漢鐵路工人大罷工和二七慘案經驗，通過了《勞動運動議決案》。在該決議案針對當時勞動宣傳存在的具體問題進行了指導，提出了設立專門機構培養勞動運動宣傳人才的建議，「黨的活動須多於工會活動，『恢復工會』口號須在被封工會工友中宣傳，引起壓迫下之工人做政治的鬥爭。……哈爾濱方面之勞動運動更宜作與蘇俄工人聯合之宣傳，現時反對蘇俄之趨勢亟宜糾正。……為養成勞動運動人才起見，在適當地點設立勞動教育機關，以啟發工人宣傳及組織知識。」〔註18〕

　　6月15日、16日、17日，大會連續三天集中討論共產黨人加入國民黨問題，通過了《關於國民運動及國民黨問題的議決案》，決定採取黨內合作的形式同國民黨合作。該決議案強調在國民黨合作時首先要注意「在政治宣傳上，保存我們不和任何帝國主義者任何軍閥妥協之真面目。」〔註19〕

　　6月18日，大會討論通過了《農民問題決議案》《關於黨員入政界的決議案》《青年運動決議案》《婦女運動決議案》《中國共產黨中央執行委員會組織法》《中國共產黨第一次修正章程》等決議案。其中，《青年運動決議案》對社會主義青年團的宣傳問題提出了三點建設性意見，「在出版物上應注意於一般青年實際生活狀況及其要求」，「對於青年學生應從普通的文化宣傳進而為主義的宣傳」，「應開始從事於農民運動的宣傳和調查。」〔註20〕《婦女運動決議案》則提出了諸多現階段的宣傳口號，強調「應加入『打倒軍閥』『打倒外國帝國主義』兩個國民革命運動口號」，「要在全國婦女運動中樹立一精神中心，應創辦一種出版物，以指導並批評日常的婦女生活及婦女運動。」〔註21〕《中國共產黨第一次修正章程》第二十二條規定，黨的「區或地方執行委員會及各組」具有「執行及宣傳中央執行委員會所定政策」的使命責任。〔註22〕《中國

〔註18〕 中共中央黨史研究室、中央檔案館編：《中國共產黨第三次全國代表大會檔案文獻選編》，中共黨史出版社，2014年，第11～12頁。

〔註19〕 中共中央黨史研究室、中央檔案館編：《中國共產黨第三次全國代表大會檔案文獻選編》，中共黨史出版社，2014年，第11頁。

〔註20〕 中共中央黨史研究室、中央檔案館編：《中國共產黨第三次全國代表大會檔案文獻選編》，中共黨史出版社，2014年，第14頁。

〔註21〕 中共中央黨史研究室、中央檔案館編：《中國共產黨第三次全國代表大會檔案文獻選編》，中共黨史出版社，2014年，第15頁。

〔註22〕 中共中央黨史研究室、中央檔案館編：《中國共產黨第三次全國代表大會檔案文獻選編》，中共黨史出版社，2014年，第19頁。

共產黨中央執行委員會組織法》規定，大會選出的中央執行委員會「為本黨最高指導機關」，肩負著「發行用本黨名義之出版物」的職責。

6 月 19 日，大會選舉了中央執行委員會。根據大會投票結果，陳獨秀 40 票，李大釗 37 票，蔡和森 37 票，王荷波 34 票，毛澤東 34 票，朱少連 32 票，譚平山 30 票，項英 27 票，羅章龍 25 票，當選為中央委員，鄧培、張連光、徐梅坤、李漢俊、鄧中夏 5 人為候補中央委員，他們組成中央執行委員會。由陳獨秀、蔡和森、毛澤東、羅章龍、譚平山（後由於譚調職，改為王荷波）5 人組成中央局，陳獨秀為委員長，毛澤東為秘書，羅章龍擔任會計，負責中央日常工作。陳獨秀為中央局委員長，主持工作。毛澤東首次成為中央局成員，擔任中央局秘書，負責「本黨內外文書及通信及開會記錄之責任，並管理本黨文件。本黨一切函件須由委員長及秘書簽字。」〔註 23〕大會發表了《中國共產黨第三次全國代表大會致日本共產黨的信》《中國共產黨第三次全國代表大會致印尼共產黨的信》，通過了《中國共產黨第三次全國大會宣言》，批評了中國國民黨的錯誤觀念「集中全力於軍事行動，忽視了對於民眾的政治宣傳」；希望「中國國民黨斷然拋棄依賴列強及專力軍事兩箇舊觀念，十分注意對於民眾的政治宣傳，勿失去一個宣傳的機會，以造成國民革命之真正中心勢力」，闡明了中國共產黨現階段的責任、中心工作和使命，「對於工人農民之宣傳與組織，是我們特殊的責任；引導工人農民參加國民革命，更是我們的中心工作；我們的使命，是以國民革命來解放被壓迫的中國民族，更進而加入世界革命，解放全世界的被壓迫民族和被壓迫的階級。」〔註 24〕

6 月 20 日，中共三大全體代表到黃花崗七十二烈士墓園舉行悼念活動，由瞿秋白、張太雷教唱《國際歌》，大會至此閉幕。從此，在中國共產黨全國代表大會閉幕式上奏唱《國際歌》成為延續至今的光榮傳統。

第三節 中共三大後新聞宣傳的新動向

中國共產黨第三次全國代表大會閉幕當日，馬林致信共產國際執行委員會，彙報了大會召開和新聞宣傳情況，既表揚了黨取得的成績，又指出了存

〔註 23〕中共中央黨史研究室、中央檔案館編：《中國共產黨第三次全國代表大會檔案文獻選編》，中共黨史出版社，2014 年，第 16 頁。

〔註 24〕中共中央黨史研究室、中央檔案館編：《中國共產黨第三次全國代表大會檔案文獻選編》，中共黨史出版社，2014 年，第 20 頁。

在的問題,「黨在組織工人加入工會方面有了進步。在政治方面也做了工作,辦了一份週報(《嚮導》);然而黨的組織又很不健全,對黨員的教育完全忽略了。」〔註25〕6 月 25 日,馬林寫信給共產國際執委會、紅色工會國際、共產國際執委會東方部遠東局,報告了中共三大的投票及其中央執行委員會情況,並強調他已經指出了「克服目前的不景氣狀況而進行宣傳的途徑。」7 月 15 日,他繼續向共產國際執行委員會報告國共合作進展情況,其中他介紹了中國共產黨的新聞宣傳情況,「我們中央委員會的同志未來幾天內就啟程上海。他們想在北方通過新的地方組織去推動國民黨的現代化。現在搞一場聲勢浩大的、強有力的國民黨的宣傳必然會有成果。黨發了 8000 份關於目前時局的宣言,要求召開由工商學各界和鄉村自治政府代表參加的國民大會。此外,《嚮導》還就危機問題出版一期專號,印製 4000 份。現寄上幾份這兩種材料的副本。為週報之故,中央機關不得不離開廣州。《前鋒》創刊號將在幾天內出刊,這家月刊如同週報一樣,主要進行國民黨的宣傳。過去的《新青年》雜誌 3 個月出一期。《前鋒》第一期由瞿秋白同誌主編,其中有一篇關於共產國際第四次代表大會發言情況的總結,著重談了東方問題。」〔註26〕

中共三大以後,黨中央加強對各項政治運動的領導和宣傳,建立了黨中央的新聞宣傳管理機構,形成了新的新聞宣傳格局(詳情另文再續)。中共三大召開期間,《新青年》季刊於 1923 年 6 月 15 日在廣州復刊。中共三大閉幕 10 天後,黨中央機關刊物《前鋒》月刊於 7 月 1 日在廣州創刊。中共三大執行委員會分工中,蔡和森負責宣傳工作,同時兼任《嚮導》週報主編。1923 年 10 月 15 日,中共三大執行委員會致函各地黨團組織,決定由中共中央和青年團中央共同組成教育宣傳委員會,下設編輯部、函授部、通訊部、印刷部、圖書部、圖書館;〔註27〕該函全名為《鍾英(即中央)致各區、地方和小組同志信——頒發教育宣傳委員會組織法》,通知全文:「C.P.(中國共產黨)及 S.Y.(中國社會主義青年團)兩中局:茲組織教育宣傳委員會,其組織法已印附寄。各

〔註25〕中共中央黨史研究室、中央檔案館編:《中國共產黨第三次全國代表大會檔案文獻選編》,中共黨史出版社,2014 年,第 59 頁。

〔註26〕中共中央黨史研究室、中央檔案館編:《中國共產黨第三次全國代表大會檔案文獻選編》,中共黨史出版社,2014 年,第 69 頁。

〔註27〕中共中央組織部、中共中央黨史研究室、中央檔案館編:《中國共產黨組織史資料,1921.7～1927.7》(第一卷),中共黨史出版社,2000 年,第 23 頁。

區或地方應按該組織法，推定負責者一人為該會委員。又其中原定之北京圖書館暫不設置。通訊部於原有七股外加設調查股。鍾英 Le0」。〔註28〕通過信函通知在黨內公布了《教育宣傳委員會組織法》，這是第一部規範黨的工作部門的黨內法規。〔註29〕該組織法共十四條，分六方面內容：第一條規定了教育宣傳委員會的組成，「由 C.P.及 S.Y.兩中央協定委派委員組織之；其政治上的指導直隸於 C.P.中央，並對之負責；至於組織上工作上之分配，概依兩中央之協定議決而定，自當服從此等議決而於指定期間執行每次所分配之工作。」第二條明確了該委員會的職責，「在於研究並實行團體以內之政治上的主義上的教育工作以及團體以外之宣傳鼓動。」〔註30〕第三條，明晰了組織機構，包括編輯部、函授部、通訊部、印行部、圖書館等五部門；第四至八條介紹了五個部門的工作分工和具體職責。其中，編輯部管理《新青年》季刊、《前鋒》月刊、《嚮導》週刊、《黨報》（不定期刊）、《青年工人》月刊、《中國青年》週刊、《團鐫》（不定期刊）八種黨團刊物，明確了它們各自刊物定位；函授部宣講經濟學及社會進化史、社會學及唯物史觀、社會思想及運動史，社會問題、國際政治及帝國主義等四門功課；通訊部負責「編譯一切與運動及主義有關之文件及材料」，為此分為英文股、俄文股、法文股、德文股、日文股、雜誌股、報紙股、調查股等八部門；印刷部負責「經理印刷並發行刊物及講義以至於黨中團中其他出版品。」〔註31〕圖書館則專門「供給同志研究主義及現實政治經濟之用。」這些部門都有「專門負責人」。第九、十條規定了地方教育宣傳委員會的職責，「各地方委員會中當選定一人負教育宣傳工作之責，其工作之指導權除屬於地方委員會外，同時直接屬於教育宣傳委員會。此等負地方上教育宣傳專責之地方委員亦為教育宣傳委員會之一員。各地方平時大會除討論兩中央一切命令（政治及非政治的）之外，尚須討論教育宣傳委員會定期刊物之政治題目……討論此等題目之經過及結論，每月當另作一報告呈送教育宣傳

〔註28〕 中國社科院新聞研究所：《中國共產黨新聞工作文件彙編》（上），新華出版社，1980 年，第 6 頁。
〔註29〕 李斌雄著：《緊緊制度的籠子：中國共產黨黨內法規制度的重大發展研究》，武漢出版社，2017 年，第 65 頁。
〔註30〕 中國社科院新聞研究所：《中國共產黨新聞工作文件彙編》（上），新華出版社，1980 年，第 7 頁。
〔註31〕 中國社科院新聞研究所：《中國共產黨新聞工作文件彙編》（上），新華出版社，1980 年，第 8～9 頁。

委員會。」〔註32〕第十條規定了地方教育宣傳委員會的讀書會制度，「各地方至少當組織讀書會性質的馬克思研究會（表面上可取任何名目）……每月或每兩星期開討論會。」〔註33〕第十一至十四條，明確了中央教育宣傳委員會的工作制度和方法，如「各同志自由發表之文章、書籍（雜誌）凡稍有政治性質者，必須送兩本與教育宣傳委員會存圖書館」；「每月至少開會一次，審查各部成績並討論進行方法」；開會需「兩中央各一人，五部主任各一人，但編輯部二人」；「可能時經兩中央之許可……召集全國各地方教育宣傳職員會議即擴大的教育宣傳委員會」。〔註34〕中央教育宣傳委員會負責人由中央局會計羅章龍兼任，委員有蔡和森、瞿秋白、惲代英、林育南、高君宇、蕭楚女等人。中央教育宣傳委員會的成立，加強了黨中央的新聞宣傳的管理機構和制度建設，管理從中央到地方各級黨報黨刊和新聞出版機構，打破了原來新聞宣傳管理由某一中央委員專人負責的局面，使得「黨管宣傳」有了機構和制度保障。

〔註32〕 中國社科院新聞研究所：《中國共產黨新聞工作文件彙編》（上），新華出版社，1980 年，第 9 頁。
〔註33〕 中國社科院新聞研究所：《中國共產黨新聞工作文件彙編》（上），新華出版社，1980 年，第 10 頁。
〔註34〕 中國社科院新聞研究所：《中國共產黨新聞工作文件彙編》（上），新華出版社，1980 年，第 11 頁。

第四章　中共四大：「黨管宣傳」的里程碑〔註1〕

　　1925 年 1 月召開的中共四大是黨的歷史上一次非常重要的會議，第一次提出了無產階級領導權問題，第一次提出了工農聯盟問題，統一了全黨的思想認識，使黨站在國民革命之領袖地位。〔註2〕在中國革命和中國共產黨發展的道路上，中共四大刻下了重要的歷史座標，將黨的組織建設的重點轉移到支部建設上來：首次將支部確定為黨的基本組織；首次規定「三人以上成立一支部」；首次設立黨支部書記和支部幹事會。中共四大是黨建立健全支部制度的開端，對於黨的基層組織建設具有偉大的開拓意義。〔註3〕同時，中共四大第一次把對黨的最高領導人的稱謂規定為「總書記」，並確定了總書記制，這就是今天中國共產黨實行的黨的總書記稱謂和領導制度的歷史源頭。〔註4〕其實，在黨的宣傳史上，中共四大也是一次具有開創性里程碑意義的重大會議。有研究者認為：《對於宣傳工作之議決案》「是中共四大的重要議決案之一，它對國共合作期間黨的宣傳工作具有重大的指導意義，集中體現了四大宣傳方針的調整轉變，是研究中共早期宣傳工作的重要一環，也是研究大革命時期黨

〔註1〕原文載於《青年記者》2021 年第 21 期，第 98～103 頁。
〔註2〕張士義等主編：《從黨的一大到十九大：中國共產黨全國代表大會史 1921～2017》，東方出版社 2018 年，第 72 頁。
〔註3〕《在中國革命和中國共產黨發展的道路上，中共四大刻下重要歷史座標》，《解放日報》，2021 年 2 月 7 日。
〔註4〕張靜如主編：《中國共產黨歷屆代表大會：一大到十八大》，河北人民出版社 2012 年版，第 341 頁。

的宣傳工作的重要切入點。」〔註5〕因此，在新聞宣傳的視野下，考察和分析中共四大仍具有重要的理論價值和現實意義。

第一節　中共四大籌備中《嚮導》週報「立在輿論的指導地位」

　　按照中共中央的規定，黨的全國代表大會應該每年召開一次。1923 年召開三大之後，1924 年應該召開中共四大；但是由於黨的三大決定共產黨員以個人身份加入國民黨實現國共合作，積極推進國民革命，使得 1924 年成為中國共產黨成立以來最為繁忙的一年。確實在 1924 年，國共合作步伐明顯加快。1 月，在中國共產黨和共產國際幫助下，孫中山重新解釋了三民主義，制定了聯俄、聯共扶助農工三大政策，召開了「一大」，改組了國民黨，建立了以國共合作為基礎的革命統一戰線。5 月，在中國共產黨和蘇聯的幫助下，孫中山創辦了黃埔軍校。7 月，中國共產黨創辦農民運動講習所，培養全國農民運動骨幹，形成了以廣州為中心的反帝反封建的革命新局面，全國革命形勢逐漸高漲。但是，在波瀾洶湧的大革命洪流裏暗潮湧動。同年 6 月，國民黨右派逆流倒施，先後拋出了《彈劾共產黨案》和《護黨宣言》，誣衊國共合作，公開反對反帝反軍閥的政治宣言，要求開除共產黨。

　　面對國民黨右派的瘋狂進攻，7 月 21 日，陳獨秀和毛澤東分別以黨中央「委員長」和「秘書」的名義向全黨發出《中央通告第十五號——對國民黨右派的鬥爭》指示，號召全黨採取不妥協的態度，採取各種方式表達對國民黨右派的不滿，痛斥其反動言行。8 月，國內外政治局勢日趨嚴峻。在南方，廣州爆發商團叛亂，英國摩拳擦掌，干涉中國內政，準備與廣州政府「宣戰」；蘇聯人民則積極支持「反對英帝國主義及其雇傭的商團軍」和「不干涉中國」運動。在共產黨領導的工農群眾支持下，叛亂的商團壽終正寢。在北方，9 月，倒直「三角同盟」共同出兵，孫中山移師北上，江浙戰爭、直奉大戰接踵而至，10 月，馮玉祥發動北京政變，反戰主和，力邀孫中山北上。11 月，孫中山發表《北上宣言》，接受共產黨在《嚮導》週報提出的召集國民會議主張，國民會議運動在全國吐火如茶地興起。面對國民革命的新形勢，中國共產黨的力量

〔註 5〕光新偉：《論中共四大宣傳工作方針的轉變》，《北京黨史》2015 年第 1 期，第 31 頁。

也日益壯大，至四大前的兩三個月，共產黨員的人數已經增加到 994 人，青年團員人數達 2365 人。〔註6〕共產黨人是繼續在國民黨旗幟下組織工農群眾，還是應當由共產黨直接去發動組織群眾？如何領導大革命運動繼續向前發展，已經迫在眉睫地提到了中國共產黨的議事日程上來。

據有關資料顯示，在 1924 年 7 月之前，中共中央就決定召開四大，7 月前後，有些地區已決定了參加四大的代表。〔註7〕8 月 31 日，中共中央向全國發出了《關於召開四大致各地黨組織的信》，指示全黨做好充分準備，「第四次全國大會開會為期不遠，各地同志對於本黨一年來各種政策，工農、青年、國民黨各種實際運動及黨內教育上組織上各事必有許多意見，……上述各點提出討論、以其結果報告中央局。」〔註8〕9 月，為了反擊國民黨右派進攻，中共中央在《關於國民黨工作的合作辦法》中規定：「（三）我們在民校工作之重要點，為宣傳左派政治主張（以《嚮導》之所指示為準），造成左派地位……充分的做左派的政治宣傳。……（六）我們在民校的地位為左派，胡漢民等為中派，孫科以至葉楚傖等為右派。我們對於中派的態度，亦應照《嚮導》之所指示而批評之。（七）務極力推銷《嚮導》於民校中的左派分子及中立分子。」〔註9〕確實，《嚮導》週報作為中共中央第一份政治機關報，主要任務是刊登指導全黨的政治理論文章和重大時事政治新聞。〔註10〕它在大革命浪潮中發揮了重大的輿論指導和鼓舞動員作用。9 月 10 日，《嚮導》週報第 82 期刊登《中國共產黨第三次對於時局宣言》，回顧了前兩次（1922 和 1923 年）中國共產黨對於時局的主張，認為「目前解救中國的唯一道路只有人民組織起來，在國民革命的旗幟之下，推翻直系，解除一切軍閥的武裝，尤其要在根本上推翻外國帝國主義在中國一切既得的權利與勢力。只有這樣才能免除定期的慘殺與戰爭，只有這樣才能得到永久真正的和平。」〔註11〕《國民黨右派反革命

〔註 6〕張靜如主編：《中國共產黨歷屆代表大會：一大到十八大》，河北人民出版社 2012 年版，第 294 頁。

〔註 7〕張靜如主編：《中國共產黨歷屆代表大會：一大到十八大》，河北人民出版社 2012 年版，第 295 頁。

〔註 8〕中共中央黨史研究室，中央檔案館編：《中國共產黨第四次代表大會檔案文獻選編》，中共黨史出版社 2014 年版，第 55 頁。

〔註 9〕中共中央黨史研究室，中央檔案館編：《中國共產黨第四次代表大會檔案文獻選編》，中共黨史出版社 2014 年版，第 56 頁。

〔註10〕蔡銘澤：《〈嚮導〉週報研究》，福建人民出版社 2004 年版，第 27 頁。

〔註11〕《中國共產黨第三次對於時局宣言》《嚮導》週報第 82 期，1924 年 9 月 10 日。

的經濟背景》一文正確揭示了國民黨左中右三派階級分化的經濟根源，明確指出：左派代表了工農和小資產階級，是「真正的革命派；中間派代表民族資產階級，是「妥協派」；右派代表大地主大資產階級，「完全是反革命派」。〔註 12〕《帝國主義軍閥買辦右派宰割之下的廣州革命政府》則針對廣東商團叛亂中，國民黨三派的不同態度，提出了對國民黨的正確鬥爭策略。該文指出：以廖仲愷為首的國民黨左派「悲憤填胸，誓死不屈」；中派則「猶夷妥協，居中取巧」，右派明目張膽地勾結英帝國主義和商團，「排斥異己，攘奪權位」。〔註 13〕因此，共產黨人採取了積極支持國民黨左派、與國民黨中派聯合又鬥爭、堅決與右派鬥爭的策略，取得了平息商團叛亂的勝利。

　　1924 年 9 月 15 日，中共中央向各區各地方委員會各獨立組組長發出《關於召開四大的通知》，確定第四次全國大會於 11 月 15 日召開，並分配了參會名額，確定了十項大會議案。是時，共產國際想派遣維經斯基再次來華，以協調消除以陳獨秀為首的中共中央同鮑羅廷之間因國共合作引發的意見的衝突，指導中共四大的召開。因維經斯基於 11 月底 12 月初才抵達上海，故原定 11 月召開的第四次全國大會被改為 12 月 20 日，後又因此各種籌備事宜被推遲到 1925 年 1 月。在此期間，孫中山北上參加北方和會，也為了加強黨務工作，中共中央於 11 月 1 日向全黨發布《中央通告第二十一號——加強黨務工作，對孫中山參加北方和會的態度》，強調「黨內組織為黨的中心工作，一切對內對外發展，均與之有密切關係」，並指出黨的組織開會討論政治問題時要「依本黨機關報（《嚮導》週報）之主張，以教育各個同志。」同時，對孫中山北上參加北方和會表態，「不根本反對」，並希望孫中山先生「在和會中本著國民黨的黨綱及北伐宣言說話，揭破帝國主義者和軍閥在和會中勾結宰割中國的陰謀。」〔註 14〕11 月 19 日，《嚮導》週報第 92 期刊登了《中國共產黨對於時局的主張》，93 期發表了彭述之撰寫的《中國共產黨對時局主張的解釋》，闡明了北京政變後中國共產黨對內對外的時局主張，「在國內政象上，一方面表現出反直派在北方之勝利，將回復到直皖奉直戰前安福交通執政的局面，

〔註 12〕述之：《國民黨右派反革命的經濟背景》，《嚮導》週報第 82 期，1924 年 9 月 10 日。
〔註 13〕公俠：《帝國主義軍閥買辦右派宰割之下的廣州革命政府》，《嚮導》週報第 82 期，1924 年 9 月 10 日。
〔註 14〕中共中央黨史研究室，中央檔案館編：《中國共產黨第四次代表大會檔案文獻選編》，中共黨史出版社 2014 年版，第 63 頁。

一方面表現出直系在中部仍保有其地位；同時，在外交上，一方面表現出英美帝國主義者不能獨力挾曹吳攫取全中國，一方面表現出日本帝國主義者也沒有挾段（祺瑞）張（作霖）統一中國之可能。」〔註15〕同時，中共中央向臨時國民政府及國民會議提出了「目前最低限度」的十三項要求。這是中國共產黨發表第四次對時局的主張，號召全國人民團結起來，努力促進國民會議的召開，在全國範圍內掀起了一個聲勢浩大的國民會議運動。同月，中共中央向全黨發出《關於各地應組織國民會議促進會展開活動的通告》，希望全國各地黨組織「設法在當地報紙上宣傳，在街市上，在鄉村中向民眾遊行演講，促起大的示威活動。」〔註16〕

　　12月19日，維經斯基抵滬投入到緊張的中共四大籌備工作後，向共產國際的拉斯科爾尼科夫寫信彙報了他在上海的工作情況，其中以相當的篇幅介紹了中國共產黨新聞宣傳工作的成績和黨報黨刊出版現狀，「在上海，我們中央為這項工作出版了專門的刊物《上海工人》週刊。此外，還出版了月刊《中國工人》。……中央的正式機關刊物《嚮導》週報從5月起增加印數50%，也就是說每週不是出版4000份而是6000份。刊物的聲譽確實在提高，編輯部還處在地下，當年最近刊物已公開發行。它利用一家報紙的地址，可以收到讀者的來信，多半是激進知識分子的來信。根據這些來信，很容易判斷這個刊物影響擴大的程度，這個刊物不僅反映工人的願望，而且也反映國內一般革命分子的願望。……英國巡捕和中國警察襲擊了上海大學，無論是新的還是圖書館過去保存的各期《嚮導》週報全部被沒收……但是這些鎮壓行動，不僅沒有制止住對這個刊物的傳播，而且相反，我們在這一周出版了9000份。我直接參加了編輯部工作，並為每期寫稿。日內，我們的《新青年》月刊將重新開始出版，這是陳獨秀同誌主辦的老刊物。它將每月出版一期，是我們黨的理論刊物。」〔註17〕《嚮導》週報出版發行狀況良好，但按照原來免費贈送的方式，逐漸嚴重影響到該報的經營狀況和經費使用，中共中央決定停止向全黨贈送《嚮導》和《新青年》。1925年1月10日，中共四大開幕的前一天，中共中央出版部特意發布第四號通告，通知全黨：「《嚮導》夙來經濟獨立，自實行贈

〔註15〕《中國共產黨對於時局的主張》，《嚮導》週報第92期，1924年11月19日。
〔註16〕中共中央黨史研究室，中央檔案館編：《中國共產黨第四次代表大會檔案文獻選編》，中共黨史出版社2014年版，第67頁。
〔註17〕中共中央黨史研究室，中央檔案館編：《中國共產黨第四次代表大會檔案文獻選編》，中共黨史出版社2014年版，第67～68頁。

送同志加印以後，經濟很受影響；同時，各地同志均不能照中央規定推銷，致使經費不能周轉，長此以往，前途難於支持。本部有鑑於此，決議從 101 期起，同志一律停止贈送，以後規定每同志均應自行訂閱一份……，以引起同志對於本校機關報的責任心。……《中國工人》仍照原案贈送，《新青年》從改月刊起亦停止贈送。」〔註18〕

第二節　中共四大關於新聞宣傳工作的討論和決議

1925 年 1 月 11 日至 22 日，中共中央在上海（今虹口東寶興路 254 弄 28 支弄 8 號）一幢石庫門房子舉行中國共產黨第四次全國代表大會。參會正式代表有：中央領導機構的陳獨秀、蔡和森、瞿秋白、羅章龍、譚平山、項英、王荷波，廣東的楊殷，湖南的李維漢，湖北的陳潭秋，山東的尹寬，北京的范鴻劼，上海的李立三，江西安源的朱錦棠，天津的李逸，直隸唐山的阮章，青年團的張太雷，旅莫支部的彭述之，旅法支部的周恩來，以及特邀代表汪壽華。列席代表有：張申府、沈玄廬、黃平等。共產國際代表維經斯基出席了大會。〔註19〕其中有表決權的 14 名，代表全國各地 994 黨員。陳獨秀主持大會，並代表第三屆中央執行委員會作工作報告。彭述之向大會作了關於共產國際五大的情況和決議精神的報告。維經斯基向大會致賀詞，並作了關於世界共產主義運動狀況的報告，並向大會提交了一份關於列寧主義與托洛茨基主義的報告。各地代表分別報告了本地區情況，其中周恩來作了廣東軍事報告。16 日，代表們開始討論國民革命問題。大會圍繞大革命運動的領導權和黨的組織和群眾工作等中心議題，通過了中共四大文件《對於出席共產國際第五次大會代表報告之議決案》《對於共產國際執行委員會代表報告世界共產主義運動狀況之議決案》《對於同志托洛茨基態度之議決案》《對於中央執行委員會報告之議決案》《對於民族革命運動之議決案》《對於職工運動之議決案》《對於農民運動之議決案》《對於青年運動之議決案》《對於婦女運動之議決案》《對於宣傳工作之議決案》《對於組織問題之議決案》《中國共產黨第二次修正章程》《中國共產黨第四次全國代表大會宣言》等 11 個議決案。這些中央議決案指出了

〔註18〕中共中央黨史研究室，中央檔案館編：《中國共產黨第四次代表大會檔案文獻選編》，中共黨史出版社 2014 年版，第 22 頁。

〔註19〕張靜如主編：《中國共產黨歷屆代表大會：一大到十八大》，河北人民出版社 2012 年版，第 296 頁。

黨在未來開展民族革命運動、職工運動、農民運動、青年運動、婦女運動的新聞宣傳方向和具體規定。

《對於中央執行委員會報告之議決案》充分肯定了宣傳工作對國民革命的重要性，「怎樣才能防止國際帝國主義的反動政策之實施於中國，這完全靠領導被壓迫人民的本黨及國民黨左派有正確的政策在民眾中所做之廣大的宣傳與組織的工作之努力而定。」〔註20〕《對於民族革命運動之議決案》認為全黨大部分同志在前一年黨的宣傳工作中疏忽了「我們以國民運動為中心工作並同時發展我們黨的組織及國民運動中擁護勞動階級利益的宣傳」中共三大的宣傳要求，出現了「左」傾錯誤，表現在「主張繼續做無產階級的革命運動及無產階級專政的宣傳」〔註21〕；指出今後的宣傳工作，不僅要「在國民黨內各級黨部，並且要在國民黨外各社會團體宣傳」，「應當在思想上、組織上、尤其是在民眾宣傳上擴大國民黨的左派」，「完全在我們同志指導之下的國民黨各級黨部應該努力宣傳黨員群眾，使他們都有明確的左傾觀念，才算是整個的左派結合。」〔註22〕《對於職工運動之議決案》指出中國共產黨「應當以切實組織工會及階級的宣傳為第一要務」，「在工人群眾中宣傳民族革命應根據工人階級自身的具體的政治上經濟上的利益，決不應籠統地抽象地宣傳三民主義或孫中山個人。」在策略問題上，尤其「在反動政權之下的地方，公開工會的宣傳，也同樣要努力進行。……工人階級初步的政治權利——群眾的集會、結社、言論等自由的要求，我們應當認為是現時亟須提出的口號。」〔註23〕同時，強調中國共產黨應注重「宣傳上的政治教育」，「必須在工人群眾中解釋中國政治狀況及時局變化的意義（根據本黨政治機關報（《嚮導》週報）及各地本黨黨部的議決案），詳細說明國民黨及民族革命的意義，國民黨右、中、左三派的性質及其對於工人階級的關係；闡明階級鬥爭與民族革命的相互關係及職工運動的階級性，在每個經濟鬥爭中應當指出其與政治鬥爭的關係；說明工人階級須有自己階級的政黨——共產黨，宣傳中國共產黨的黨綱及策略，

〔註20〕 中共中央黨史研究室，中央檔案館編：《中國共產黨第四次代表大會檔案文獻選編》，中共黨史出版社2014年版，第6頁。

〔註21〕 中共中央黨史研究室，中央檔案館編：《中國共產黨第四次代表大會檔案文獻選編》，中共黨史出版社2014年版，第9頁。

〔註22〕 中共中央黨史研究室，中央檔案館編：《中國共產黨第四次代表大會檔案文獻選編》，中共黨史出版社2014年版，第11頁。

〔註23〕 中共中央黨史研究室，中央檔案館編：《中國共產黨第四次代表大會檔案文獻選編》，中共黨史出版社2014年版，第14頁。

以具體的事實證明擁護工人階級的利益只有共產黨；淺顯地解釋工人階級及職工運動的世界性及中國工人階級與世界社會革命的關係。此等宣傳當有經常的機關及計劃。」〔註24〕該議決案第六部分還提出了具體方法，其中涉及新聞宣傳內容有：「四、中央機關報裏，職工運動也要占第一等地位。五、中央工農部及地方工農部應編輯極淺近的各種小冊子。六、各地宣傳部應常常注意當地職工運動裏的需要。」〔註25〕

《對於農民運動之議決案》承認前一年農民運動宣傳的錯誤經驗，「在宣傳上有時太使農民依賴國民黨政府的勢力，使農民不相信自己有力量，不明白農會自己階級的組織，所以當政治勢力保護不到時，農民對於我們便失望」〔註26〕；明確指出今後農運運動的宣傳方向，「宣傳農民、組織農民的方法，自當從目前的實際問題入手」，「打倒帝國主義與軍閥的壓迫束縛，成功無產階級革命和社會主義的前提，農人階級才能得到真正的解放。因此我們須於國民黨之外，同時獨立地進行本黨公開的宣傳和支部的工作。……在農民反抗右派官僚、軍閥和地主爭鬥中，本黨地委應作適當的宣傳或發布宣言，務使農民漸漸知道本黨是真為他們利益而奮鬥的黨。在農民運動中，我們須隨時隨地注意啟發農民的階級覺悟。農民對於國民黨懷疑時，我們當向他們解釋國民黨的派別關係，並舉出實例證明何為右派，何為中派，何為左派。我們並須向他們解釋共產黨的性質、黨綱、策略。這種宣傳在廣東反革命的買辦階級失敗，反共產的鼓動散佈於鄉村而與大地主結合之後，更為必要。」〔註27〕在針對農民的具體宣傳中，議決案認為：「提出口號須切合於當時當地農民所可行的需要」，「應特別宣傳取消普遍的苛稅雜捐，加徵殷富捐所得稅的口號」，要「宣傳並擴大農民自衛軍的組織」。

《對於青年運動之議決案》認為中國青年工人運動「剛進入組織的時期，而主要尚在宣傳的時期。如何使我們的宣傳能達到青年工人是社會主義青年團目前最重要而唯一的問題。要使我們宣傳能達到青年工人，我們就須組織俱

〔註24〕 中共中央黨史研究室，中央檔案館編：《中國共產黨第四次代表大會檔案文獻選編》，中共黨史出版社 2014 年版，第 15 頁。

〔註25〕 中共中央黨史研究室，中央檔案館編：《中國共產黨第四次代表大會檔案文獻選編》，中共黨史出版社 2014 年版，第 18 頁。

〔註26〕 中共中央黨史研究室，中央檔案館編：《中國共產黨第四次代表大會檔案文獻選編》，中共黨史出版社 2014 年版，第 19 頁。

〔註27〕 中共中央黨史研究室，中央檔案館編：《中國共產黨第四次代表大會檔案文獻選編》，中共黨史出版社 2014 年版，第 20 頁。

樂部、學校……等機關，以與青年工人接觸而得從事宣傳。」同時特別關注了學生運動，並指出：「社會主義青年團在學生中的工作應有長期的宣傳，根據於他們的狀況的宣傳，和引導他們為自己利益而奮鬥。一時的群眾運動是社會主義青年團對學生宣傳的最好機會。」〔註28〕

《對於婦女運動之議決案》要求全黨遵照「在宣傳上抬高工農婦女的地位」的工作原則，在婦女運動中，為了促進「婦女運動宣傳工作之發展，本黨應有一婦女定期刊物之籌辦。此刊物內容應注重婦女問題多方面的描寫和批評，切忌偏枯。此外，在本黨各種機關報上亦應為婦女運動作宣傳文字和理論解釋。在各種婦女群眾集會中應注重口頭宣傳的廣大作用。並且在民族運動、階級爭鬥整個歷程中，我們應努力指明無謂的男女界限的爭執足以妨礙婦女運動與民族運動、勞動運動的密切關聯。」〔註29〕同時，該議決案建議婦女運動中運用最適用的口號，如「男女社會地位平等」，「男女教育平等」，「男女職業平等」，「結婚離婚自由」，「反對大家庭制度」，「打破奴隸女性的禮教」，「反抗良妻賢母主義的女子教育」，「女子應有財產權與承繼權」，「女子應有參政權」，「男女工資平等」，「贊助勞工婦女」，「保護母性」等。

《對於組織問題之議決案》規定黨的基本組織是「以產業和機關為單位的支部組織」，肩負著宣傳職能，「支部的工作，不能僅限於教育黨員，吸收黨員，並且在無黨的群眾中去煽動和宣傳，幫助他們組織俱樂部、勞動學校、互助會……。」關於地方執行委員會的組織，該議決案規定：「地方執行委員會由三人組織之：書記兼宣傳部，第二人擔任組織部，組織之下另有『統計分配』及『交通』的職務——『交通』的職務便是發送秘密宣傳品，組織群眾大會及示威運動等。」同時，指明當下「黨的組織部重要工作之一」就是「設立一能夠普遍地傳佈黨的印刷品之機關」，「無論在黨的支部內，工農群眾內，或一般革命分子的組織內，這傳佈印刷品的工作都很重要。必須借著傳佈印刷品的方法，使我們與已加入職工會、互助會、俱樂部……的工人之關係密切。我們的印刷品，應當經常到各農會、各學校、教職員的組織、工商業辦事人的組織裏去。在各地、各省傳佈印刷品機關之設立，無論該地有我們的組織與否，這的確是供吾黨深入群眾的一個好方法。我們藉此可以與黨的組織和群眾樹立

〔註28〕中共中央黨史研究室，中央檔案館編：《中國共產黨第四次代表大會檔案文獻選編》，中共黨史出版社2014年版，第22頁。
〔註29〕中共中央黨史研究室，中央檔案館編：《中國共產黨第四次代表大會檔案文獻選編》，中共黨史出版社2014年，第24頁。

繼續更為接近的基礎。」〔註30〕

　　大會討論並通過了《中國共產黨第二次修正章程》，其中第二十二條涉及到宣傳工作的黨性原則，「區或地方執行委員會及各級均須執行及宣傳中央執行委員會所定政策，不得自定政策；凡有關係全國之重大政治問題發生，中央執行委員會未發表意見時，區或地方執行委員會，均不得單獨發表意見；區或地方執行委員會所發表之一切言論倘與本黨宣言章程及中央執行委員會之議決案及所定政策有牴觸時，中央執行委員會得令其改組之。」〔註31〕

　　中共四大關於宣傳工作的討論和規定集中體現在大會通過的《對於宣傳工作之議決案》。該議決案分三部分：第一部分表揚了黨報黨刊的宣傳成就，也客觀地指出了存在的問題。該議決案認為：「中國近幾年的民族革命運動受影響於我們黨的宣傳工作實巨。固然，大會一方面承認因為我們黨的宣傳工作之努力在全民族革命運動中，我們黨的機關報《嚮導》竟得立在輿論的指導地位，我們許多同志亦得立在行動的指導地位」；同時也指出了存在的問題，「因為黨的幼稚，黨的教育宣傳還未切實，致使黨的理論基礎常常動搖不定，尤其對於民族革命理論的解釋和鼓吹，《嚮導》《新青年》《前鋒》以及黨報中的文章在第三次大會後竟因三次大會關於國民運動決議文的稍欠明瞭，同時復為防止黨中左稚病起見，過於推重了資產階級的力量忘了自己階級的宣傳，結果遂發生了右的乖離錯誤」；明確了中國共產黨今後宣傳工作的主要目標，「必須根據大會關於中國民族革命運動的新審定，努力宣傳民族革命運動與世界革命運動之關聯和無產階級在其中的真實力量及其特性——世界性與階級性，以端正黨的理論方向。沒有革命的理論，即沒有革命的運動。有了健全的革命理論，然後黨的宣傳工作方得依此範疇融通各部，使黨員行動方有所準繩。」〔註32〕第二部分批評了黨的宣傳工作存在的三大失誤：「（一）黨中政治教育做得極少。在黨報上我們幾乎很難找到教育黨員關於黨的政策的討論文字，在小組會中很少有政治報告。因此，遂影響到我們黨員在國民黨機關報上常常有批評本黨或更有不滿意或誤解本黨政策的奇怪議論發生——這是在《新建設》

〔註30〕中共中央黨史研究室，中央檔案館編：《中國共產黨第四次代表大會檔案文獻選編》，中共黨史出版社 2014 年，第 28 頁。

〔註31〕中共中央黨史研究室，中央檔案館編：《中國共產黨第四次代表大會檔案文獻選編》，中共黨史出版社 2014 年，第 31 頁。

〔註32〕中共中央黨史研究室，中央檔案館編：《中國共產黨第四次代表大會檔案文獻選編》，中共黨史出版社 2014 年，第 25 頁。

《新民國》《評論之評論》《覺悟》和《平民》上可以常常看到的。（二）本黨
過去在職工運動中常因太偏重機關式的組織工作，竟使黨的宣傳和階級教育
未得輸入工人群眾，以致基礎不固，完全經不得摧殘。……（三）我們在群眾
中的政治宣傳，常常不能深入。尤其在知識分子中，我們黨員常以只能得其同
情的錯誤觀念，很少注意於共產主義理論的宣傳和引導，致使無產階級的文化
在他們中間尚很少發生影響。」〔註33〕第三部分詳細制定了「重新整頓」宣傳
工作的 12 項具體辦法，全文如下：

（一）為使宣傳工作做得完美而有系統起見，中央應有一強固的宣傳部負
責進行各事，並指導各地方宣傳部與之發生密切且有系統的關係。中央宣傳部
下應有一真能負責做事的編譯委員會。（二）《嚮導》是本黨政策之指導機關，
今後內容關於政策的解釋當力求詳細，文字當力求淺顯。（三）在我們黨的力
量上說，現時尚不能發行許多定期刊物，故集中我們力量辦《新青年》月刊，
使其根據馬克思列寧主義的見地運用到理論和實際方面作成有系統的多方面
問題的解釋，以擴大我們宣傳範圍，實為我們目前急要之圖。（四）《中國工人》
應成為我們黨在職工運動中簡單明瞭地解釋理論策略描寫各地工農狀況的唯
一機關，並須兼顧各地方的普遍要求。（五）《黨報》（《中國共產黨黨報》）是
我們現時秘密組織用以教育黨員的最重要機關。今後當多登載黨內關於政策
和各種運動非公開的討論文件。（六）中央編譯委員會應努力於黨內黨外小冊
子之編譯，尤其是關於列寧主義、國際政策、政治經濟狀況以及工人常識的材
料之編輯。（七）各黨員對外發表之一切政治言論，尤其是在國民黨中發表之
一切政治言論，完全應受黨的各級執行機關之指揮和檢查。（八）黨的支部是
我們黨的基本教育機關，我們應在每次會議注意於政治報告和黨的策略之解
釋，以及內外宣傳遇有困難的報告和討論。並且在有些支部，宣讀並講解「黨
報」、《嚮導》都有必要。（九）黨中教育機關除支部具其一部分作用，另外於
可能時，更有設立黨校有系統地教育黨員，或各校臨時講演討論會，增進黨員
相互間對於主義的深切認識之必要。而黨的中央機關亦宜注意到統一的材料
之供給。（十）在職工運動中的宣傳工作，我們應切實瞭解其客觀所具有的條
件，如不識字，識字不多，不善聽純粹理論的議論，注意目前切身的實際問題，
然後籌劃的方案方不至難於施行。如工人補習學校，星期日補習學校，經常的

〔註33〕中共中央黨史研究室，中央檔案館編：《中國共產黨第四次代表大會檔案文獻
　　　　選編》，中共黨史出版社 2014 年，第 25～26 頁。

或臨時的講演會皆可視各地之需要擇宜設辦，但最重要的是從實際問題中灌輸簡明的理論知識和淺近的小冊子之編輯。在重要工業區於可能時並應發行定期刊物。（十一）在知識界中以馬克思列寧主義的見地傳佈無產階級的文化是很重要的一件工作。中央於此，應指導各地於可能範圍內設立馬克思列寧主義研究會或其他臨時的講演討論會，以擴大共產主義運動。（十二）各地方不應忽略了利用每個群眾集合，實行我們廣大的宣傳和鼓動工作。在這種工作中，傳單、小冊子的內容，講演人的口號均宜十分切合群眾本身實際要求。〔註34〕

第三節　中共四大閉幕及其新聞宣傳

1925 年 1 月 21 日，大會閉幕前一天，正值列寧逝世一週年紀念日，中國共產黨第四次全國代表大會為此發表了《對於列寧逝世一週年紀念宣言》，緬懷列寧的豐功偉績，明確表示要繼續高舉列寧主義的旗幟。當日出版的《嚮導》週報第 99 期是「列寧逝世一週年紀念特刊」，首篇文章就是《中國共產黨第四次大會對於列寧逝世一週年紀念宣言》，然後依次是陳獨秀《列寧與中國》、「碩夫」的《殖民地被壓迫人民所應紀念列寧》、鄭超麟翻譯的季諾維耶夫文章《1905 年的列寧》、魏琴（維經斯基）的《列寧不死》等。《嚮導》週報的「列寧逝世一週年紀念特刊」及時報導了中國共產黨第四次全國代表大會的進展，推動了全黨全社會紀念列寧逝世一週年的悼念活動。後來《新青年》（不定期刊）創刊號再次刊登了《中國共產黨第四次大會對於列寧逝世一週年紀念宣言》。

1 月 22 日，中國共產黨第四次全國代表大會選出了新的第四屆中央執行委員會。陳獨秀、李大釗、蔡和森、張國燾、項英、瞿秋白、彭述之、譚平山、李維漢 9 人當選為第四屆中央執行委員，鄧培、王荷波、羅章龍、張太雷、朱錦棠 5 人為候補執行委員。中央執行委員會選舉陳獨秀、彭述之、張國燾、蔡和森、瞿秋白組成中央局。中央局決定：陳獨秀任中央總書記兼中央組織部主任，彭述之任中央宣傳部主任，張國燾任中央工農部主任，蔡和森、瞿秋白任中央宣傳部委員。其他中央委員和候補委員中，李大釗駐北京，譚平山駐廣東，項英駐漢口，李維漢駐長沙，鄧培駐唐山，朱錦棠駐安源。另外，羅章龍、王

〔註34〕中共中央黨史研究室，中央檔案館編：《中國共產黨第四次代表大會檔案文獻選編》，中共黨史出版社 2014 年，第 26～27 頁。

荷波負責鐵路總工會工作，張太雷負責青年團中央工作。〔註35〕向警予後來補為中央局委員，負責婦女部工作。中國共產黨第四次全國代表大會勝利閉幕。彭述之讚揚「此次大會上的空氣極好，現出和衷一致的精神。各地方的代表都表現出一種很忠實而又很熱心承受大會教訓的樣子。現在可以說我黨自經此次大會之後，我黨已由小團體而轉入真正的黨的時期了。」〔註36〕確實，中共四大後，不僅認識清楚了無產階級在民主革命的領導權，而且逐漸走上了群眾性政黨的道路。

中共四大閉幕後，對外發表了《中國共產黨第四次全國代表大會宣言》，闡明了中國共產黨的國民革命奮鬥目標，「中國共產黨將使中國解放運動由自然的歷程生長進於覺悟的狀況。我們惟有在民眾的組織中，在召集國民會議的要求中，在反對帝國主義和軍閥的奮鬥中，才能找得一條出路，才能避免現在資本帝國主義世界的危險。工人、農民、學生、手工業者，你們趕快組織起來，趕快制止軍閥的陰謀，趕快要求在善後會議中參加最大多數的國民代表，趕快努力國民會議之召集！你們趕快組織大示威運動反對外艦駛入中國內地，要求外兵不得駐紮在我們的領土以內，取消一切領事裁判權！要使中國不陷於奴隸的地位，完全靠著中國勞苦群眾的努力，完全靠著全世界勞農聯合起來反對資本主義的奮鬥！」〔註37〕1925 年 1 月 28 日，《嚮導》週報第 100 期正式刊登了《中國共產黨第四次大會宣言》全文，再次發揮了輿論指導作用。同年 2 月，中國共產黨中央執行委員會向全黨印行《中國共產黨第四次全國大會議決案及宣言》，大革命輿論總動員開始在全黨進行宣傳貫徹並實踐開來。

總之，在中國革命和中國共產黨發展道路上，中共四大具有重要的歷史作用，尤其在黨的新聞宣傳史上，它更是「黨管宣傳」的里程碑。在中共四大當選為中央宣傳部主任的彭述之在給中共旅莫支部全體同志的信中介紹中共四大經過和決議案要點時寫到：「關於宣傳工作的決議案是這次大會第一次的嘗試，然而在這個決議案（中）已指出很多重要意思，對於各方面都予以具體的

〔註35〕張靜如主編：《中國共產黨歷屆代表大會：一大到十八大》，河北人民出版社 2012 年版，第 297 頁。

〔註36〕中共中央黨史研究室，中央檔案館編：《中國共產黨第四次代表大會檔案文獻選編》，中共黨史出版社 2014 年，第 74 頁。

〔註37〕中共中央黨史研究室，中央檔案館編：《中國共產黨第四次代表大會檔案文獻選編》，中共黨史出版社 2014 年，第 35 頁。

規劃。」〔註38〕有研究者說：「從黨初創到三大召開，都未曾通過關於宣傳工作的專門決議。從 1923 年 11 月中共三屆一次中執委會《教育宣傳問題議決案》，到1924 年 5 月中執委會擴大會議《黨內組織及宣傳教育問題議決案》的制定，黨對宣傳工作日益重視。四大在黨代會歷史上首次通過關於宣傳工作議決案。」〔註39〕確實，從建黨開始，中國共產黨高度重視新聞宣傳工作。中共一大通過的《中國共產黨第一個決議》，其中第二部分就是「宣傳」，但篇幅僅有 140 字。中共二大在《中國共產黨加入第三國際決議案》之後附有翻譯的中文版《第三國際的加入條件》21 條，其中有九條直接涉及到新聞宣傳。中共三大頒布了《教育宣傳委員會組織法》，成立中央教育宣傳委員會的成立，設立了中共中央宣傳部和出版部，加強了黨中央的新聞宣傳的管理機構和制度建設，使得「黨管宣傳」有了機構和制度保障。中共四大則將黨的宣傳工作列入大會專門的重要議程，並通過了《對於宣傳工作之議決案》。這在中國共產黨的黨代會乃至全黨的歷史上均屬首次，黨中央將黨的宣傳工作的重要性提到一個前所未有的新高度。特別是「大會通過的《對於宣傳工作之議決案》強調了革命理論是黨的宣傳工作行動指南。以黨的決議案的形式，對黨的宣傳政策進行頂層設計，從而開創了我們黨的宣傳工作新局面。」〔註40〕尤其，中共四大專門通過的《對於宣傳工作之議決案》既有宏觀宣傳的機構設計和工作分工，如正式成立「強固」中央宣傳部，設立編譯委員會，辦好《嚮導》週報、《新青年》《中國工人》《黨報》等報刊，區分它們各自功能定位和職責分工；又有具體宣傳工作的方針政策方法的指導，如堅持新聞宣傳工作的黨性原則，發揮黨支部宣傳職責和黨校的宣傳教育功能等，具有操作性和可行性。總之，通過中國共產黨第四次全國代表大會 11 個議決案，特別是《對於宣傳工作之議決案》對民族革命運動、職工運動、農民運動、青年運動、婦女運動等大革命運動的新聞宣傳進行了政策指導和輿論動員。因此，中共四大成為「黨管宣傳」的里程碑。

〔註38〕中共中央黨史研究室，中央檔案館編：《中國共產黨第四次代表大會檔案文獻選編》，中共黨史出版社 2014 年，第 74 頁。

〔註39〕李穎：《中共四大歷史意義探析》，《中共黨史研究》2015 年第 1 期，第 44 頁。

〔註40〕王佩軍、吳文彪：《歷史的迴響有益的啟示：中共「四大」首開宣傳新天地》，https://www.thepaper.cn/newsDetail_forward_12086499。

第五章　大革命的絕響：中共五大的新聞宣傳[註1]

　　1927 年中國共產黨第五次全國代表大會在黨的建設特別是組織建設方面創造了多項「第一」：第一次將「集體領導」和「民主集中制」的原則正式寫進了黨章；第一次決定籌辦中共中央黨校；第一次把黨的組織系統分為中央委員會、省委、市（縣）委、區委四級；第一次採用「中央委員會」「中央政治局」「中央政治局常務委員會」的名稱，首次將中央的日常工作機構和決策機構分開，確立了中國共產黨的領導體制，選舉產生了黨的歷史上第一個中央紀律檢查機構——中央監察委員會。[註2]《湖北日報》曾刊文評價說中共五大開創了中國共產黨歷史上的「五個第一」：第一次以半公開的形式舉行；第一次設立大會主席團；第一次設立核心領導機構——中央政治局和中央政治局常務委員會；第一次選舉產生中央監察委員會（中紀委前身）；第一次由中央政治局在會後修改黨章；……修改後的黨章，首次把黨與青年團的關係寫入黨章，首次明確入黨年齡須在 18 歲以上。[註3]

　　確實，1927 年 4 月下旬至 5 月上旬在武漢召開的中國共產黨第五次全國代表大會是黨的歷史上一次重要會議，是幼年的中國共產黨探索中國革命道

〔註 1〕原文發表名《大革命的絕響：中共五大前後新聞宣傳的變化》,《新聞春秋》2022
　　　　年第 1 期，第 3～12 頁。
〔註 2〕李穎：《黨代會歷史細節——從一大到十八大》，黨建讀物出版社 2017 年版，
　　　　第 114～115 頁。
〔註 3〕李源、張志宏、吳迪：《武昌第一小學見證中共五大的多項「第一」》,《湖北日
　　　　報》，2021 年 5 月 6 日，第 3 版。

路歷史進程中的重要一環。黨的十九屆六中全會精神和相關論述及其歷史經驗在中共五大前後新聞宣傳的轉變中也得到了較為充分的體現。因為，它在新聞宣傳史上也具有重要的轉折意義，因為它是在大革命面臨重大危機的非常狀態下召開的，與此相適應，中共五大前後新聞宣傳發生了重要的轉變。

第一節　中共五大召開前大革命新聞宣傳面臨新挑戰

中共五大召開前，國民革命進入危急關頭，一方面是兩湖地區工農運動繼續向前發展，群眾的反帝反封建運動持續高漲，上海工人連續舉行了三次武裝起義；另一方面是國民黨內部再次發生嚴重分裂，蔣介石發動了「四一二反革命」政變，並建立了南京國民政府，北洋政府也愈加反動。它們大肆屠殺共產黨人和革命群眾，國民革命遭到局部的嚴重失敗。在國民革命的複雜局面，黨的新聞宣傳繼續圍繞反帝反封建的民主革命綱領展開，同時面臨蔣介石新軍閥的挑戰。

1927 年 1 月 1 日，隨著北伐軍佔領武漢三鎮，廣州的國民政府北遷武漢，武漢成為大革命的中心，國民革命高漲起來。同日，上海公共租界會審公廨收歸國有，漢口爆發反英怒潮。1 月 3 日，漢口爆發「一・三」事件，中國政府宣布收回漢口英租界，同時開始收回九江的英租界。1 月 7 日，中國政府接管了漢口、九江的英租界（2 月正式收回）。1 月 12 日，中共中央對此愛國行動，給予了積極的關注，並以「中國共產黨中央執行委員會」名義對外發布了《中國共產黨為漢口英水兵槍殺和平民眾宣言》。1 月 17 日，《嚮導》週報第 183 期刊登了該宣言全文。該宣言分析了反帝運動的新發展，「中國工人及一切勞動民眾反對外國帝國主義鬥爭已進展到一個新的階段，亦即表示從一九二五年『五卅』英國人屠殺上海工人市民開始的中國民族運動進展到一個新的階段」；闡明了民眾愛國行動的正義性，國民政府「即刻採取各種辦法，防止中國民眾和英人及其機關的衝突。國民政府贊助武漢民眾的這種舉動，即擔負維持英租界治安責任並建議英人撤退其武力，是唯一正確的」；駁斥了帝國主義的反動輿論，「英國帝國主義者，在其本國和全世界正在造成干涉中國的輿論。……在中國的一切英國報紙，一切英國代表以及一切大資產階級報紙和半政府機關報紙的通信員，都製造無數虛偽的消息」；號召民眾積極行動起來反對英帝國主義的侵略行徑，「本黨號召全國工人農民及一切

被壓迫的民眾，在目前帝國主義者以英國為首直接危害中國革命這一危險的頃刻，趕緊站立起來，擁護國民政府，在群眾會議中，在輿論中，在議決案中，公開表明對於國民政府的贊助並要求英國人承認漢口一月五日群眾大會所提出的條件。為取得保證一月三日的挑撥手段不至重演和英國帝國主義者不幫助北方進攻南方起見，我們起來要求撤退英國駐華海軍，取消治外法權，收回英國租界，撤退一切帝國主義之駐華的軍隊。」〔註4〕同期，《嚮導》週報還刊登了陳獨秀的時評《誰殺了誰？》、彭述之的通訊《英國帝國主義之對華提案與其在漢尋的行兇》，對漢口「一·三」事件進行了評論，揭露的英帝國主義的罪行。

當時，《嚮導》週報充分發揮了輿論指導作用。1月21日，《嚮導》週報第184期刊登了「列寧逝世三週年紀念特刊」，刊登了陳獨秀的《列寧逝世三週年紀念之中國革命運動》、維經斯基的《列寧論東方民族的解放運動》、彭述之的《列寧和組一是否不適合於中國的所謂「國情」？》、鄭超麟的《「列寧死了，但列寧主義活著！」》、白麗的《列寧與婦女解放》等文章，積極傳播了列寧主義，討論了列寧主義與中國國情相結合的問題。1月28日，中共中央對外發布了《中國共產黨對於時局宣言》。1月31日，《嚮導》週報第186期刊登了宣言全文和時評。該宣言敘述了大革命的高漲形勢，「中國國民革命運動一日高漲擴大似一日，工人農民的大群眾起來為反對帝國主義及國內反動勢力而爭鬥，在許多大城市中罷工運動如潮而起」；指出了國民革命存在著反革命的危機，「從國民運動營壘中誘惑所謂穩健分子所謂溫和派，和他們妥協，以打擊所謂急進派，根本削弱革命勢力，破壞國民運動的聯合戰線。……帝國主義者此次聯合的向中國國民運動進攻，無論在硬的方面，在軟的方面，都比前兩次聯合進攻兇惡而且陰毒。中國國民革命運動現在已經到了一個最嚴重的歷史時期！」明確了國民革命獲得勝利的反帝反封建目標，「收回海關礦山航權路權為國有，一切帝國主義者無條件完全放棄他們對於中國政治上的經濟上的統治權力，及打倒帝國主義在中國雇用的軍閥，解除其武裝。」最後，號召全黨認清大革命危急形勢，「決定革命運動命運的時期已立在我們的面前了！一方面是國民革命運動之高潮日益增漲，另一方面是帝國主義及其雇用的反動勢力聯合進攻，很明顯的表現出中國革命決勝負的決死戰之時期日近

〔註4〕《中國共產黨為漢口英水兵槍殺和平民眾宣言》，《嚮導》週報第183期，1927年1月17日。

一日了！」呼籲革命群眾在「中國共產黨旗幟之下，統一無產階級的意志，統一無產階級的目的，統一無產階級的領導權！」「一刻也不能休息！」，準備作「比以前要有更堅苦的戰鬥！」〔註5〕

　　在武漢愛國群眾的反帝運動取得勝利的過程中，毛澤東開展了卓有成效的農民運動考察活動。當時兩湖地區轟轟烈烈的農民運動，日益遭到了國民黨右派和封建地主豪紳的詆毀，也被黨內右傾錯誤領導的懷疑。為了反擊黨內外對農民運動的責難，1927 年 1 月 4 日到 2 月 5 日，中共中央農民運動委員會書記毛澤東在 32 天裏，步行 700 多公里，深入湘鄉、湘潭、衡山、醴陵、長沙等五縣實地，調查研究農民運動情況。他廣泛地接觸和訪問廣大群眾，召集農民和農民運動幹部召開各種類型的調查會，獲得了大量的第一手資料。2 月 5 日，毛澤東在湖南區委作了關於農民問題的報告。2 月 16 日，他寫信給中共中央，提出解決農民的土地問題，已經不是宣傳而是立即實行的問題。2 月 18 日，他在長沙撰寫的通訊《湖南農民運動考察報告》，駁斥了黨內外懷疑和指責農民運動的論調，總結了湖南農民運動的豐富經驗，提出了解決農民問題的理論和政策。該報告分為「農民革命」「革命先鋒」「農民與農村協會」等三部分。毛澤東在第二部分中主張貧農領袖是「革命先鋒」，而對於「少數不良分子」不能籠統地罵「痞子」，「只能在農會整頓紀律的口號之下，對群眾做宣傳。」在第三部分列舉農民與農村協會進行的「十四件大事」，涉及農村的政治建設、經濟建設、文化建設和社會建設。它們分別是：「將農民組織在農會裏」「政治上打擊地主」「經濟上打擊地主」「推翻土豪劣紳的封建統治——打倒都團」「推翻地主武裝，建立農民武裝」「推翻縣官老爺衙門差役的政權」「推翻祠堂族長的族權和城隍土地菩薩的神權以至丈夫的男權」「普及政治宣傳」「農民諸禁」「清匪」「廢苛捐」「文化運動」「合作社運動」「修道路，修塘壩」，並稱讚它們「是四十年乃至幾千年未曾成就過的奇勳」。其中，第八件「普及政治宣傳」專門談論到農民運動宣傳現狀和成效，並提出了改進意見，「政治宣傳的普及鄉村，全是共產黨和農民協會的功績。很簡單的一些標語、圖畫和講演，使得農民如同每個都進過一下子政治學校一樣，收效非常之廣而速。據農村工作同志的報告，政治宣傳在反英示威、十月革命紀念和北伐勝利總慶祝這三次大的群眾集會時做得很普遍。在這些集會裏，有農會的地方普遍地舉行了政治宣傳，引動了整個農村，效力很大。今後值得注意的，就是要利

〔註 5〕《中國共產黨對於時局宣言》，《嚮導》週報第 186 期，1927 年 1 月 31 日。

用各種機會，把上述那些簡單的口號，內容漸漸充實，意義漸漸明瞭起來。」
〔註6〕3月5日起，毛澤東的《湖南農民運動考察報告》陸續在中共湖南省委
機關刊物《戰士》週報、《嚮導》週報第191期、漢口《民國日報》的《中央
副刊》第七號、《湖南民報》等連載刊發，引發廣泛的社會反響和國際關注，
甚至連共產國際執委會機關刊物的《共產國際》（俄、英文版）也轉載了《嚮
導》刊載的《湖南農民運動考察報告》。

　　在農民運動如火如荼展開之際，工人武裝起義拉開了序幕。在第一次上海
工人武裝起義失敗後，1927年2月22日，中共中央為配合北伐軍進攻上海，
又組織了第二次上海武裝起義。2月19日，上海總工會發布總同盟罷工令。
21日晚，開始不斷與軍警發生局部戰鬥，至22日罷工人數達三十六萬多人。
至當日下午6時，總同盟罷工發展為第二次武裝起義，上海閘北、南市發生巷
戰。由於起義計劃被泄，北伐軍在上海郊區停止前進，工人陷於孤立，起義再
次失敗。2月25日，中共中央發布《中國共產黨為上海總罷工告民眾書》，聲
援上海工人的武裝鬥爭。2月28日，《嚮導》週報第189期對外刊發了該宣言
書，充分肯定了上海總罷工的革命意義，「此次上海工人總罷工五日，不但說
明了工人階級的集體勢力，並且表現出工人階級為全民族利益為全上海市民
自由而不畏艱難不避犧牲奮勇先進的精神，而且證明了國民革命軍是有廣大
的民眾同情與援助，不像軍閥只有孤立的橫暴武力。所以此次上海的總罷工，
在中國革命上是有重大意義的。……此次上海的總罷工流血爭鬥，只是你們全
部罷工流血爭鬥史中之一頁，前途正復遼遠。」呼籲上海市民，「人是革命的
市民中最急進的先鋒，你們須繼續與這最急進的先鋒攜著手前進。這最急進的
先鋒，不但為自己的利益奮鬥，而且是為全市民的利益而奮鬥的。」〔註7〕該
報同期刊登了《為上海總同盟罷工告上海全體工友》《共產黨告上海市民書》
《上海總同盟罷工的記錄》《上海同盟罷工中之國民黨西山會議派》《請看帝國
主義在上海之自衛》等文章，聲援和支持第二次工人上海武裝起義。

　　3月5日，中國共產黨召開中央特委會議，總結了第一、二次武裝起義經
驗教訓，決定舉行第三次武裝起義。為了加強對起義的領導，中共中央和上海
區委舉行了聯席會議，組織了特別委員會、軍事委員會和宣傳委員會，指導起

〔註6〕中共中央宣傳部編：《中國共產黨宣傳工作文獻選編》（1915～1937），學習出
　　　　版社1996年，第787～788頁。
〔註7〕《中國共產黨為上海總罷工告民眾書》，《嚮導》週報第189期，1927年2月
　　　　28日。

義工作。宣傳委員會由尹寬、鄭超麟、高語罕、賀昌、徐瑋組成。3 月 13 日，
中共中央發布《中國共產黨致中國國民黨書——為肅清軍閥勢力及團結革命
勢力問題》，向中國國民黨中央委員會重申了國民革命反帝反帝目標，闡明了
中國共產黨堅定立場，譴責了蔣介石的反革命行徑，批評蔣介石在第十四次紀
念周的演講，「謾罵武漢的左派為敗類，要制裁左派，要制裁共產黨，預言共
產黨將要失敗，自稱有干涉和制裁共產黨的責任及其權力。⋯⋯介石同志為貴
黨負責領袖之一，對於腐敗官僚投機分子方盡量容納，而於他自己也承認是革
命分子的共產黨員，卻防閑之，排擠之，且一再聲言制裁之，這究竟是出於何
項動機？貴黨最高機關若聽任此種狀況繼續下去，是否有礙合作之精神？」〔註
8〕3 月 18 日，《嚮導》週報第 192 期刊登了《中國共產黨致中國國民黨書》，
還有陳獨秀的時評《評亮解釋三月七日之演講》，彭述之的評論《讀了蔣介石
二月二十一日的演講以後》。3 月 21 日，中國共產黨發動了第三次上海工人武
裝起義。全市 80 萬工人參加了起義。經過 30 個小時的浴血奮戰，工人糾察隊
於 22 日晚攻克敵人全部據點，成立了上海市民政府，取得第三次工人武裝起
義勝利。3 月 28 日，中共中央發布《中國共產黨為此次上海巷戰告全中國工
人階級書》，高度評價了第三次上海工人武裝起義，「三月二十一日從今成了中
國革命史上最有價值的一個紀念日。⋯⋯上海工人階級此次英勇的勝利的鬥
爭，真可為全國工人階級之模範。」同時，提醒全黨和上海市民要對反動勢力
保持高度警惕，「除直接的公開的用盡種種方法進攻工人之外，又用挑撥離間
之詭計，誘惑國民革命中右傾的勢力，他們以此詭計使本同在一戰線上的革命
武裝勢力之一部分，懷疑更進而敵視工人階級。⋯⋯然而這些革命的勝利品時
時刻刻都在危險狀態，時時刻刻都有被內部妥協分子葬送即被敵人奪回之可
能。」號召全黨「學習上海工人暴動巷戰的教訓！擁護上海工人的武裝——總
工會糾察隊！擁護上海革命民主的新政權——上海市民代表政府！擁護武漢國
民政府，繼續並擴大革命的爭鬥！」〔註9〕4 月 6 日，《嚮導》週報恢復正常出
刊後，第 193 期刊登了《中國共產黨為此次上海巷戰告全中國工人階級書》《中
國共產黨為此次上海巷戰告全世界工人階級書》《上海總工會告全世界工人書》
《上海工人三月暴動記實》等文章，保留了上海工人武裝起義的生動記憶。

〔註 8〕《中國共產黨致中國國民黨書》，《嚮導》週報第 192 期，1927 年 3 月 18 日。
〔註 9〕《中國共產黨為此次上海巷戰告全中國工人階級書》，《嚮導》週報第 193 期，
　　　　1927 年 4 月 6 日。

3月26日，蔣介石到達上海，反革命勢力日益猖獗。3月31日，中共四川地方委員會領導發動各群眾團體在重慶打槍壩舉行萬人大會，抗議英美帝國主義炮擊南京，慘殺民眾。四川軍閥王陵基等派兵鎮壓，死傷千人以上。在這次事件中，中國共產黨領導的《四川日報》被搗毀，社長、總編輯被迫逃亡；《新蜀報》主筆漆南薰被殺害，總編輯周欽岳被通緝逃離重慶。4月2日，吳稚暉、張人傑等中國國民黨中央監察委員在上海開全體緊急會議，決議清除共產黨勢力。4月6日，北洋政府張作霖派兵搜查蘇聯駐華大使館，逮捕了李大釗等20名革命人士。4月12日，蔣介石悍然發動反革命政變，實施白色恐怖政策，大肆屠殺革命群眾，上海又處於帝國主義和國民黨反動統治之下。4月15日，李濟深開始在廣州大肆捕殺中國共產黨黨員。4月18日，蔣介石發表《定都宣言》，成立了南京國民政府。這樣全國出現了南京國民政府、武漢國民政府、北洋政府並立局面。全國白色恐怖局勢越加緊張。4月22日，中國共產黨早期青年運動領導人、報刊政論家蕭楚女被國民黨在廣州獄中殺害。4月28日，中國共產黨創始人和早期領導者、中國無產階級新聞事業的開創人之一、著名報刊政論家李大釗在北京被奉系軍閥張作霖殺害。他一生主編或指導編輯出版報刊約20種，寫作政論、時評、通訊、文藝作品300多篇，百萬餘字。他將報刊比作是「晨鐘」，藉以警醒青年為創建青春中華而奮鬥。他主張政論家應具備「知識、誠篤、勇氣」三個方面的充分修養，下筆立論，才能認識真理，洞察事物，不畏權勢，取信於社會大眾。〔註10〕

面對反革命瘋狂進攻的嚴峻形勢，為了同蔣介石新軍閥統治作鬥爭，揭露其反革命真面目，中共中央於4月11日通過了《關於上海工作的決議》，指示全黨宣傳鼓動必須按照下列要求進行，「1.國民黨中央執行委員會是國民革命運動的最高當局。2.建立統一的民族主義政權。3.一切權力屬於選舉產生的市民代表會議政府，它是上海市民的權力機關。4.實行在國民政府革命軍事委員會領導下的軍事統一。5.財政和外交必須集中。6.反對同帝國主義和軍閥妥協。7.保護一切工人組織。8.成立自己工人自衛隊（糾察隊）。9.保護共產黨。」〔註11〕同時強調，「這種鼓動工作的結果將使群眾動員和組織起來進行決定性的鬥

〔註10〕 方漢奇等主編：《中國新聞事業編年史》（上），福建人民出版社2018年，第557頁。

〔註11〕 中共中央宣傳部編：《中國共產黨宣傳工作文獻選編》（1915～1937），學習出版社1996年，第791～792頁。

爭；追隨蔣介石的各種力量將會分化瓦解，而一切人民大眾的力量將團結為一個由無產階級掌握實際領導權的國民革命統一戰線。我們在軍隊中進行鼓動的目的是要使真正的國民黨隊伍從蔣介石將領的軍隊中分化出來。必須使他們看清：蔣介石已經背叛了國民黨，他本人已經變成了一個反動軍閥。」〔註12〕4 月中旬，中共中央遷至漢口，《嚮導》週報停止在上海出版。4 月 20 日，中共中央在漢口舉行中央局會議，聽取了陳獨秀作關於他同汪精衛和譚延闓談話情況的通報，對外發布了《中國共產黨為蔣介石屠殺革命民眾宣言》，表示「完全贊成國民黨中央執行委員會之決議，罷免蔣介石國民革命軍總司令，開除黨籍和拿辦的決定」，宣布「蔣介石業已變為國民革命公開的敵人，業已變為帝國主義的工具，業已變為屠殺工農和革命群眾的白色恐怖的罪魁。」提醒全黨，以蔣介石為代表的反動勢力「已經採白色恐怖屠殺政策宣布階級戰爭了，那麼任何策略上的顧慮都不能阻止向反動的階級的進攻了。……形成一個鞏固的革命民主主義的戰線來對付與戰勝帝國主義、軍閥、封建、資產階級的聯合勢力之最有效力的唯一方法。」〔註13〕

第二節　中共五大關於新聞宣傳的報告和決議

中共五大籌備期間，武漢地區的革命形勢急劇惡化，反革命活動迅速表面化。1927 年 4 月底，國民革命軍第 35 軍軍長何健在湖北漢口召集反動軍官密商反共「清黨」計劃。面對蔣介石新軍閥等反動勢力的瘋狂進攻以及大革命遭到嚴重的挫折和局部的失敗等錯綜複雜的新形勢和尖銳升級的階級鬥爭，需要中共中央對革命形勢有清醒的認識並採取果斷行動，挽救革命。

1927 年 4 月 27 日，中國共產黨第五次全國代表大會在武昌第一小學禮堂開幕。出席大會的有北方、廣東、湖南、湖北、河南、山東、山西、四川、江西、安徽、江浙等 11 個地區和省的正式代表 82 人，其中有陳獨秀、蔡和森、瞿秋白、毛澤東、任弼時、劉少奇、鄧中夏、張國燾、張太雷、李立三、李維漢、陳延年、彭湃、方志敏、惲代英、羅亦農、項英、董必武、陳潭秋、蘇兆徵、向警予、蔡暢、向忠發、羅章龍、賀昌、阮嘯仙、王荷波、彭述之等，代

〔註12〕中共中央宣傳部編：《中國共產黨宣傳工作文獻選編》（1915～1937），學習出版社 1996 年，第 792 頁。
〔註13〕《中國共產黨為蔣介石屠殺革命民眾宣言》，《嚮導》週報第 194 期，1927 年 5 月 1 日。

表全國黨員 57967 人。〔註14〕國民黨中央執行委員會代表徐謙、譚延闓、孫科也坐在了大會主席臺上。主席臺上方，懸掛有馬克思、列寧的畫像及中共 C.C.P 黨旗。會場牆上兩側貼有「中國國民革命成功萬歲！」「世界革命成功萬歲！」「爭取非資本主義的前途，國共兩黨合做到底！」等標語。

4 月 29 日，中共五大在漢口黃陂會館繼續召開。陳獨秀代表第四屆中央執行委員會進行了長達 6 個小時的《政治與組織的報告》。該報告涉及時間是二年零三個月，內容共分 11 部分。在「關於黨內情況的報告」中，他專門彙報了黨的新聞宣傳工作情況。他表揚了黨的宣傳工作的總體表現，「中央的工作做得最好的是宣傳工作，做得最差的是組織工作」，但認為：「宣傳工作雖然做得比較好，但事實上他們主要是做了出版工作。黨的中央機關報按期出版，並且翻譯了十多種書籍。」〔註15〕尤其，他讚賞機關報的出版發行工作，「我們黨的機關報《嚮導》不管怎樣是按期出的，其份數出在加。第四次代表大會開會時，只有千份，而從北代開始，已增加到五萬份。《新青年》雜誌出版了五期。」〔註16〕至於出版工作成績，他詳細列舉了十六種出版書目，「（一）《共產主義 ABC》；（二）《民族題和共產主義》；（三）布哈林：《農民問題》；（四）波格丹諾夫：《政治經濟學明教程》；（五）布哈林：《馬克思主義者列寧》；（六）斯大林：《論列寧和列寧主義》；（七）《共產國際綱領》；（八）布哈林：《唯物史觀》；（九）《蘇共的團結》（兩冊、已出版、翻譯）；（十）《中國共產黨五年來的政治主張》；（十一）布哈林：《資本主義穩定與無產階級革命》；（十二）《中國革命問題論文集》；（十三）《不平等條約》；（十四）《中國關稅問題》；（十五）《戴季陶主義和國民革命）；（六）《論北伐》。」他對黨的宣傳鼓動工作均進行了批評，「宣傳部沒有工作計劃，不給地方發通告，也不向中央報告工作。宣傳材料出版得很少，而鼓動材料卻很多。例如，在江蘇、湖南、廣東和浙江等省，我們出版了許多鼓動小冊子，其數量由九萬冊增加到了四十萬冊，可是這些出版物散發得很不好。例如，我們有十萬份號召書，人們讀到的卻不到五萬份。從數量上看，鼓動材料很多，但利用得很不好。上海有時出現

〔註14〕李穎：《黨代會歷史細節——從一大到十八大》，黨建讀物出版社 2017 年版，第 97 頁。

〔註15〕中共中央黨史研究室，中央檔案館編：《中國共產黨第五次代表大會檔案文獻選編》，中共黨史出版社 2015 年，第 46 頁。

〔註16〕中共中央黨史研究室，中央檔案館編：《中國共產黨第五次代表大會檔案文獻選編》，中共黨史出版社 2015 年，第 46～47 頁。

這樣的情況：書放在那裏沒有人讀。材料和出版物的散發情況很不好，因此，我們的宣傳鼓動工作做得不好。黨內教育跟不上黨的發展。」同時，規劃了未來中共中央宣傳部工作，「（一）要使中央宣傳部更加堅強有力；（二）要使地方宣傳委員會與中央宣傳部建立密切的聯繫；（三）擴大翻譯工作；（四）改進書籍的散發工作；（五）關於黨校問題。我們黨目前需要成立黨校。……中央有個計劃，打算成立一個設立兩個部並擁有五百人的黨校。總之，這項工作現在非常重要。如果我們能在武漢堅守住，我們就在這裡成立黨校。我們必須出版一種黨的日報，代表大會以後，我們就開始出版這種報紙。」〔註17〕

4月30日，共產國際代表團團長羅易作了題為《中國革命問題和無產階級的作用》的講話，然後大會討論了陳獨秀的報告。5月2日，彭述之、蔡和森等13人作了大會發言。3日，共產國際代表羅易作了《無產階級和小資產階級》的講話，陳獨秀作了簡短發言。5月4日，汪精衛出席了會議並發言，羅易先後作了《中國革命的前途和性質》《中國革命和社會主義》的報告。5月5日，李立三等七人進行了大會發言，羅易作了《非資本主義發展結和社會主義，民主專政和無產階級專政》的報告。5月7日和8日，大會討論了組織問題、修改黨章、職工運動和農民運動等問題。

5月9日，大會討論通過了《中國共產黨第五次全國代表大會宣言》及《中國共產黨接受〈共產國際執行委員會第七次擴大全體會議關於中國問題決議案〉之決議》《政治形勢與黨的任務議決案》《土地問題議決案》《職工運動議決案》《組織問題議決案》《對於共產主義青年團工作決議案》等決議案；在這些議決案中，有些涉及到黨的新聞宣傳工作。如《職工運動議決案》在闡述了「職工運動的新方針」時，建議「在蔣介石政權之下（資產階級政權）、北方軍閥政權之下亦須極力宣傳，各級工會提出之要求總綱中，都應該盡可能的提出（自然要特別注意當地工人階級當前的最迫切的要求）。」〔註18〕該議決案駁斥了資產階級的「罷工循環」說，並指明了宣傳方法，「應盡力根據事實作廣大的宣傳」。該議決案特別闡述了「宣傳與教育工作」，「宣傳工作在職工運動上占很重要的地位，過去很少注意，以後在各工會應極力發展宣傳隊的組織，各地方總工會至少須有一週刊和會報的發行（尤其要注意群眾化），中華

〔註17〕中共中央黨史研究室，中央檔案館編：《中國共產黨第五次代表大會檔案文獻選編》，中共黨史出版社 2015 年版，第 47 頁。

〔註18〕中共中央黨史研究室，中央檔案館編：《中國共產黨第五次代表大會檔案文獻選編》，中共黨史出版社 2015 年，第 14 頁。

全國總工會已有發行日報的需要，務在最近期間實現。各種小冊子的編輯，亦極為重要。」〔註19〕同時希望中國工會與各國工會建立親密的關係，「把中國工人的痛苦及鬥爭的情形儘量的向各國工人群眾中宣傳，以取得各國工人的深切的同情與擁護。尤其是在太平洋沿岸各國工人，只有中國工會比較進步，所以太平洋勞動大會，無論如何要在最短的期間召集，並須由此建立經常的宣傳通信機關。」〔註20〕在《組織問題議決案》中，要求全黨「訓練新黨員，用通俗的書報方法和實際黨的工作方法。」〔註21〕在《對於共產主義青年團工作決議案》，明確規定：「其任務在擴大共產主義的宣傳與共產黨的意識和政策的影響到廣大的革命青年群眾中去，吸收他們在共產主義旗幟之下積極參加共產黨所領導的各種鬥爭。……在工會工作的同志須向一般工人宣傳青工利益與成工及整個工人階級利益之相關。」〔註22〕

　　同日，中共五大選出了由 31 名正式委員和 14 名候補委員組成的中央委員會。隨後舉行的五屆一中全會選舉陳獨秀、蔡和森、李維漢、瞿秋白、張國燾、譚平山、李立三、周恩來為中央政治局委員，蘇兆徵、張太雷等為候補委員；選舉陳獨秀、張國燾、蔡和森為中央政治局常務委員會委員，陳獨秀為總書記。大會第一次選舉產生了中央監察委員會，由正式委員 7 人、候補委員 3 人組成。選舉結束後，共產國際代表羅易向新當選的委員們發表了題為《布爾什維克的黨》的講話，稱讚中共五大「不僅是中國革命史上的一件大事，也是世界革命史上的重要事件，……是一次值得紀念的大會。」〔註23〕至此，中共五大順利閉幕。

第三節　中共五大的新聞報導及其宣傳轉向

　　為了避免加重武漢國民政府「赤化」的色彩和防備反動派的突然襲擊，中共五大開幕是秘密進行的，不許報紙上刊載有關消息。當時武漢所有的報紙都

〔註19〕中共中央黨史研究室，中央檔案館編：《中國共產黨第五次代表大會檔案文獻選編》，中共黨史出版社 2015 年，第 16 頁。

〔註20〕中共中央黨史研究室，中央檔案館編：《中國共產黨第五次代表大會檔案文獻選編》，中共黨史出版社 2015 年，第 17 頁。

〔註21〕中共中央黨史研究室，中央檔案館編：《中國共產黨第五次代表大會檔案文獻選編》，中共黨史出版社 2015 年，第 18 頁。

〔註22〕中共中央黨史研究室，中央檔案館編：《中國共產黨第五次代表大會檔案文獻選編》，中共黨史出版社 2015 年，第 19 頁。

〔註23〕中共中央黨史研究室，中央檔案館編：《中國共產黨第五次代表大會檔案文獻選編》，中共黨史出版社 2015 年，第 84 頁。

或是共產黨員當編輯的，或是受共產黨指揮的。可是，有一家報紙因透露了中共五大召開的消息受到處罰。開幕式後，代表們就迅速離開了會場。〔註 24〕不過，大會期間，蘇聯媒體給予了關注。1927 年 4 月 29 日，塔斯社駐漢口記者向蘇聯發出了「代表大會隆重開幕」的電訊，但由於中國電報拖延發出，蘇聯方面沒有及時收到該新聞。

5 月 1 日，《嚮導》週報第 194 期以「中國共產黨第五次全國代表大會」名義對外發布了《中國共產黨第五次全國代表大會為「五一」節紀念告世界無產階級書》《中國共產黨第五次全國代表大會為「五一」節紀念告中國民眾書》，表明中國共產黨「正值第五次全國代表大會開會的時候，趁『五一』節的機會，要求各國的工人階級更形（加）團結一致以全力援助中國革命向帝國主義奮鬥」〔註 25〕；希望中國民眾認識到：「中國工人及被壓迫民眾和世界無產階級及被壓迫民族的聯合，在今年的「五一」紀念中，真正表示他的現實的意義。……工農商學兵一致聯合起來打倒蔣介石！」〔註 26〕同期還刊登有《第三國際代表團為帝國主義威嚇武漢及蔣介石背叛宣言》《中國共產黨為蔣介石屠殺革命民眾宣言》《蔣介石屠殺上海工人記實》等文章，揭露蔣介石反動面目和鎮壓人民罪行。《嚮導》週報第 195 期刊登了維經斯基的《悼李大釗同志！》，高度評價了李大釗的革命貢獻，「李大釗同志是創立中國共產黨之一人，又是國民黨的政治會議一委員。他是最勇敢的戰士，為推翻一切反動勢力而奮鬥。他的名字早就為全中國革命者所認識了。他及其他同志的名字將為數百萬北方的群眾所牢記不忘。」〔註 27〕同時，發表了羅易的《中國共產黨第五次大會之意義》，指出了了中共五大的歷史意義，「是在它將能革命要如何向破壞資本主義方面進展，告訴給無產階級和同盟軍。」〔註 28〕該文後來發表於共產國際英文刊物《國際新聞通訊》（第 17 卷第 41 期，1927 年 7 月 14 日）。

5 月 4 日，塔斯社漢口記者再次發出新聞電訊，「中國漢口，5 月 4 日塔斯社電：5 月 1 日在漢口中國共產黨第五次代表大會開幕。到場的有 94 名帶

〔註 24〕余瑋：《中共五大：狂瀾江城路何方》，《中國檔案報》2017 年 4 月 7 日。

〔註 25〕中共中央黨史研究室，中央檔案館編：《中國共產黨第五次代表大會檔案文獻選編》，中共黨史出版社 2015 年，第 27 頁。

〔註 26〕中共中央黨史研究室，中央檔案館編：《中國共產黨第五次代表大會檔案文獻選編》，中共黨史出版社 2015 年，第 28 頁。

〔註 27〕魏琴：《悼李大釗同志！》，《嚮導》週報第 195 期，1927 年 5 月 8 日。

〔註 28〕羅易：《中國共產黨第五次大會之意義》，《嚮導》週報第 195 期，1927 年 5 月 8 日。

決議票的代表和 30 餘名帶協商票的代表」〔註29〕，並詳細介紹了陳獨秀中關於各省區黨員發展的數字報告。5 月 8 日，蘇聯《真理報》刊登了這則電訊稿。5 月 7 日，塔斯社再次發出電訊報導了會議進程和內容，宣告「中國共產黨代表大會的工作已經接近尾聲。……大會大約在明天或 5 月 9 日（星期一）閉幕。」〔註30〕5 月 11 日，蘇聯《真理報》對此也作了報導。5 月 10 日，莫斯科方面終於收到了 4 月 29 日塔斯社關於中共五大開幕的新聞電訊，並於 5 月 12 日刊載於《真理報》上。5 月 15 日，蘇聯《真理報》刊登了兩則關於中共五大的電訊，一則是開幕的，原本是 5 月 3 日發出的，但因中國電報局耽誤而遲收；一則是 5 月 10 日塔斯社駐漢口記者發出的「大會結束」「蘇聯共產黨的問候詞」等消息，「經過兩周的工作，中國共產黨第五屆代表大會於今日勝利閉幕。會上討論的關於所有問題的決議均獲得通過。」〔註31〕

中共五大雖然提出了爭取無產階級對革命的領導權、建立革命民主政權和實行土地革命等正確原則，但對無產階級如何爭取領導權，如何領導農民進行土地革命，如何對待武漢國民政府和國民黨，特別是如何建立黨的革命武裝等迫在眉睫的重大問題，都未能提出有效的具體措施，因此，難以承擔在生死存亡的危急關頭挽救革命的任務。〔註32〕作為會議親歷者的毛澤東在接受斯諾採訪時回憶說：「黨的第五次代表大會 1927 年 5 月在武漢召開的時候，黨仍然在陳獨秀支配之下。儘管蔣介石已經發動反革命政變，在上海、南京開始襲擊共產黨，陳獨秀卻依舊主張對武漢的國民黨妥協退讓。他不顧一切反對，執行小資產階級右傾機會主義政策。對於當時黨的政策，特別是對農民運動的政策，我非常不滿意。」〔註33〕

在中共五大閉幕之際，武漢國民政府卻逐漸右轉。5 月 13 日，駐防鄂西宜昌的夏斗寅公開叛亂，通電聯蔣反共。當地土豪劣紳趁機反攻倒算，屠殺革命群眾。次日，中共中央常委會召開第二次會議，商討北方農民運動問題。5

〔註29〕中共中央黨史研究室，中央檔案館編：《中國共產黨第五次代表大會檔案文獻選編》，中共黨史出版社 2015 年，第 211 頁。
〔註30〕中共中央黨史研究室，中央檔案館編：《中國共產黨第五次代表大會檔案文獻選編》，中共黨史出版社 2015 年，第 213 頁。
〔註31〕中共中央黨史研究室，中央檔案館編：《中國共產黨第五次代表大會檔案文獻選編》，中共黨史出版社 2015 年，第 230 頁。
〔註32〕張士義等主編主編：《從一大到十九大：中國共產黨全國代表大會史 1921～2017》，東方出版社 2018 年，第 77 頁。
〔註33〕李捷、於俊道：《毛澤東實錄》（1），北京聯合出版公司 2018 年版，第 46 頁。

月 18 日，發表了《中國共產黨對夏斗寅叛變告民眾書》，指出「夏斗宣的叛變，是表現目下反動分子假充革命黨的事實依然存在」，決定「向以反對共產黨的過火行為保障中等階級利益為藉口的夏斗寅正式宣戰，號召工農群眾隨於國民政府之後削平復斗寅的反叛！」5 月 21 日，許克祥在長沙公然發動反革命政變，大肆殺害工農群眾，史稱「馬日事變」。5 月 25、26 日，針對武漢國民政府連續發生的右轉，中共中央通過了《工人政治行動議決案》《對於湖南工農運動的態度》《關於湖南事變以後的當前策略的決議》等文件，號召革命群眾與反對軍閥進行堅決的鬥爭，「反動的軍閥分子已開始向工農運動實行公開進攻。在長沙和湖南全省對工人糾察隊實行繳械、逮捕和槍斃，並且解散工會和農會，這表明了當前軍事和政治形勢的嚴重性。保衛革命的勝利成果，準備進行推翻反動分子的鬥爭——這是我們黨的迫切任務。」

6 月 1 日，中央政治局受中共五大的委託修訂並印發了《中國共產黨第三次修正章程決案》，共分 12 章 85 條。其中有 3 條新聞宣傳的內容。第二章「黨的建設」第十九條規定：「為黨的各種專門工作各級黨部得設立各部管理之（如組織部，宣傳部，婦女部等等）各級黨部之下的各部隸屬於各級黨部。各級黨部之下的各部組織制度均須得中央之命令或同意。」〔註34〕第二，「第七章黨的支部」第五十三條規定黨的支部任務第四項為「服從地方黨部從事組織與宣傳的工作」；第三，第五十九條則特別規定了軍隊中黨支部宣傳工作，「軍隊中支部，直歸軍事部管理，關於政治宣傳及教育訓練工作，則由宣傳部及組織部經過軍事部執行之。」〔註35〕6 月 4 日，中共中央發表《中國共產黨告全國農民群眾》《中國共產黨致中國國民黨書——關於政局的公開信》。6 月 8 日，《嚮導》週報第 197 期刊登了這兩個中央文件，表明了黨中央對農民群眾和當時政局的態度，「中國革命正在經過一個危急的階段。在這階段中，革命必定遇到許多難關，並且要克服許多困難問題。目前根本的問題是怎樣實施某種限度的土地改革，以滿足已醒覺的農民群眾之正當要求，而達到革命根基深人之目的。」表示要採用革命行動，削平湖南的反革命，仍對汪精衛領導的武漢國民政府充滿革命幻想，「不僅湖南一省工農群眾對國民黨發生堅強的信仰，全國各地的工農，定要遙瞻國民革命的旗幟，認識國民黨的黨徽，為他們

〔註34〕《中國共產黨歷次黨章彙編（1921～2017）》，中國方正出版社 2018 年，第 343 頁。

〔註35〕《中國共產黨歷次黨章彙編（1921～2017）》，中國方正出版社 2018 年，第 92 頁。

自由之標誌。」〔註36〕

　　由於中國共產黨未能掌握大革命領導權，在繼蔣介石、夏斗寅、許克祥叛變後，江西也發生了遣送共產黨員出境、屠殺工農的事件。湘鄂贛三省處於白色恐怖之中。6 月 10 日，汪精衛在鄭州與馮玉祥會晤，密謀反共。6 月 22 日，馮玉祥清除了西北軍內部共產黨員。7 月 3 日，面對嚴峻的革命形勢，中共中央召開擴大會議，通過了《國共兩黨關係決議案》，但仍然承認汪精衛的國民黨「處於國民革命之領導地位」。中國共產黨的退讓，「不僅完全放棄共產黨的獨立，並且取消了一般革命群眾運動之存在！」使汪精衛更肆無忌憚地公開叛變革命，於 7 月 15 日實行「分共」。〔註37〕國共合作徹底破裂，大革命成為絕響。面對汪精衛的反革命政變陰謀，在鮑羅廷主持下，中共中央於 7 月 12 日在漢口召開了臨時政治局會議，決定讓陳獨秀去共產國際討論中國革命問題，未讓他參加會議。陳獨秀拒不服從，遂提出了辭職要求，離開了黨中央的領導崗位。7 月 13 日，黨中央發表《對政局宣言》，揭露了蔣汪等叛變革命屠殺人民的罪行。同時，中央臨時政治局常委會會議為了挽救革命，在共產國際的支持和幫助下，採取了一系列緊急措施。會議通過了共產黨退出武漢政府的聲明，並於次日在報紙上公布於眾。

　　動盪的政治形勢不僅使得《嚮導》週報不能正常出版，而且許多革命報人被殺犧牲。《嚮導》週報由上海遷至武漢後，打亂了正常的出版週期，五、六月各出版了三期，均少一期。7 月 18 日，出版完第 201 期，《嚮導》週報停刊。停刊號刊登了《中國共產黨中央委員會對政局宣言》，宣布：「中國共產黨中央委員會，在這革命之危急存亡的時候，對於你們發表宣言，意思是要解釋明白國民政府在反動陰謀之下的政局，以及本黨為保持民眾之革命勝利而奮鬥的政策。……國民革命領袖孫中山先生之光榮的旗幟永久是在革命的民眾，工農兵學小資產階級廣大的群眾方面，決非反動的妥協的偽國民黨所能盜竊的。中國幾萬萬的民眾始終要認得真正革命的國民黨的旗幟，始終知道中國共產黨永久站在國民革命的最前線；民眾的力量始終要戰勝一切反動叛徒的野心，而完成中國的國民革命！」同時該報發布了《國民革命的目前行動政綱草案》，重申了反帝反封建的革命綱領。7 月 19 日，中國無產階級革命家，著名報刊

〔註36〕《中國共產黨致中國國民黨書——關於政局的公開信》，《嚮導》週報第 197
　　　期，1927 年 6 月 8 日。
〔註37〕張靜如主編：《中國共產黨歷屆代表大會：一大到十八大》（上），河北人民出
　　　版社 2012 年，第 489 頁。

宣傳活動家、評論家趙世炎在上海被國民黨殺害。他是中共第一代政治家辦報群體中的一個典範。他一生主編或領導創辦的報刊有 10 多種。他豐富的辦報實踐，鮮明地表現了堅強的黨性原則，堅定的群眾觀點，實事求是而又勇於開拓創造的作風，極大地充實了無產階級辦報的優良傳統。〔註38〕同月，中共早期報刊宣傳活動家和報刊評論家陳延年，時任中共江浙區委書記和中共江蘇省委書記，也在上海被反革命以亂刀殘忍殺害，壯烈犧牲。

　　1927 年 7 月 13 日至 26 日，中央臨時政治局常委會連續開會，初步總結了大革命失敗的教訓，討論並通過了挽救革命的武裝反抗國民黨、獨立領導農民進行土地革命、召開一次總結大革命失敗教訓的中央緊急會議等三項正確措施。中國共產黨此「自七月初旬武漢國民政府公開的反動以來，本黨中央政治局已轉入秘密狀態而組織上有所改變，即派定五人為常務委員會，代表中央政治局職權。」〔註39〕隨著黨轉入地下活動，黨報黨刊也開始秘密出版，黨的新聞宣傳發生了重要的轉變。

　　8 月 7 日，為總結大革命失敗的經驗教訓，糾正陳獨秀的右傾機會主義錯誤，確定黨在新時期的鬥爭方針和任務，中共中央在漢口召開了中央緊急會議，即「八七會議」，討論並通過了《中國共產黨中央執行委員會告全黨黨員書》。它旗幟鮮明地指出「偉大的中國革命遇見了極艱巨的折磨」，客觀總結了大革命失敗的歷史教訓，嚴厲批評了陳獨秀的右傾機會主義錯誤，並確定了黨的任務以及實行土地革命和武裝起義的方針。同時，它也檢討了新聞宣傳存在的問題，「共產黨對於宣傳自己的觀點，在自己旗幟下動員群眾的工作，決不能自己束縛起來；他不應當放棄批評革命的資產階級的民權派的動搖不窮的權利。只有這種批評才能推動小資產階級的革命家左傾，並鞏固工人階級在革命鬥爭中之領導權。」〔註40〕會議通過了《黨的組織問題議決案》，其中規定：「（四）中央臨時政治局應當按期出版秘密的黨的政治機關報，而傳播之於全國。機關報之黨報委員會，由政治局委任之。政治局之下應設一特別的出版委員會，專掌傳播黨的機關報及中央一切宣傳品的責任。北方順直省委（或北方局），南方局，以至上海省委之下，亦應設立出版機關及傳播秘密宣傳品傳單

〔註38〕 方漢奇等主編：《中國新聞事業編年史》（上），福建人民出版社 2018 年，第559 頁。

〔註39〕 《小引》，《中央通訊》第一期，1927 年 8 月 11 日。

〔註40〕 《中國共產黨中央執行委員會告全黨黨員書》，《中央通訊》第一期，1927 年8 月 11 日。

等工作。（五）中央臨時政治局，應當建立全國的秘密交通機關，與出版委員會的散佈宣傳品的工作相聯絡，擔任傳達通告指令輸送宣傳品等等的職任；並兼辦探聽反革命線索及其他各種消息各地環境的特務工作。各省亦應有此等機關之組織，務使本黨有一全國的交通網。」〔註41〕大會發言中，毛澤東批評了陳獨秀不做軍事工作的錯誤，提出了槍桿子裏出政權的思想。8月9日，臨時中央政治局舉行了第一次會議，選舉瞿秋白、李維漢、蘇兆徵為中央政治局常委。其中，瞿秋白任中宣部部長兼黨報總編輯。八七會議是中國共產黨歷史上的一個重要轉折點，它在中國革命的緊急關頭，堅決地糾正和結束了陳獨秀的右傾機會主義錯誤，改組了中央領導機構，確定了土地革命和武裝反抗國民黨反動派的總方針，決定發動農民舉行秋收暴動。從此，中國革命進入了第二次國內革命戰爭時期。〔註42〕

　　隨著中國革命進入土地革命時期，在黨的領導下，中國共產黨新聞宣傳工作始終堅持高舉反帝反封建的革命旗幟，堅持開拓創新，堅持敢於鬥爭，堅持自我革命，秘密出版的黨報黨刊開始出現。8月11日，中共中央將黨內秘密刊物《中央政治通訊》改名《中央通訊》恢復出版。第一期刊登了「八七會議」文件，發布了《中央通告第一號——八七會議的意義及組織黨員討論該會決議問題》，高度評價了該會議的歷史意義，「八月七日中央緊急會議是國際代表根據國際電令所召集的，這次會議並且改選了中央臨時政治局，這次會議的重要意義在於糾正黨的指導機關之機會主義傾向，給全黨以新的精神，並且定出新的政策。」「（一）過去黨的指導機關（自中央以及地方）確有一種機會主義的傾向。」「（二）客觀上中國革命的發展已經到以土地革命為中樞的時期，土地革命就是土地所有制度的劇烈的改革，澈底的剗除封建制度，這是最澈底的資產階級民權主義革命的表演。」「（三）再則，以前對於無產階級在資產階級民權革命中的職任，始終沒有明瞭的觀念。無〈產〉階級在中國社會之中是唯一能引導民權革命到底的階級。」〔註43〕黨領導下的群眾刊物也開始創辦。如1927年8月22日，共青團江蘇省委主辦、李求實主編的《飛沙》在上海創刊。8月23日，上海總工會秘密出版的工人報紙《上海工人》由李昌榮、王若飛、項英、徐承傑等人創辦，並偽裝封面印刷發行。

〔註41〕　《黨的組織問題議決案》，《中央通訊》第二期，1927年8月23日。
〔註42〕　張靜如主編：《中國共產黨歷屆代表大會：一大到十八大》（上），河北人民出版社2012年，第492頁。
〔註43〕　《中央通告第一號》，《中央通訊》第一期，1927年8月11日。

第六章　低潮奮起：中共六大新聞宣傳的調整 [註1]

　　中共六大會議期間，黨中央通過了新聞宣傳鼓動工作的報告和決議，明確要求黨的新聞宣傳鼓動工作在政治運動、職工運動、軍事鬥爭、青年運動、農民運動、婦女運動中「動員廣大群眾，等待革命之高潮」，適應新的黨的總路線和中心工作的轉變；會後，積極傳達和貫徹中共六大精神，為此黨中央加強了宣傳組織和黨報黨刊網絡建設，對新聞宣傳鼓動工作做出具體指示，指導著土地革命時期新聞宣傳鼓動工作的恢復和發展。同時，毛澤東、朱德等開闢出在紅軍和農村革命根據地中積極展開新聞宣傳鼓動工作的新道路。

第一節　中共六大關於新聞宣傳的討論報告和決議

　　1928 年 3 月，共產國際經充分考慮，正式回電，同意中共六大在莫斯科召開。於是，從 1928 年 4 月下旬起，瞿秋白、周恩來等中共中央領導和 100 多位參加六大的代表，分批次秘密前往莫斯科。6 月初，周恩來歷險抵達莫斯科後，積極開展了中共六大的預備工作。6 日，他會見了蘇聯軍事代表，商談了建立紅軍武裝問題。7 日，他召集在莫斯科附近的 60 多名中共六大代表開了座談會，討論了政治、組織、職工、農運等決議案草案的起草問題和成立秘書處及工作委員會事宜。6 月 9 日，斯大林特意接見了瞿秋白、蘇兆徵、李立

〔註 1〕鄧紹根、李歡：部分內容載於《低潮奮起：中共六大前後新聞宣傳工作的調整轉變》，《當代傳播》2023 年第 6 期，第 4～10 頁。

三、向忠發、周恩來等人，並指出：中國革命是資產階級民主革命，不是「不斷革命」，也不是社會主義革命；現在的形勢不是高潮，而是兩個革命高潮之間的低潮。〔註2〕6月14、15日，布哈林以共產國際代表的身份與中共中央領導人進行了「政治談話會」。6月17日，周恩來和瞿秋白分別主持了下午和晚上的預備會。6月18日下午1時，中共六大在莫斯科近郊茲維尼果羅德鎮五一村「銀色別墅」的大廳隆重開幕，出席大會的代表共142人，其中有選舉權的代表84人。向忠發和瞿秋白先後致開幕詞，共產國際等紛紛致祝辭。在中共六大組織系統成立的各種委員會中，專門設立了「宣傳委員會」〔註3〕，在隨後的大會報告和討論以及決議案中也有涉及到新聞宣傳事宜，並進行了相關的規定。

6月19日，中共六大開始了正式議程，共產國際書記布哈林作了長達九個小時的《中國革命與中共的任務》的政治報告，其中涉及新聞宣傳的內容是對兩個宣傳口號的意見：第一，關於武裝暴動口號。布哈林闡明了「宣傳武裝暴動策略及其意義」，並認為，我們目前要保留暴動路線，但應該注意的是目前工人暴動還處於低潮，沒有直接革命形勢，因此暴動這一口號並不是直接工作的指導，而是將其看作「中國大部分領土內廣為傳播的口號」〔註4〕，表明保留暴動路線的立場，但不能陷入盲動主義。第二，關於「沒收一切土地」的口號。布哈林批評「這個口號不大相宜」，認為這個口號「沒有說清楚」，對於農民來說可能會認為沒收的土地包括他們自己的土地，從而對這個口號感到不滿意。因此結合共產國際的指示，布哈林認為當前的任務是「用一切力量動員農民群眾反對地主階級」，應該在口號上明確土地工作的政策是「去把地主的土地拿來吧！」〔註5〕

中共六大將瞿秋白的書面報告《中國革命與中國共產黨》印發給參會代表。6月20日，瞿秋白又作了九個小時的口頭政治長報告。其中，談到黨史上反對孫中山先生北上和爭奪革命領導權時，他說：「述之、和森當時替孫中

〔註2〕中共中央黨史研究室著：《中國共產黨歷史（第一卷）》上冊，中共黨史出版社2011年，第260頁。

〔註3〕中共中央黨史研究室，中央檔案館：《中國共產黨第六次代表大會檔案文獻選編》，中共黨史出版社，2015年，第120頁。

〔註4〕中共中央黨史研究室，中央檔案館：《中國共產黨第六次代表大會檔案文獻選編》，中共黨史出版社，2015年，第253頁。

〔註5〕中共中央黨史研究室，中央檔案館：《中國共產黨第六次代表大會檔案文獻選編》，中共黨史出版社，2015年，第256～257頁。

山謀劃，要他做科學革命：先宣傳，後組織，再暴動；要他『停止一切軍事行動』。中山自然是沒有聽這種忠告，他是北上了。」「第三次大會之後，依舊二三年八月我就在《新青年》季刊上第二期作了一篇文章，其中論及領導和民權獨裁。但是，這篇文章發了，誰也不去管他。」〔註6〕6月21日，向忠發作了補充報告，中國共產黨青年團代表關向英向大會作了政治副報告。此後至6月29日，會議代表開始分組討論了布哈林和瞿秋白的兩個政治報告，並形成了結論。在6月28日大會通過的《政治報告討論後之結論》中，瞿秋白在談到陳獨秀承擔機會主義責任時認為：「至於過去，則五四運動的《新青年》雜誌以來，他對中國革命有很大的功績。現在說她個人做了錯誤，政治上，機會主義應由在政治局負責。」〔註7〕6月29日，大會通過的《共產國際代表布哈林在中國共產黨第六次全國代表大會上關於政治報告的結論》指出，「暴動由一個直接行動的口號而變為宣傳性質的口號。我們要宣傳，為著實現工農所要的權利，趕走封建地主，統一中國等等，……暴動是一定要宣傳的，暴動在今天是不能成為直接行動的口號的。」〔註8〕並指示全黨「在我們革命之中宣傳與煽動的形式，在各種不同的時期，要用各種不同的方法。」〔註9〕他特別強調，「要注意提高黨內之一般的理論水平線的問題。要發行許多關於馬克思主義、列寧主義的書籍，我以為你們應當發行許多通俗的小冊子。」〔註10〕

6月30日，周恩來他在《組織報告大綱》中寫到：「10.宣傳教育工作：中央宣傳工作——各省的報紙（十四省69種）——黨校與訓練班——支部教育工作。」〔註11〕他向大會作了《組織報告》。他在第三部分「組織上的基本問題」中專門談到了「宣傳教育工作」。他批評說：「中央的宣傳工作真成問題，中央的宣傳品，文字上不能使群眾明白」，介紹了全國黨報黨刊發展概況，全

〔註 6〕 中共中央黨史研究室，中央檔案館：《中國共產黨第六次代表大會檔案文獻選編》，中共黨史出版社，2015 年，第 322 頁。

〔註 7〕 中共中央黨史研究室，中央檔案館：《中國共產黨第六次代表大會檔案文獻選編》，中共黨史出版社，2015 年，第 348 頁。

〔註 8〕 中共中央黨史研究室，中央檔案館：《中國共產黨第六次代表大會檔案文獻選編》，中共黨史出版社，2015 年，第 379 頁。

〔註 9〕 中共中央黨史研究室，中央檔案館：《中國共產黨第六次代表大會檔案文獻選編》，中共黨史出版社，2015 年，第 385 頁。

〔註10〕 中共中央黨史研究室，中央檔案館：《中國共產黨第六次代表大會檔案文獻選編》，中共黨史出版社，2015 年，第 390 頁。

〔註11〕 中共中央黨史研究室，中央檔案館：《中國共產黨第六次代表大會檔案文獻選編》，中共黨史出版社，2015 年，第 411 頁。

國「刊物共有 69 種，14 省有刊物。在上海、廣東，他們有一種小報，這種小報得的較〈效〉果是比較好些。」〔註12〕他認為：「黨內小資產階級義氣之爭，工人吸收又沒有好的宣傳教育，使他不知道黨是自己的」；他在「地下黨的組織條件」中強調新聞宣傳深入群眾的極端重要性，「宣傳品的分布，我們雖說理論少，我們的宣傳品不能傳到群眾中去，就是我們〈把〉最好的理論，甚至把布哈林搬到中國也是無用的。」〔註13〕他為「今後組織任務」指明了黨的新聞宣傳工作方向，即「宣傳工作的任務是，要宣傳馬克思主義列寧主義的理論並使通俗化。」〔註14〕

　　7 月 1 日，李立三作了《農民土地問題的報告》，7 月 2 日，代表們分組討論了《農民土地問題的報告》。該報告指出兩個宣傳方針和口號，「沒收所有地主土地的口號，在目前革命階段是最正確的」，「為使這些農民協會真正成為廣大農民群眾組織，我們應該提出土地革命口號，將其作為中心口號。」〔註15〕胡大才代表在討論中提出：「在黨綱中應規定土地國有，但在群眾宣傳中最好使用『沒收一切地主土地』的口號。」〔註16〕

　　7 月 3 日，周恩來在《軍事問題報告》中闡明了「軍隊中宣傳方法」，他認為軍隊的宣傳要聯繫工農運動和土地革命，除了傳單、廁所標語等文字宣傳，更要注意個人談話和接觸、通俗小調等具有更大力量的形式。〔註17〕同時要注重「在帝國主義軍隊宣傳工作」，形式多樣化，可以在咖啡館、跳舞場、球場等地進行「遊藝宣傳」，散發「用通俗切當材料印成傳單，以各種方法落到外兵手裏」；內容方面，最主要「寫中國工農痛苦和他本國工農苦況本國政府利用他來犧牲等實際情形」，作者和文風方面，「宣傳品最好要外國同志寫，用各國口頭通俗文字，使外兵容易使瞭解。」組織方面，成立宣傳隊，「學生

〔註12〕中共中央黨史研究室，中央檔案館：《中國共產黨第六次代表大會檔案文獻選編》，中共黨史出版社，2015 年，第 405 頁。

〔註13〕中共中央黨史研究室，中央檔案館：《中國共產黨第六次代表大會檔案文獻選編》，中共黨史出版社，2015 年，第 406 頁。

〔註14〕中共中央黨史研究室，中央檔案館：《中國共產黨第六次代表大會檔案文獻選編》，中共黨史出版社，2015 年，第 407 頁。

〔註15〕中共中央黨史研究室，中央檔案館：《中國共產黨第六次代表大會檔案文獻選編》，中共黨史出版社，2015 年，第 425 頁。

〔註16〕中共中央黨史研究室，中央檔案館：《中國共產黨第六次代表大會檔案文獻選編》，中共黨史出版社，2015 年，第 708 頁。

〔註17〕中共中央黨史研究室，中央檔案館：《中國共產黨第六次代表大會檔案文獻選編》，中共黨史出版社，2015 年，第 434 頁。

比較得用，在遊戲場中容易做，或教工人麥小吃，以發宣傳品。」〔註18〕總結了武裝暴動失敗的原因，其中就有「群眾的調動與政治宣傳之不足」。同日，劉伯承作了《軍事補充報告》，也談到了宣傳鼓動的組織和方法、形式等問題。他認為：「在士兵中做群眾鼓動工作，使士兵群眾而且接受黨的口號」，「特別組織，並出版關於日常問題而且與士兵群眾有趣的刊物、傳單和小冊子等。扇動之法，須視其部隊來源與成分。」方式可採用廁所標語、圖畫等，或口頭談話式，文字宣傳要「非常有號召的力量」。〔註19〕

　　在經過 7 月 4 日至日 6《關於職工運動的報告》討論後，中共六大於 7 月 7 日至 8 日進入了大會休會、各委員會開會討論各項議決案草案環節。7 月 9 日，大會討論了各項決議，並審議通過了《政治議決案》《土地問題議決案》《農民問題決議案》《職工運動決議案》《決定「廣州暴動」為固定的紀念日的決議》《關於黨綱的決議》《關於民族問題的決議》等。在這些中共六大文件中有涉及到新聞宣傳問題相關規定。如《政治議決案》11 次使用了「宣傳」，指明了黨的新聞宣傳工作方向，提出了「『一切政權歸工農兵代表會議』從宣傳口號，將要如何變成直接行動的口號」的問題，指出在革命低潮時期，「全國範圍內只要宣傳武裝暴動的必要，以準備新的高潮。……暫時武裝暴動在全國範圍的意義，還只是宣傳的口號。……向群眾進行不斷的宣傳。」〔註20〕指示黨內工作現階段的任務有：「加緊黨員群眾的教育，增加他們的政治程度，有系統的宣傳馬克思列寧主義，研究中國革命過去幾時期的經驗。……加緊宣傳武裝暴動策略的正確觀念，宣傳建立工農兵代表會議（蘇維埃）的政權的總任務。」〔註21〕同時，也希望全黨注重國際社會的對外宣傳，「加緊在各國宣傳贊助中國革命，暴露各該國帝國主義政府的侵略陰謀。」「擴大反對中國空前的白色恐怖之宣傳。」〔註22〕《農民問題決議案》第七

〔註18〕中共中央黨史研究室，中央檔案館：《中國共產黨第六次代表大會檔案文獻選編》，中共黨史出版社，2015 年，第 436 頁。

〔註19〕中共中央黨史研究室，中央檔案館：《中國共產黨第六次代表大會檔案文獻選編》，中共黨史出版社，2015 年，第 446 頁。

〔註20〕中共中央黨史研究室，中央檔案館：《中國共產黨第六次代表大會檔案文獻選編》，中共黨史出版社，2015 年，第 860 頁。

〔註21〕中共中央黨史研究室，中央檔案館：《中國共產黨第六次代表大會檔案文獻選編》，中共黨史出版社，2015 年，第 863 頁。

〔註22〕中共中央黨史研究室，中央檔案館：《中國共產黨第六次代表大會檔案文獻選編》，中共黨史出版社，2015 年，第 866 頁。

部分就是「宣傳土地政綱與部分要求」，希望社會各階層宣傳黨的土地綱領，尤其須在「貧農中農群眾中宣傳黨的主要的口號，使成為黨在這些組織中的中心力量」並指出「在宣傳鼓動的工作中，黨的支部應該解釋共產黨的作用及其現時的任務。」〔註23〕

　　7月10日，大會的第一項議程是繼續討論有關決議，通過了《關於組織問題草案之決議》《蘇維埃政權的組織問題決議案》《關於共產青年運動決議案》《婦女運動決議案》《軍事工作決議案》《關於大會宣言問題的決議》等大會文件。這些決議案也有涉及新聞宣傳相關問題。如《蘇維埃政權的組織問題決議案》規定：「黨應宣傳蘇維埃的內容，理論和工作，並組織工農積極份子做將來蘇維埃的幹部。……黨應在預定的各暴動區域中，預先普遍的明的傳播蘇維埃的理論，宣傳蘇維埃政權之一切具體形式與具體工作，準備民眾在該區域起來時，有迅速建立蘇維埃的可能。」〔註24〕《關於共產青年運動決議案》則希望全黨要注重一般工人群眾宣傳工作，在青年學生中要開展「反帝國主義與反國民黨的宣傳與行動」。《軍事工作決議案》指出，「利用一切可能作口頭宣傳並出版關於日常問題且於士兵群眾有趣的定期刊物，傳單和小冊子等。」〔註25〕在反對軍閥和地主武裝和帝國主義軍隊中開展宣傳鼓動工作，在工人群眾的軍事組織中，「本黨應即刻在工人中開始關於暴動是革命時最堅決的鬥爭形式的宣傳和鼓動，……使用現代的武器，學習在現代技術條件下巷戰的策略，建立階級的軍隊（紅軍思想的宣傳）等都是要宣傳的。」〔註26〕

　　同日，中共六大也審議通過了專門的《宣傳工作決議案》。該決議案從煽動、宣傳和刊物三個方面闡述了新聞宣傳工作的任務、原則和方法。在第一部分「煽動」中，該決議案指出，目前革命低潮中，黨的基本任務「為準備新的廣大的革命潮流高漲之到來」，黨的實際任務「是組織與實現群眾的武裝暴動」，黨的工作重心變為了「奪取廣大工農兵群眾與實施工農群眾之政治訓育」，這使得黨的宣傳工作要發生「根本變動」，即「增加對於擴大群眾工作的

〔註23〕中共中央黨史研究室，中央檔案館：《中國共產黨第六次代表大會檔案文獻選編》，中共黨史出版社，2015年，第881頁。

〔註24〕中共中央黨史研究室，中央檔案館：《中國共產黨第六次代表大會檔案文獻選編》，中共黨史出版社，2015年，第921頁。

〔註25〕中共中央黨史研究室，中央檔案館：《中國共產黨第六次代表大會檔案文獻選編》，中共黨史出版社，2015年，第931頁。

〔註26〕中共中央黨史研究室，中央檔案館：《中國共產黨第六次代表大會檔案文獻選編》，中共黨史出版社，2015年，第932頁。

注意」。宣傳工作內容是「向工農群眾闡明他們革命爭鬥之內容，資產階級，地主，國民黨反革命的教訓以及上海廣州等工農暴動的意義，並解釋廣州蘇維埃政權之奪取與建設的經驗，群眾的組織──職工會，農民協會與工農軍的作用和意義以及在無產階級與其先鋒中國共產黨領導之下的工農與城市之聯合的作用及意義等等。」〔註27〕在原來黨的基本政治口號之外，「提出一些鞏固本地方的蘇維埃政權的新口號」。它希望：「每個黨員應當成為積極的努力的煽動者。」「在日常的群眾煽動中提出適應各個爭鬥時期與各種等級人民需要的具體要求。」建議全黨加強宣傳員隊伍建設和領導，「加緊在關於比較進步的工人與最忠實的知識分子中間選樣並選就一批宣傳員與煽動者，並增加對他們的領導。黨部委員會每逢一個新的政治運動興起時，須即召集宣傳員會議（幾點鐘或一天兩天），指示他們實施運動的方法內容與形式及供給必須的材料等等」，強調「黨部宣委成份必須健全有力，以領導全部煽動宣傳與工作。」〔註28〕在第二部分「宣傳」中，該決議案明確了「黨的內部宣傳工作基本任務乃為肅清機會主義殘餘，消沉傾向和左派盲動傾向（先鋒主義，恐怖主義，盲動主義，強迫罷工）以及藐視民主集中制的意義等傾向爭鬥，並應在精密研究中國與國際革命運動之經驗與教訓的基礎上為黨的布爾雪維克化而爭鬥。同時黨應當同孫中山主義及創立第三〈黨〉稱為工農政黨的一切企圖作堅強理論上的爭鬥。」闡明了黨的宣傳工作的兩個基本任務：「（1）增高一切黨員的政治智識。（2）特別應該增高黨在廣大工農群眾中工作和宣傳員的理論上的認識。」強調加強黨員政治教育和自修工作，「各黨部宣委與專此種工作的同志應以編製大綱，指定參考書籍報章，組織秘密圖書館等方法，儘量幫助自修同志。……應當發行大批政治書籍，文字內容務求通俗，須適合我黨同志的程度。」指明了擴大宣傳的三種方式，「利用各社會團體的圖書館」，「開辦的書鋪」，「參加各種科學文學及新劇團體」。在第三部分「刊物」中，該決議案中肯定了各種形式的刊物宣傳（報紙，傳單，小冊子，宣言等等），的重大意義，指出「必須組織每日出版的銷行全中國的工農報紙。報紙的文字，內容，價格要十分適合廣大群眾的能力，程度。必須組織大規模的特別是在工農群眾中間捐集報紙基金的運動，並應吸引黨與少共全體群眾參加銷行此報的工作。此種

〔註27〕中共中央黨史研究室，中央檔案館：《中國共產黨第六次代表大會檔案文獻選編》，中共黨史出版社，2015 年，第 913 頁。
〔註28〕中共中央黨史研究室，中央檔案館：《中國共產黨第六次代表大會檔案文獻選編》，中共黨史出版社，2015 年，第 914 頁。

報紙對於女工農婦問題應加以注意。」具體措施有：採用靈活多樣的宣傳形式，如牆報和圖報，改善傳單、宣言、小冊子的內容和印刷質量，重視黨報黨刊的宣傳作用，「黨的定期刊物《布爾雪維克》與《黨的生活》，必須極力改善以期真正能夠成為領導機關」，「中央宣傳委員會與一切地方黨部」要重視通訊員隊伍組織建設，「在可能條件之下建立灰色通訊社，傳播各地工農爭鬥的消息」〔註29〕，「組織誦讀這些書報的小組（公開或秘密的）」，全黨搞發行工作，「（1）發行並〔供〕給城市與鄉村用的大批通俗的政治書籍報章，注意程度淺劣的工農，最好編成歌謠韻語；（2）發行為中等黨員用的比較高深的書籍，如關於中國現時政治生活，黨的目前任務，列寧主義、蘇聯、評孫中山主義及黨內各種機會主義與左派盲動主義傾向等等問題；（3）最後的一個任務──時間比較長些──就是發行馬克思，恩格思，斯達林，布哈林及其他馬克思主義，列寧主義領袖的重要著作。」〔註30〕

　　當日中共六大第二項議程是討論通過了黨的章程。大會通過的《中國共產黨黨章》，共15章，53條。該章程有8條關於宣傳制度的建設。第一，「第三章黨的組織系統」中第十五條「黨部機關」規定：「為處決黨的各種特殊任務起見，各級黨部委員會之下得成立各部或各委員會，如組織部、宣傳部、職工運動委員會、婦女運動委員會等等。」〔註31〕第二，「第四章支部」中第十八條「支部任務」規定：「（1）用有計劃的共產主義的鼓動和宣傳，在無黨的工農群眾中實行黨的口號與決議，使工農站到黨方面來。……（3）徵收和教育新黨員，散佈黨的出版品，在黨員及無黨工農中進行文化的和政治教育的工作」；第三，「第四章支部」中第十九條規定「支部幹事會」中則規定幹事會工作的任務包括了「分配支部中黨員的工作，如宣傳，分發印刷品。」〔註32〕第四，「第六章縣或市的組織」中第二十四條「縣委機關」規定：「縣委員會應執行縣代表大會，省委員會及中央委員會的決議，並應盡可能的成立各部或各委員會（如組織，宣傳鼓動，婦女運動，農民運動等）以進行各項工作。……縣

〔註29〕中共中央黨史研究室，中央檔案館：《中國共產黨第六次代表大會檔案文獻選編》，中共黨史出版社，2015年，第915頁。

〔註30〕中共中央黨史研究室，中央檔案館：《中國共產黨第六次代表大會檔案文獻選編》，中共黨史出版社，2015年，第916頁。

〔註31〕《中國共產黨歷次黨章彙編（1921～2017）》，中國方正出版社2018年，第101頁。

〔註32〕《中國共產黨歷次黨章彙編（1921～2017）》，中國方正出版社2018年，第102頁。

委員會在出版黨報時，應指定該黨報之編輯。」〔註33〕第五，「第七章省之組織」中第三十條「省委員會執行省代表大會及中央委員會的決議」規定：「省委員會在省之範圍內組織黨的各種機關，指定該省黨報的編輯。……省委員會為研究各重要問題而設立各部或各委員會，如組織部，宣傳鼓動部，職工運動委員會等等。每部的主任，按照一般通例，應由省委員會之正式委員或候補委員充任之，並在省委員會之常務委員會直接指導之下工作。」〔註34〕第六，「第十章中央委員會」中第三十九條規定：「代表黨與其他政黨發生關係，設立黨的各種機關，指導黨的一切政治的組織的工作，指定在他指導和監督之下的黨的中央機關報的編輯，按環境之需要，可派中央特派員於各省黨的組織並設立中央執行局，進行含有全黨意義的印刷局等事業，分配黨的財政和力量，並管理中央會計處等等」；第七，「第十章中央委員會」中第四十一條規定：「中央委員會按照各種工作部門而設立各部或各委員會，例如：組織部，宣傳鼓動部，職工運動委員會，農民運動委員會，婦女運動委員會等等。」〔註35〕第八，「第十三章・黨的財政」中第四十六條規定：「黨部的用費由黨費、特別捐、黨的印刷機關及上級黨部之津貼等充之。」〔註36〕

第二節　中共六大精神中新聞宣傳政策的傳達貫徹

7 月 11 日，中共六大勝利閉幕，新選舉的第六屆中央委員會，由中央委員 23 名、候補中央委員 13 人組成。周恩來在閉幕會上致詞，提出「這次大會是空前未有的。為求得革命的真理，得到了很多的批評。……我們有了正確的路線，還要把大會的精神帶到工作中去！大會總結了第一次國內革命戰爭以來的經驗教訓，在一系列存在嚴重爭論的有關中國革命的根本問題上做出了基本的回答，大體上統一了全黨的思想。」〔註37〕與此同時，大會精神也在該

〔註33〕《中國共產黨歷次黨章彙編（1921～2017）》，中國方正出版社 2018 年，第 104 頁。

〔註34〕《中國共產黨歷次黨章彙編（1921～2017）》，中國方正出版社 2018 年，第 105 頁。

〔註35〕《中國共產黨歷次黨章彙編（1921～2017）》，中國方正出版社 2018 年，第 107 頁。

〔註36〕《中國共產黨歷次黨章彙編（1921～2017）》，中國方正出版社 2018 年，第 109 頁。

〔註37〕張靜如：《中國共產黨歷屆代表大會：一大到十八大》（上），河北人民出版社，2012 年，第 496 頁。

節點前後逐漸傳向國內，並在黨員和群眾中組織學習和貫徹落實。7 月 19 日，中共六屆一中全會召開，布哈林到會講話。7 月 20 日，第六屆中央執行委員會中央政治局舉行了第一次會議，選舉了中央各部組織，並進行了分工。中央政治局下分軍事部、宣傳部（宣傳委員會）、秘書處、組織部等；其中工委、農委、婦委直屬於中央政治局，組織部、軍事部和秘書處，直接在中央常務委員會指揮下。具體分工種，關於與新聞宣傳相關的有：宣傳部長蔡和森（無異議通過），黨報主筆（蔡和森兼）〔註 38〕。在「中央最近工作大綱」顯示的經費開支中，「黨報——7000」，會議中，李立三建議：「目前對於一般民眾尤其對於學生，應建立中心思想運動，打破一切反動思想，在中央宣傳部指導下，出版半公開刊，徵取廣大群眾。辦法：①利用一切公開可能，出版半公開係帶文化性的刊物；②利用一切灰色團體的出版物，作我們宣傳；③出版工人二日刊或三日刊。」蘇兆徵則建議：「收集山東事件材料，編小冊子。決定：交中央宣傳部辦理。」〔註 39〕參加大會的蔡和森重新執掌中宣部，使得中央宣傳機構的重組，組織建設得到了加強。隨後黨中央決定中宣部分為兩個科：宣傳科、教育科，還有黨報委員會，均直屬中央政治局。〔註 40〕中宣部組織建設的加強，為中共六大精神的傳達貫徹，尤其是新聞宣傳政策，提供了組織保障。

　　其實，在中共六大召開期間，大會精神的宣傳貫徹工作在國內已經展開。6 月 30 日，中共發布了一個專門針對新聞宣傳工作的文件——《通告第五十五號》，對宣傳鼓動工作的基本情況、存在的問題以及之後的任務都做了總結。該通告針對北方局勢陷入「混亂衝突狀況」的變化，不僅強調「目前宣傳鼓動工作十分重要」，而且「正是黨的深入擴大我們宣傳工作的機會」，「對小資產階級的宣傳，尤其是目前一件重要的工作。」〔註 41〕因此，黨中央決定，「各地黨部須出版一種或以上的灰色刊物，以執行我們的宣傳鼓動工作，尤其是關於小資產階級的宣傳鼓動的工作」；並給出了創辦灰色刊物的指導性原則：「（一）這種刊物是灰色的，因此不能登載黨的文件或論文中露出與黨有組織

〔註 38〕　中共中央黨史研究室，中央檔案館：《中國共產黨第六次代表大會檔案文獻選編》，中共黨史出版社，2015 年，第 844 頁。

〔註 39〕　中共中央黨史研究室，中央檔案館：《中國共產黨第六次代表大會檔案文獻選編》，中共黨史出版社，2015 年，第 848 頁。

〔註 40〕　中央宣傳部：《中共共產黨宣傳工作簡史》上冊，人民出版社 2022 年，第 54 頁。

〔註 41〕　中國社會科學院新聞研究所：《中國共產黨新聞工作文件彙編（上）》，新華出版社，1980 年，第 38 頁。

關聯的話，而應作為第三種人的口氣，既非國民黨也非共產黨。（二）這種刊物說話的態度，不是拿黨的口氣的，也不是完全按照黨的政策及口號的，她的使命只在如何使小資產階級脫離國民黨的影響而投到我們方面來或力守中立。說的方法常是根據實際的事實，證明國民黨的統治實在與北洋軍閥相同，甚至更反動，這是消極方面的。（三）積極方面，我們應該表示，只有工農兵的蘇維埃革命，才是小資產階級的出路——但注意，不過暗示如此並非彰明較著的鼓吹工農兵蘇維埃革命。」〔註42〕但是，黨中央強調必須做「獨立宣傳工作」，「黨部在進行反帝宣傳工作中須注意時常用黨的名義發表黨的主張（如單獨的告工人、農民、兵士、小商人、學生、國民黨員等傳單宣言），設法廣泛的推銷黨的刊物，尤其是中央出版的《布報》，如果《布報》不能多量的收到時，亦必需設法摘要翻印，在京津、上海、武漢、鄭州或開封、廣州、長沙、南昌或九江，濟南或青島用黨或工會名義組織——赤色刊物。」〔註43〕

　　7月9日，中共中央發布了《對國內工作指示的電稿》，並要求將這一電報發到全國各地討論。該電傳達了中共六大對現階段形勢的判斷和總路線，「現在，第一個革命浪潮以歷次失敗而完結，而新的浪潮還沒有來，黨的總路線是奪取群眾，統一群眾，團結群眾於黨的主要口號之下，加緊日常工作，尤其是城市產業工人之中的工作。利用帝國主義對中國民眾的一切暴力的機會，要激勵一切階級衝突並使之深入。必須與主要口號同時提出工農運動的部分口號。黨與群眾的脫離，是主要的危險。全國範圍之內暴動只是宣傳的口號，堅決的反對盲動主義。決不能削弱農民的游擊戰爭之指導。必須擴大蘇維埃的根據地及加緊組織紅軍。……主要的任務仍舊是推翻帝國主義統治，〈實行〉土地革命，力爭工農民權獨裁制的蘇維埃的政權。繼續堅決的改造黨。」〔註44〕由於電報傳播速度快，該電報內容迅速傳達到國內各級黨支部，積極推進了中共六大會議精神的傳達貫徹工作。

　　中共六大閉幕後，黨中央於 1928 年 7 月 13 日根據中共六大會議精神向全國各省委各縣市委各區委支部發布了《中央通告第五十九號——關於反帝

〔註42〕中國社會科學院新聞研究所：《中國共產黨新聞工作文件彙編（上）》，新華出版社，1980 年，第 39 頁。

〔註43〕中國社會科學院新聞研究所：《中國共產黨新聞工作文件彙編（上）》，新華出版社，1980 年，第 39～40 頁。

〔註44〕中共中央黨史研究室，中央檔案館：《中國共產黨第六次代表大會檔案文獻選編》，中共黨史出版社，2015 年，第 937 頁。

工作的指示》，總結出「反帝運動不能開展的主觀上五大原因」，其中第五點就是「缺少經常的宣傳鼓動工作，就是有一點也不過是上層的，而每個支部每個學校工廠沒有其自己在群眾中的宣傳鼓動工作」〔註45〕；指示全國各個「省委尤須注意發動下層的宣傳鼓動工作，不僅在工人階級中並須在學生和小商人中（每個支部在黨的策略之下有其自己的工作），然後才能啟發群眾更熱烈的情緒而使運動得以開展。在一切宣傳鼓動的工作中，要注意提出「反國民黨」「政權歸工農兵城市貧民代表會議」的口號，要指出大資產階級壓迫小商人的黑幕促進其分化。黨的獨立的政治宣傳必須特別加緊以取得更廣大的群眾團聚於自己的周圍。」〔註46〕同時，要注意宣傳鼓動工作的方式方法，區別對待不同對象，「要宣傳鼓動工作能夠深入群眾，必須經過支部黨團的活動，使每個工廠、學校，每個工會有經常的宣傳鼓動工作，演講，小傳單，壁報，畫報，刊物，戲劇……等。除此，廣東湖南湖北江西河南浙江直隸安徽山東滿洲的省委必須辦一公開的反帝刊物（週刊），經常出版。在一切宣傳中主要的是反日，同時要注意反英反美，反太平洋戰爭，反國民黨，及其他關於兵士學生小商人等利益的口號。黨的獨立宣傳一刻不要忽略沒收地主土地交農民耕種，建立工農兵城市貧民民主獨裁的蘇維埃政權等主要口號。」〔註47〕7月26日，中共中央將中國共產黨第六次全國代表大會文件《中央關於城市農村工作指南》下達給全黨，指導黨在城市和農村的工作，在糾正以往錯誤鬥爭方式的同時，提出了新的建設性意見。該指南認為黨在過去的城市農村的工作中，均存在著「忽視群眾政治宣傳與教育（普遍現象）」問題，希望全黨在城市中，應該「極廣泛的向工人群眾宣傳，尤其使這些宣傳深入到右派工會組織和影響下的工人群眾中去，鼓動工人群眾在這些要求之下作一致行動」〔註48〕，並建議「拋棄武力脅迫的方式，而著重『說服』群眾的工作，這就是說我們須努力宣傳教育群眾的工作，使群眾接受我們爭鬥的主張，……尤須有黨的獨立宣傳向工人

〔註45〕 中央檔案館：《中共中央文件選集（第四冊）》，中共中央黨校出版社，1981年，第 325 頁。

〔註46〕 中央檔案館：《中共中央文件選集（第四冊）》，中共中央黨校出版社，1981年，第 327 頁。

〔註47〕 中央檔案館：《中共中央文件選集（第四冊）》，中共中央黨校出版社，1981年，第 328 頁。

〔註48〕 中央檔案館：《中共中央文件選集（第四冊）》，中共中央黨校出版社，1981年，第 337 頁。

解釋黨的政策，使工人群眾瞭解黨而不致因白色恐怖而不敢與我們接近，……向工人群眾作普遍的宣傳，平時召集工人飛行集會，推行〔銷〕工會與黨的宣傳品及刊物應視為工廠支部的經常工作。」〔註49〕在城市工人中，全黨應該急積極開展反帝運動宣傳，「擴大反帝反國民黨的宣傳，除多量發散傳單宣言標語組織灰色反帝刊物外必須組織講演隊，動員全體同志參加口頭宣傳鼓動工作，工廠等〈支〉部須設法組織飛行集會鼓動工人反帝情緒，惟須特別注意本黨主張的獨立宣傳。」〔註50〕同時，它認為：「對外宣傳鼓動工作目前特別重要，尤其在小資產階級動搖不滿國民黨時，我黨負有思想上領導的重大責任，同時關於土地革命暴動政策中國革命性質等類問題和工農生活及鬥爭狀況的宣傳以及目前反帝的鼓動，都須要黨以很大的力量有計劃的擴大。關於這些工作除開推銷黨的刊物宣傳品外，每個同志必需成為群眾中的宣傳鼓動家，尤須注意利用一切公開可能以發展黨的宣傳工作。」〔註51〕

　　8月1日，中共中央發布了中國共產黨第六次全國代表大會文件《中央通告第六十一號——目前政治情形和我們的責任》，提醒全黨要時刻警惕國民黨和帝國主義的欺騙宣傳，積極開展反帝反封建宣傳，並旗幟鮮明地指出：「今後我們的責任，便是加緊組織我們的力量，改造黨的組織，健全黨的基礎，在工廠中，農村中，士兵中，擴大黨的宣傳，組織教育群眾，領導更廣大的群眾鬥爭，推進現在這一活躍的革命潮流，使之擴大深入，匯合達到全國範圍的高潮。」〔註52〕黨對城市和農村的宣傳任務是：「在城市中注意工人運動與反帝運動，而且注意統一戰線的運用，注意下層群眾公開工會的組織和秘密的赤衛隊的組織，注意反國民黨和黨的獨立的政治宣傳。在鄉村注意組織農民群眾（農協或農民委員會）和手工業工人，注意土地革命和蘇維埃政權的宣傳。」〔註53〕同時黨積極「擴大對小資產階級的宣傳」，希望全黨

〔註49〕中央檔案館：《中共中央文件選集（第四冊）》，中共中央黨校出版社，1981年，第339頁。

〔註50〕中央檔案館：《中共中央文件選集（第四冊）》，中共中央黨校出版社，1981年，第341頁。

〔註51〕中央檔案館：《中共中央文件選集（第四冊）》，中共中央黨校出版社，1981年，第348頁。

〔註52〕中央檔案館：《中共中央文件選集（第四冊）》，中共中央黨校出版社，1981年，第357頁。

〔註53〕中央檔案館：《中共中央文件選集（第四冊）》，中共中央黨校出版社，1981年，第358頁。

「加緊黨的獨立的政治宣傳」。8 月 11 日，中央發布第六十二號通告《目前黨的根本策略與政治宣傳鼓動》，點明目前新聞宣傳工作重點是要把反帝運動與工農的經濟政治鬥爭聯繫起來，因此目前新聞宣傳工作的主要路線是：第一，加緊反帝運動，使反帝運動與工農運動聯繫起來。第二，加緊工農的經濟和政治鬥爭，在鬥爭中組織工農群眾。第三，在鬥爭中和一切接近群眾的機會時，加緊反國民黨和反第三黨的宣傳。第四，擴大黨的獨立宣傳，使之深入工農群眾，從政治上取得工農群眾。第五，擴大對窮苦城市小資產階級的宣傳以促進其對豪紳資產階級的厭惡情緒。〔註54〕針對第四點，中共製作了 18 條宣傳口號，其中比較有代表性的是第 8 條「一切土地國有，分給農民耕種」，第 13 條「打倒賣國的國民黨，打倒摧殘工農的國民黨，打倒不發清欠餉的國民黨」和第 16 條「『蘇維埃』是工農兵自己的政權」。〔註55〕這幾條口號的製作和中共六大上對相關問題的討論和指示精神完全一致，顯示了六大精神貫徹執行中的正確性和科學性。

　　9 月 12 日，中共中央發布了中國共產黨第六次全國代表大會文件《中央通告第一號——秋收工作方針》，該文件總結了過去宣傳鼓動工作的不足，「過去黨在農村中特別是南方幾省曾作過許多英勇的鬥爭，但在鬥爭中表現一很大的缺點，就是缺乏宣傳工作，甚至不做宣傳工作，這樣的結果便是使群眾不瞭解我黨的策略和〈口〉號，不能更廣大的發動群眾，不能使群眾有更大的決戰的決心。」現在隨著黨中央方針政策的變化，指出：「總的口號——沒收地主階級土地、建立蘇維埃政權——必須隨時作廣大的宣傳，使群眾深切認識，只有完全沒收地主土地，才能澈底免除地主的壓迫與剝削。」〔註56〕該文件指示全黨「在已經發展到武裝鬥爭的地方，……必須盡可能的宣傳農民加入赤衛隊和紅軍的組織」，「尤其是工人運動，士兵運動，必須在工人與兵士群眾中作廣大的宣傳。」〔註57〕9 月 17 日，黨中央向全國發布了《中央通告第二號——第六次全國代表大會的總結與精神》，強調了中共

〔註54〕　中央檔案館：《中共中央文件選集（第四冊）》，中共中央黨校出版社，1989 年，第 567～568 頁。

〔註55〕　中央檔案館：《中共中央文件選集（第四冊）》，中共中央黨校出版社，1989 年，第 568～569 頁。

〔註56〕　中央檔案館：《中共中央文件選集（第四冊）》，中共中央黨校出版社，1981 年，第 381 頁。

〔註57〕　中央檔案館：《中共中央文件選集（第四冊）》，中共中央黨校出版社，1981 年，第 384 頁。

六大的偉大意義，「此次大會不僅在中國革命歷史上有極偉大的意義，而且在世界革命史上有極大的意義。」〔註58〕強調「目前中心任務和策略——大會指出目前中心任務正是團結積聚革命力量準備武裝暴動的時候，暫時武裝暴動在全國範圍的意義應變為宣傳的口號，奪取千百萬群眾，以準備新的高潮之到來，——即是準備將來武裝暴動之最後勝利的基本條件。」〔註59〕「大會確定了土地政綱，規定了「土地國有」為目前宣傳的口號。」「大會認為加緊黨內的教育和加緊武裝暴動的宣傳十分必要。」〔註60〕9月18日，中共中央發布了中國共產黨第六次全國代表大會文件《中央通告第三號——目前革命形勢與黨的戰術和策略》，明確指出：「目前戰術上主要的宣傳的口號是準備武裝暴動推翻國民黨的政權建立工農兵代表會議政權」，強調「在每一個鬥爭中，都必須宣傳黨的總的口號（推翻國民黨政權，建立工農兵代表會議的政權）」，也特別提到了對工人農民宣傳以及反帝宣傳的口號問題。9月20日，中共中央對外發布了《中國共產黨對時局宣言》再次闡明了中共六大的方針政策。

　　10月1日，中共中央發布《中央第四號通告——關於宣傳鼓動工作》，這是發給各級黨部的指導性文件，分四個方面對新聞宣傳工作各方面的情況和要求都做了詳細介紹。第一，現階段黨的宣傳鼓動的中心任務。該通告認為目前黨的中心任務是「爭取與積聚廣大群眾勢力，準備新的革命高潮之到來。為要完成此任務，要求黨根本改變過去宣傳鼓動工作的內容與方式，因此大會通過一宣傳工作決議，詳細指出關於此項工作的原則與方法。」〔註61〕對於宣傳工作來說就是「中國共產黨高高的舉起自己的旗幟，無限制的加緊與擴大自己的政治宣傳，同時加緊日常爭鬥的鼓動，去發動與組織各種各色的部分爭鬥，普遍的提高群眾的政治意識與階級覺悟，肅清民族資產階級國民黨改良派及一切叛徒在群眾所散佈的一切幻想與影響，使工農兵及廣大的城市貧苦群眾都團結到本黨的周圍。因此各級黨部務必十分注意加緊擴大黨

〔註58〕中央檔案館：《中共中央文件選集（第四冊）》，中共中央黨校出版社，1981年，第386頁。

〔註59〕中央檔案館：《中共中央文件選集（第四冊）》，中共中央黨校出版社，1981年，第388頁。

〔註60〕中央檔案館：《中共中央文件選集（第四冊）》，中共中央黨校出版社，1981年，第390頁。

〔註61〕中共中央黨史研究室，中央檔案館：《中國共產黨第六次代表大會檔案文獻選編》，中共黨史出版社，2015年，第966頁。

在廣大群眾中的政治影響，加緊日常部分爭鬥的鼓動工作，很迅速的反射〔對〕國民黨各派之虛偽的反革命的宣傳，而揭破其假面具與騙術。只有如此才能完成目前的中心任務而催促新的革命高潮之迅速到來。」〔註62〕第二，「為根本改變過去宣傳鼓動工作的內容與方式」，該通告毫不諱言地指出了過去宣傳鼓動工作存在的缺點和錯誤。第三，從黨內、一般政治與文化問題、工運、農村及蘇維埃區域、關於反帝反軍閥及兵士五個方面提出了 31 條具體措施，成為六大到七大之間中共開展新聞宣傳工作的實踐指南。該通告強調「按照六次大會決議」，中央對於目前宣傳鼓動工作方針關於黨內的規定有7 條，與新聞宣傳直接相關的有：「1.從上至下（從中央以至支部）建立經常的宣傳鼓動工作，建立並強健各級黨部的宣傳機關（上級黨部設宣傳部，下級黨部設宣傳科或宣傳幹事）。」「3.建立黨的理論的中心，改《布爾塞維克》為中央理論機關報。」「6.使支部成為黨內以及對於群眾的宣傳鼓動工作的基礎。」〔註63〕關於一般政治的與文化的規定有 3 條，與新聞宣傳直接相關的有：「創立中央日報及某幾個大城市的（如廣東武漢天津等）地方小日報，以擴大黨的政治影響及加強對於敵黨的政治反應之速度。」關於工運的規定有7 條，與新聞宣傳直接相關的有：「3.建立工廠小報（他的性質，作用和內容，中宣將有詳細解釋，並將擬一『模範的工廠小報』發於各地）。4.改良我們領導的工會之機關報。」〔註64〕關於農村及蘇維埃區域的規定有 10 條，與新聞宣傳直接相關的有：「7.農民畫報與壁報，農協須注意經常的宣傳工作。8.蘇維埃區域尤其要注意多做群眾的政治教育工作（如代表大會，群眾大會，政治講演，學校，訓練班，報紙等）。」〔註65〕第四，從組織建設方面，迅速改進與加緊各級黨部擴大宣傳鼓動工作，具體有 7 項措施，「1.建立與健強中央宣傳部的組織。2.各省委應立即建立宣傳部，大的省委如江蘇廣東等，至少要選擇二個以上有相當理論經驗的同志經常擔任宣傳部的工作。3.省委以下的黨部如縣委市委區委等皆應迅速設立宣傳科，支部設宣傳幹事，經常有一人以上擔任

〔註62〕 中共中央黨史研究室，中央檔案館：《中國共產黨第六次代表大會檔案文獻選編》，中共黨史出版社，2015 年，第 967 頁。

〔註63〕 中共中央黨史研究室，中央檔案館：《中國共產黨第六次代表大會檔案文獻選編》，中共黨史出版社，2015 年，第 968 頁。

〔註64〕 中共中央黨史研究室，中央檔案館：《中國共產黨第六次代表大會檔案文獻選編》，中共黨史出版社，2015 年，第 968 頁。

〔註65〕 中共中央黨史研究室，中央檔案館：《中國共產黨第六次代表大會檔案文獻選編》，中共黨史出版社，2015 年，第 969 頁。

宣傳工作。4.支部——尤其是工廠支部應立即指定一個負責同志擔任經常的宣傳指導工作；在支部中還缺乏能夠擔負此工作的人才時，上級黨部應立即辦一短期訓練班，以養成此項人才。5.上級黨部應直接的密切的指導與幫助工廠支部的宣傳鼓動工作之建立。6.在本黨領導下的工會農協皆應迅速設立宣傳機關，擴大與加緊此項工作。7.每個省委接到此通告後，應立即提出討論，並根據過去經驗與現在需要，作一切實的宣傳計劃，寄交中央，並將過去宣傳工作狀況詳細報告，是為至要。」〔註66〕同日，中共中央發布了《中央工作計劃大綱》，第四點中提到「加強政治的指導，提高黨內的政治水平線，擴大黨的政治宣傳」是目前中央中心工作之一，並提出了具體的實施辦法，即中央黨報要注重於理論政策的宣傳和討論，黨內政治通信要立即開始關於一切原則的爭論和討論，工廠小報要努力從實驗中求其實現，督促莫斯科代表開始中共黨綱的分類研究和編譯書籍的供給。嚴密考察重要省區黨部關於六次大會決議案實施和宣傳以及瞭解的程度，用全力計劃並實施發行和分配宣傳品的工作。〔註67〕10月4日，中共中央發布了中國共產黨第六次全國代表大會文件《中央關於湖南工作決議案》，重申了「武裝暴動還只是宣傳的口號」中共六大精神，強調「擴大黨的政治宣傳，堅強群眾的革命意識……目前在湖南一切反動派宣傳共產黨專門殺人放火，以及改良的欺騙的宣傳確實能蒙蔽一部分的群眾。」〔註68〕同時，該決議案在黨支部建設方面積極貫徹中共六大精神，「六次大會及黨的各種決議應當經過支部會議的討論而傳達於一般同志，支部要分配每個同志的工作，在群眾中起「核心」的作用，每個同志必須是黨的一個組織員和宣傳員」〔註69〕，要求全黨「正確的執行六次大會關於農運的戰術路線，擴大土地政綱的宣傳。」10月17日，中共中央發布了中國共產黨第六次全國代表大會兩個文件，即《中央通告第七號——關於黨的組織——創造無產階級的黨和其主要路線》《中央通告第八號——總的政治路線之正確的運用》。前者要求全黨「每個同志成為群眾的組織員和宣傳員，……支

〔註66〕中共中央黨史研究室，中央檔案館：《中國共產黨第六次代表大會檔案文獻選編》，中共黨史出版社，2015年，第969頁。

〔註67〕中共中央黨史研究室，中央檔案館：《中國共產黨第六次代表大會檔案文獻選編》，中共黨史出版社，2015年，第965頁。

〔註68〕中共中央黨史研究室，中央檔案館：《中國共產黨第六次代表大會檔案文獻選編》，中共黨史出版社，2015年，第972頁。

〔註69〕中共中央黨史研究室，中央檔案館：《中國共產黨第六次代表大會檔案文獻選編》，中共黨史出版社，2015年，第973頁。

部應為黨在群眾中的宣傳鼓動機關」〔註70〕；後者指示全黨「是要利用一切公開的機會來擴大黨的政治的宣傳，決不能放棄黨的政治口號，去找公開的機會。要領導群眾一切鬥爭，在鬥爭中更要加緊黨的政治口號的宣傳。」〔註71〕10 月 31 日，中共江蘇省委向各級黨支部傳達了《六次大會的報告大綱》，傳達和貫徹了中共六大會議精神，認為加緊黨內教育和武裝暴動的宣傳是十分必要的。

11 月 11 日，中共中央發表了《中國共產黨中央委員會告全體同志書》，向全黨繼續傳達貫徹了中共六大會議精神，重申「六次大會規定武裝暴動暫時在全國範圍的意義上只是宣傳口號，不是直接行動的口號。這不是取消暴動的總方針，而是實際的加緊準備武裝暴動，現在要加緊群眾的工作，爭取廣大群眾來準備暴動，新的高潮到來，便立刻把武裝暴動從宣傳的口號變為行動的口號」〔註72〕，要求全黨「利用一切公開的機會來發動群眾，宣傳我們的口號，但是不能降低我們的口號，去找公開的機會」〔註73〕，指示全黨改進黨支部生活，「政治的宣傳鼓動，群眾的組織，只有支部才能深入」，動員全黨一致擁護中央口號「擁護第六次大會的精神、詳細研究第六次大會的決議案、堅決執行第六次大會的一切決議……」〔註74〕。12 月 5 日，中共中央和共青團中央聯合發出《中央通告第二十三號——青年工人運動的意義與目前的工作》，指示全黨在青工運動中「減低學徒年限等鬥爭和廢除學徒制度的宣傳」，「在工會一切宣傳品上，要注意提出青工的要求和鬥爭的口號，在工會的會刊上應有一專欄登載青工的消息和宣傳材料，不僅是宣傳和鼓動青年工人，並且要向成年工人作廣大的宣傳來同情和擁護青工的鬥爭。」針對中共六大前後「黨內非無產階級意識如鬧個人問題，經濟問題，及以私人感情關係為出發觀察一切工作」等問題，1929 年 1 月 18 日，中共中央向全黨

〔註70〕中共中央黨史研究室，中央檔案館：《中國共產黨第六次代表大會檔案文獻選編》，中共黨史出版社，2015 年，第 982 頁。

〔註71〕中共中央黨史研究室，中央檔案館：《中國共產黨第六次代表大會檔案文獻選編》，中共黨史出版社，2015 年，第 985 頁。

〔註72〕中共中央黨史研究室，中央檔案館：《中國共產黨第六次代表大會檔案文獻選編》，中共黨史出版社，2015 年，第 1000 頁。

〔註73〕中共中央黨史研究室，中央檔案館：《中國共產黨第六次代表大會檔案文獻選編》，中共黨史出版社，2015 年，第 1001 頁。

〔註74〕中共中央黨史研究室，中央檔案館：《中國共產黨第六次代表大會檔案文獻選編》，中共黨史出版社，2015 年，第 1004 頁。

發布了《中央關於黨內宣傳派別問題決議案》，嚴厲指出：「山東省委亦因有人宣傳中央及黨中有派別存在而成立否認的決議案；在各省則頗有些幹部分子作此種類似宣傳；最近則江蘇黨部各級負責同志竟有人擴大此種宣傳以號召省委與中央對立。」分析了產生原因，其中就有傳達觀察中共六大會議精神不足，「因目前客觀環境如白色恐怖對於黨的摧殘，改良主義的欺騙從宣傳上和組織上向党進攻和六次大會所指示的主觀任務提高黨內政治指導擴大黨的無產階級基礎在黨內的難產，全足影響到黨內於部分子階級觀念的動搖和錯誤。」〔註 75〕

中共六大結束後，共產國際刊物積極登載文章，宣傳貫徹中共六大會議精神。1928 年 10 月，共產國際機關刊物《共產國際》雜誌（俄文版）第 39、40 期連載了米夫《中國共產黨第六次代表大會》，介紹了中共六大召開情況和審議通過決議案，傳達了中共六大會議精神，其中特別批評了中國共產黨黨刊對革命性質的判斷，「中國共產黨的機關刊物《布爾塞維克》雜誌上不久前刊出一篇文章，論證了中國革命現在已處於由資產階級民主革命向社會主義革命轉變的時期」〔註 76〕，肯定了中共六大對中國革命性質的判斷。隨後，他在該雜誌第 43 發表了《中國共產黨第六次代表大會上的土地問題》，介紹和評價了中共六大的《土地問題決議案》文件精神。通過《共產國際》雜誌的刊載，向無產階級革命陣營宣傳了中共六大會議精神。

中國共產黨也開始在國內各地秘密出版黨報黨刊，推動中共六大會議精神宣傳活動。1928 年 10 月 22 日，為鼓勵青年積極投入革命鬥爭，中國共產主義青年團中央委員會在上海秘密創辦了其機關刊物《列寧青年》半月刊，少峰（華崗）、陸定一先後任主編。《發刊詞》鮮明告誡青年：「曾經站在青年最前線的主要地位，而為革命重要動力的中國工農貧民青年群眾，在國民黨的統治下，受著比以前更嚴重的痛苦，在新的蘇維埃革命階段中，青年的地位與任務是更加重大了！」〔註 77〕創刊號第三篇文章就是《介紹中國共產黨第六次大會》，主要介紹了中共六大對中國革命問題的看法和各項決議案內容，並強調，「《列寧青年》的讀者，一定熱望知道大會的精神與成績，這就是

〔註 75〕中共中央黨史研究室，中央檔案館：《中國共產黨第六次代表大會檔案文獻選編》，中共黨史出版社，2015 年，第 1009 頁。

〔註 76〕中共中央黨史研究室，中央檔案館：《中國共產黨第六次代表大會檔案文獻選編》，中共黨史出版社，2015 年，第 1045 頁。

〔註 77〕《發刊詞》，《列寧青年》1928 年 10 月 22 日創刊號。

草此文的動因」〔註78〕。11月15日，中共福建省委機關刊物《烈火》週刊在廈門創刊，該刊宣傳中共「六大」的方針政策，介紹馬列主義基本理論，報導廈門和各地工農鬥爭消息。11月20日，中共中央宣傳部主辦的理論刊物《紅旗》週刊在上海秘密創刊，開始宣傳貫徹中共六大會議精神。

12月1日，《布爾塞維克》第2卷第2期發布了《中國共產黨第六次大會政治決議案》和《中國共產黨第六次大會土地問題決議案》等核心文件。由於第一任編輯委員會主任瞿秋白在六大後被留在蘇聯擔任中共駐共產國際代表團長，因此《布爾塞維克》的編輯工作先後交由鄭超麟、蔡和森和李立三等人主持。雖然處於秘密發行狀態，但其編輯發行人員採取了偽裝封面通過租界郵局寄出，讓代售處代賣和通過秘密發行系統發行等方式，讓六大精神順利在嚴酷的國內環境中仍傳入了黨員群眾中。同時，為了進一步促進黨內對六大決議的理解和執行，編輯部又先後組織了多篇文章進行會議精神闡釋：在中國革命性質、形式和任務方面，登載了蔡和森的《中國革命的性質及其前途》、劉少奇的《口號的轉變》、瞿秋白的《廣州暴動與中國革命》、周恩來的《各帝國主義侵掠中國的形勢》、李立三的《現在革命形勢的分析與前途》和《目前政治形勢的分析與我們的中心任務》等文章，闡明「目前中國現階段的革命仍然是資產階級民權革命」，「中國革命的兩大主要任務，打倒帝國主義和消滅地主階級，不但沒有完成，反而因為民族資產階級附和了大地主大資產階級，離開了革命陣營，而增加了革命的艱巨和困難。」「革命高潮已經過去，新的高潮還沒有到來。」〔註79〕在中國社會性質的分析方面，登載了《中國革命的性質及其前途》《中國革命的根本問題》《反對派對於中國問題的錯誤》等文章，指出中國社會是「半封建半農奴制」，「封建殘餘在全中國還占很重要的地位」「中國是半殖民地，中國革命將成為殖民地資產階級民權革命的模型」〔註80〕，批評了國內不願意承認農民革命的錯誤理論和託陳取消派認為中國是資產主義式剝削占統治地位的錯誤觀點。關於農民問題的討論上，全文登載了《中國共產黨第六次大會土地問題決議案》，將黨內爭論頗多的「如何正確處理富農問題」定位為，「要從政治上和經濟上分別區

〔註78〕《介紹中國共產黨第六次大會》，《列寧青年》1928年10月22日創刊號。
〔註79〕朱敏彥：李立三主編的《布爾什維克》，中國石油大學學報（社會科學版），1989年，第2期，第15～19頁。
〔註80〕劉志靖：《布爾塞維克》研究，湖南：湘潭大學，2011年，第54～57頁。

分反動富農和一般富農、半地主富農和資本主義富農，並要求依據富農不同的政治態度採取不同的策略」〔註81〕，批駁了一概而論「反對富農」的做法，小資產階級富農成為「動員廣大群眾」政策下可以被聯合的力量。雖然這一符合中國國情的正確探索很快因為共產國際的批評而落空，但《布爾塞維克》上的農民問題討論仍然表明了中共在革命遭遇挫折時對中國革命何去何從問題的探索決心。同日，《中國工人》在上海秘密復刊，加入到宣傳貫徹中共六大會議精神的報刊隊伍。

12月24日，中共中央恢復出版了中共六大召開前停刊的《中央通訊》，且重新編號。1929年1月24日，《中央通訊》第2期刊發了中共六大文件，如《中央通告第二號（第六次全國代表大會的總結與精神）》《中央通告第二十號》《中央通告第三號》《中央通告第八號》《中央通告第十五號》《中央通告第二十五號（反對軍閥戰爭和爭取群眾）》《中央通告第七號（關於黨的組織）》《中央通告第二十一號（關於黨員自首與叛變）》《中央通告第五號（巡視條例）》《中央通告第十六號》《中央通告第四號（關於宣傳鼓動的）》《兵士運動草案》《中央通告第二十二號》《關於黨內宣傳派別問題決議案》等。這些刊登的文件不僅在當時較為全面地向全黨宣傳貫徹了中共六大會議精神，而且具有重要的史料價值。

同月，中國共產黨中央委員會在上海恢復出版了黨內討論刊物《黨的生活》，作為面向一般黨員和中下級幹部進行黨內問題討論和黨內教育。其設立主要是六大上通過的《宣傳工作決議案》的指導，「中央現決定出一個內部討論的刊物，叫做《黨的生活》。他的任務就是要提倡全黨同志儘量發表對黨內問題的意見，不管是政治的，組織的，工作方法的，不管是同意中央的意見的或者是不同意的，不管是批評其他同志的觀點或是自己個人的經驗，都可以儘量在《黨的生活》上發表」。〔註82〕該刊先後發布了《國際代表在第六次全國大會上關於政治報告的結論》《關於組織問題草案之決議》、《對於黨的工作和組織的意見》等六大組織文件，登載了列寧的《工人的經濟鬥爭與黨的組織問題》《布爾塞維克黨的組織原則》《無產階級為什麼要訓練自己的領袖》等文章，

〔註81〕潘昕言：《布爾塞維克》與馬克思主義傳播，江西：江西師範大學，2014年，第21～22頁。
〔註82〕章育良，朱珣：《黨的生活》與黨的建設，湖南大學學報（社會科學版），2015年，第3期，第124～131頁。

並在第六期後開闢專欄討論黨內組織生活，對宣傳六大關於組織建設的要求起到重要作用。

第三節　中共六大新聞宣傳的轉變

在中國革命發展進程和中國共產黨的百年奮鬥歷程中，中共六大是一次具有重大歷史意義的會議。它認真地總結大革命失敗以來的經驗教訓，對有關中國革命的一系列存在嚴重爭論的根本問題，做出了基本正確的回答；它確定了現階段的中國革命依然是資產階級性質的民主主義革命，明確了革命處於低潮，黨的總路線是爭取群眾，黨的中心工作不是千方百計地組織暴動，而是做艱苦的群眾工作，積蓄力量。它基本上統一了全黨思想，對克服黨內仍然存在的濃厚的「左」的情緒，擺脫被動局面，實現工作的轉變，對中國革命的復興和發展起了積極的作用。〔註83〕這種認識和工作的轉變，在黨的新聞宣傳工作中也得到了充分體現。

中共六大召開前，中共五大規劃的「使中央宣傳部更加堅強有力」「改進書籍的散發工作」「用通俗的書報辦法和實際黨的工作方法」，都被繼續貫徹落實。隨著大革命的失敗，黨中央面對革命低潮的嚴峻形勢，將中共中央機關從武漢遷至上海，繼續高舉革命的旗幟，從失敗中重新振起，重新調整了新聞宣傳的方針政策和口號，恢復和加強了新聞宣傳的組織系統建設，重建了中央到地方的新聞事業網絡，開闢了紅軍和農村革命根據地新聞宣傳的新天地。但是，由於全黨對中國革命的系列根本問題尚存在嚴重爭論，不能統一思想，使得在當時的新聞宣傳和鼓動工作存在的不足和錯誤，具體表現為八條缺點：「1.日常爭鬥實際問題的鼓動與政治路線不相聯繫。」「2.宣傳鼓動混淆起來，沒有中心的鼓動口號。」「3.宣傳與鼓動對立起來，甚至降低政治路線去遷就日常爭鬥的鼓動口號。」「4.不瞭解具體情狀和群眾情緒的轉變而轉變鼓動的口號。」「5.反應敵黨的宣傳非常遲緩，甚至忽視敵黨的宣傳。」「6.過去因為機會主義盲動主義命令主義強迫罷工個人恐怖等錯誤，常常用「強迫」「命令」去代替宣傳鼓動的工作，以致造成黨與群眾對立的危險狀況，不知只有說服群眾才能領導群眾，只有說服群眾才能取得群眾。」「7.自有

〔註83〕中共中央黨史研究室著：《中國共產黨歷史（第一卷）》上冊，中共黨史出版社2011年，第263頁。

黨以來，沒有建立起經常的系統的宣傳鼓動工作，以前一切文字刊物傳單口頭等宣傳鼓動工作，都是臨時的無常的，而且是偏於從上而下，沒有深入群眾的。」「8.黨的根本缺點在理論的和政治的水平線太低，太幼稚，不能及時的正確的瞭解環境與策略的轉變，不能及時的改進其領導力量的本質以及在群眾中的指導工作方法」〔註84〕

因此，為了統一全黨思想，總結大革命的經驗教訓，中共六大在莫斯科召開。會議期間，大會對全黨工作進行了熱烈討論，先後審議通過了《政治決議案》《職工運動決議案》《農民問題決議案》《土地問題決議案》《定「廣州暴動」為固定的紀念日的決議》《關於黨綱的決議》《關於民族問題的決議》《組織問題決議案》《蘇維埃政權組織問題決議》《宣傳工作決議案》《共產主義青年團工作決議案》《婦女運動決議案》等 16 個決議案，並修改了《中國共產黨章程》。其中，上述有些中共六大會議文件討論了新聞宣傳的相關規定，而《宣傳工作決議案》則專門指明了今後黨的新聞宣傳和鼓動工作方向，尤其對當前中國革命性質和形勢黨的總路線和中心任務等新聞宣傳和鼓動工作進行了明確的規定。中共六大召開後，黨中央不斷發出中央通告，進一步宣傳貫徹中共六大會議精神。在中共六大會議精神指引下，黨中央進一步調整了新聞宣傳的方針政策和口號，重新制定了工人運動、青年運動、農民運動、婦女運動的宣傳鼓動方式方法，加強了新聞宣傳的組織系統建設，重建了中央到地方的新聞事業網絡，堅持秘密出版《布爾塞維克》，新出版了《列寧青年》《烈火》週刊、《紅旗》週刊、《中央通訊》《黨的生活》《中國工人》宣傳貫徹中共六大會議精神。

在宣傳貫徹中共六大會議精神過程中，黨中央也專門給在湘贛邊開展農村革命根據地建設的毛澤東、朱德發出過專門的中共六大文件《中央給潤之、湘贛邊特委及四軍軍長的指示》，雖然肯定了他們建立紅軍開闢農村革命根據地的貢獻，「你們數月來英勇的鬥爭，確實發動了贛西及邊界的無數萬工農群眾，並且成為未來的湘贛兩省暴動的重要動力之一。」〔註85〕要求他們「你們應當毫不猶疑的接受大會的決議，依照新的政治路線轉變你們的工作路線」，特別針對新聞宣傳鼓動工作指出，「推翻國民黨政權建立工農兵代表會是目前

〔註84〕中共中央黨史研究室，中央檔案館：《中國共產黨第六次代表大會檔案文獻選編》，中共黨史出版社，2015 年，第 967 頁。

〔註85〕中共中央黨史研究室，中央檔案館：《中國共產黨第六次代表大會檔案文獻選編》，中共黨史出版社，2015 年，第 957 頁。

戰術上主要的宣傳口號。要實行黨徵取群眾的任務，目前的主要戰術是要發展群眾的革命意識，肅清群眾對國民黨的幻想，揭破資產階級改良口號的欺騙與反動性，指出準備武裝暴動推翻國民黨政權，建立工農兵代表會議政權是革命的唯一出路，即是目前戰術上的主要宣傳口號。」〔註86〕11 月 25 日，接到中央來信後，毛澤東寫了給中共中央的報告《井岡山的鬥爭》一文，文章分為湘贛邊界的割據和八月失敗、割據地區的現勢兩個部分，割據地區的現勢從軍事問題、土地問題、政權問題、黨的組織問題、革命性質問題、割據地區問題等六個方面論述了武裝割據紅色政權存在問題。毛澤東特別闡述了井岡山革命根據地對敵軍宣傳策略和方法及效果，「對敵軍的宣傳，最有效的方法是釋放俘虜和醫治傷兵。敵軍的士兵和營、連、排長被俘虜過來，即對進行宣傳工作，分為願留願去兩種，願去的即發路費釋放。這樣就把敵人所謂「共匪見人就殺」的欺騙，立即打破。楊池生的《九師旬刊》，對於的這種辦法有『毒矣哉』的驚歎。紅軍士兵們對於所捉俘虜的撫慰和歡送，十分熱烈，在每次「歡送新弟兄大會」上，俘虜兵演說也回報以熱烈的感激。醫治敵方傷兵，效力也很大。聰明的敵人例如李文彬，近來也仿傚的辦法，不殺俘虜，醫治被俘傷兵。不過，在再作戰時，我們的人還是有拖槍回來的，這樣的事已有過兩回。此外，文字宣傳，如寫標語等，也盡力在做。每到一處，壁上寫滿了口號。惟缺繪圖的技術人材，請中央和兩省委送幾個來。」〔註87〕毛澤東發起成立了湘贛邊界特委和軍委，統轄於前委，由以毛澤東、朱德、地方黨部書記（譚震林）、一工人同志（宋喬生）、一農民同志（毛科文）五人組成，毛澤東為書記。前委暫設秘書處、宣傳科、組織科和職工運動委員會、軍事委員會。〔註88〕但是，中共六大也有不足，主要是：仍把城市工作放在中心地位，沒有認識到中國革命的長期性和複雜性，沒有認識到建立農村根據地在中國革命中具有特殊重要的地位：仍然把民族資產階級看作革命的敵人，對中間派的重要作用和反動勢力內部的矛盾缺乏正確的信計和應對政策。〔註89〕這使得黨中央未能充分認識到農村革命根據地的新聞宣傳鼓動工作的重要

〔註86〕中共中央黨史研究室，中央檔案館：《中國共產黨第六次代表大會檔案文獻選編》，中共黨史出版社，2015 年，第 960 頁。

〔註87〕中共中央宣傳部辦公廳、中央檔案館研部編：《中國共產黨宣傳工作文獻選編1915～1937》，學習出版社，1996 年，第 853 頁。

〔註88〕同上，第 854 頁。

〔註89〕中共中央黨史研究室著：《中國共產黨的九十》（新民主主義革命時期），中共黨史出版社 2016 年，第 111 頁。

性；反之，只有毛澤東、朱德等開闢建立農村革命根據地走農村包圍城市道路，代表了 1927 年大革命失敗後中國革命的發展方向。而在開闢建立農村革命根據地走農村包圍城市道路過程中，毛澤東等高度重視農村根據地和工農革命軍的新聞宣傳和鼓動工作，走上了紅軍和農村革命根據地新聞宣傳和鼓動工作的康莊大道。

第七章 高舉旗幟走向光明：中共七大的新聞宣傳及貫徹學習[註1]

　　中共二十大全體會議通過的《中共中央關於黨的百年奮鬥重大成就和歷史經驗的決議》中明確指出，「黨的中共七大為建立新民主主義的新中國制定了正確路線方針政策，使全黨在思想上政治上組織上達到空前統一和團結。」[註2] 站在以實際行動迎接黨的二十大勝利的關節點，系統深入地研究中共中共七大——「建黨以後民主革命時期我們黨最重要的一次代表大會」[註3] 的新聞宣傳和報導，具有重要現實借鑒意義。1945 年 4 月 23 日，中國共產黨第七次全國代表大會（以下簡稱「中共七大」）在延安楊家嶺中央大禮堂隆重召開，至 6 月 11 日閉幕，歷時 50 天創歷屆黨代會會期之最，成為黨在新民主主義革命時期召開的極其重要的一次、也是最後一次代表大會。它總結了建黨 24 年來中國新民主主義革命的歷史經驗，制定了正確的路線、方針和策略，使全黨在馬克思列寧主義和毛澤東思想的基礎上達到空前團結，從政治、思想、組織等方面為黨領導人民奪取抗日戰爭的勝利和新民主主義革命的全國性勝利奠定基礎。[註4] 中共七大被譽為「團結的大會，勝利的大會」，其歷史性貢獻

〔註 1〕鄧紹根、馬曉琳：部分內容載於《高舉旗幟：中共七大及閉幕後的新聞宣傳》，《未來傳播》2022 年第 5 期，第 2～10 頁。

〔註 2〕新華社：《中共十九屆六中全會在京舉行》，《人民日報》，2021 年 11 月 12 日第 1 版。

〔註 3〕鄧小平；鄧小平文選第三卷〔M〕，北京：人民出版社，1993：1。

〔註 4〕張士義、王祖強等主編：《從黨的一大到十九大：中國共產黨全國代表大會史》，北京：東方出版社，2018 年，第 135～137 頁。

是將毛澤東思想確立為黨的指導思想並寫入黨章，完成了「全黨對馬克思主義中國化第一次歷史性飛躍理論成果的最具權威性的確認」〔註5〕。目前學界關於中共七大的研究成果豐碩，本文擬從新聞宣傳的新視角考察其在中國共產黨百年新聞宣傳史上的歷史地位，仍具有重要的學術價值。

第一節　漫長預熱：關於中共七大召開的新聞宣傳

　　中共七大是黨在新民主主義革命時期最後一次代表大會，此前共召開了六次黨代會，時間依次為 1921 年、1922 年、1923 年、1925 年、1927 年、1928年。但由於複雜而嚴峻的政治和軍事鬥爭環境，從中共六大結束到 1945 年中共七大召開，整整間隔了 17 年，準備了 17 年，創造了中共黨史上的紀錄〔註6〕。中共七大在漫長的籌備中也經歷了漫長的預熱過程。中國共產黨新聞報刊一方面傳達黨中央關於召開中共七大的決議和計劃，另一方面通過新聞報導，達到宣傳預熱與輿論先導並舉效果，不斷吹奏起了中共七大「集結號」。

　　1928 年 7 月，中共六大結束後，中國共產黨在低潮中奮起。以毛澤東為代表的中國共產黨人，在井岡山建立了農村革命根據地，逐漸開闢了農村包圍城市的道路。但是由於黨中央在「左」傾冒險主義錯誤的領導下，中共七大一直未能提上議事日程。1931 年 1 月 7 日，中共六屆四中全會最早作出召開黨的中共七大的決定。中央總書記向忠發在中央政治局報告中提出，「為要使國際路線在中國黨內得到根本鞏固，黨現在就應開始準備七次大會」；大會決議案決定：「四中全會認為必須召集黨的第七次全國大會，委託新的政治局開始必須的準備工作，以保障這次大會要有各地黨部的好的代表，要有對於蘇維埃運動經驗的鄭重的總結的可能，要有對於工業中心黨的工作經驗的鄭重的總結的可能，要通過黨的黨綱和其他文件。」〔註7〕參會的共產國際代表在大會結論中指示說：「七次大會在七八月中秘密條件允許之下，可以舉行。……我們不但同意召集七次大會，而且認為非常需要的，並且要準備這一大會在蘇區

〔註5〕顧海良、丁俊萍主編：《馬克思主義中國化史第一卷 1919～1949》，北京：中國人民大學出版社，2018 年，第 459 頁。

〔註6〕李忠傑：《領航——從一大到十九大》，北京：人民出版社，2017 年，第 150頁。

〔註7〕中共中央黨史研究室、中央檔案館編：《中國共產黨第七次全國代表大會檔案文獻選編》，北京：中共黨史出版社，2015 年，第 3 頁。

及非蘇區內要有實際的準備，將一切經驗得一總結，此會並且在國際的領導下來開。」〔註8〕會後，隨著全國政治和軍事形勢的發展，且黨內仍在推行「左」傾錯誤路線，黨和革命力量遭受進一步嚴重損失，中共七大的召開條件已不具備。特別到1933年1月，中共臨時中央政治局在上海也無法立足，被迫遷往中央革命根據地的瑞金。1934年1月，在瑞金召開的中共六屆五中全會沒有提及中共召開中共七大的問題。隨著第五次反圍剿失敗，中央紅軍開始長征並於1936年10月抵達陝北，這期間也無暇顧及中共七大召開的問題了。

　　1937年1月7日，中共中央進駐延安，黨的處境開始進入相對穩定狀態。同年12月13日，中共中央政治局作出《關於準備召集黨的第七次全國代表大會的決議》，認為：「在最近時期內召集黨的第七次全國代表大會，對於全中國人民解放鬥爭和黨的工作，均有最嚴重的意義。」〔註9〕同時規定了第七次全國代表大會的中心任務和主要議事日程，並成立了以毛澤東為首的「準備委員會」和秘書處。關於中共中央政治局召開黨的第七次全國代表大會的決議，迅速在黨內進行了傳達，同時也引起了國統區報刊的關注。1938年1月11日，中共中央機關刊物《解放》週刊出版第28期，其「目錄」的「專載」欄目刊登了《中共中央政治局召集七次大會決議》，而正文標題則顯得更規範嚴肅，改為《中國共產黨中央政治局關於召集第七次全國代表大會的決議》，登載了該文件的七條全文，明確了中共七大的中心任務，在於「討論和規定如何在鞏固和擴大以國共合作為基礎的抗日民族統一戰線總方針下，組織和保障全中國人民取得對日抗戰的最後勝利；同時，黨七次大會應當對於自黨六次大會以來的革命鬥爭經驗作一個基本的總結」，決議希望「準備期限不能過長，應盡可能地在較短時間內召集大會」。〔註10〕1月15日，國民黨人士陶百川在漢口創辦了政治評論性類週刊《血路》，主張組織武裝民眾，集中國內各種抗戰力量，團結一致，抵禦外侵。1月22日，該刊第2期以主旨鮮明的標題《中國共產黨將開第七次全國代表大會》報導了十二月中共中央政治局會議關於召開中共七大的決議。該報導被壓縮至版面左下角，以短小的篇幅說明了暫定的

〔註8〕張靜如主編：《中國共產黨歷屆代表大會：一大到十八大》（下），河北人民出版社，2012年，第2～3頁。

〔註9〕張靜如主編：《中國共產黨歷屆代表大會：一大到十八大》（下），河北人民出版社，2012年，第3頁。

〔註10〕《中國共產黨中央政治局關於召集第七次全國代表大會的決議》，《解放》週刊，1938年第28期，第14頁。

中共七大主要議事日程，「（一）十年奮鬥的基本總結和當前奮鬥的基本方針；（二）如何組織和保障全中國人民對日抗戰的勝利；（三）動員工人階級積極參加對日抗戰工作；（四）在新工作條件下的黨的建設問題；（五）改選黨的中央領導機關」〔註 11〕，並交代了中共七大籌備工作將成立一個準備委員會負責，由毛澤東任主席、陳紹禹任書記。

　　1938 年 2 月 4 日，王明就中共七大準備工作提出「現在即應在黨的各種刊物上，作政治動員和政治討論工作」〔註12〕。2 月 27 日至 3 月 1 日，中共中央政治局會議進一步討論了中共七大的籌備工作，如大會報告的起草、議事日程、代表分配及其產生辦法。5 月 1 日，中共中央機關刊物《解放》週刊以 10 個版面全文刊登王明於 3 月 11 日撰寫完成的《三月政治局會議的總結》。該文集中討論了抗戰形勢和如何奪取抗戰勝利等問題，並專門論述了黨的七次全國代表大會具體準備工作，肯定了十二月政治局會議關於召開中共七大的決議，重申召開中共七大對於全國人民的抗日救亡工作和黨的本身工作的重要性；繼而對具體準備事項作出如下五點指示，「（一）發布為召集中共七大事告全黨同志書；（二）發表為召集中共第七次全國代表大會告全國同胞書；（三）給地方黨部怎樣在政治上和組織上進行中共七大準備工作的指示；（四）成立大會四個議程報告的準備委員會；（五）責成政治局及中央同志起草大會第一第二兩個議程的政治提綱，以及寫關於第三第四兩個議程的論文和其他專門問題的論文」〔註 13〕；並要求各地黨組織就中共七大議程展開廣泛討論。

　　1938 年 9 月至 11 月，中央擴大的六屆六中全會在延安召開，毛澤東代表中央政治局作題為《論新階段》的政治報告和會議結論，第一次鮮明地提出了「馬克思主義中國化」的命題和任務。11 月 6 日，全會通過了《關於召集第七次全國代表大會的決議》八條，認為：「在不久的將來召集黨的七次全國代表大會，對於全中華民族進行長期持久的民族自衛戰爭，爭取對日抗戰最後勝利，以謀中國獨立自由解放的神聖事業上，對於鞏固擴大抗日民族統一戰線，全民團結國共長期合作的事業上，對於黨的工作更加進步與發展上，均有嚴重

〔註11〕　《中國共產黨將開第七次全國代表大會》，《血路》週刊，1938 年第 2 期，第 44 頁。

〔註12〕　中共中央黨史研究室、中央檔案館編：《中國共產黨第七次全國代表大會檔案文獻選編》，北京：中共黨史出版社，2015 年，第 7 頁。

〔註13〕　陳紹禹：《三月政治局會議的總結：目前抗戰形勢與如何繼續抗戰和爭取抗戰勝利》，《解放》週刊 1938 年第 36 期，第 6～16 頁。

的歷史意義」〔註14〕；公布了大會的中心任務、主要議事日程、參會名額、代表產生、組織領導等具體事宜。11 月 25 日，《解放》週刊出版了「中央擴大的六屆六中全會專刊」。該專刊全文刊登了毛澤東《論新階段》報告。其中第八個問題就是「召集黨的七次代表大會」。毛澤東報告說，「我們黨的全國代表大會，自從一九二八年開過第六次代表大會以來，由於環境的原因，已有十年沒有開大會了。去年十二月政治局會議決定準備召集七次代表大會，但準備工作尚未完成，因此今年尚難召集。此次全會擴大會應該討論加緊這個準備工作的問題，並決定在不久時間實行召集大會。」他期待六中全會代表，回去後加緊中共七大代表的選舉工作，「使七次大會能夠集全黨優秀代表於一堂，保證大會的成功。」〔註15〕隨後登載了《中央擴大的六屆六中全會關於召集第七次全國代表大會的決議》八條全文，再次強調「在不久的將來」召開中共七大的重要意義，明確了中共七大的中心任務是在堅持抗戰、持久戰和抗日民族統一戰線的總方針下，討論和規定如何團結全民族力量爭取抗戰勝利，呼籲全黨應立即向「黨員解釋七次大會的重大意義，動員全黨在堅決執行六中全會決議的實際行動中，努力從政治上、組織上、技術上進行大會的準備工作，保證大會的成功」。〔註16〕12 月中旬，已遷往香港出版的《申報》也刊登了署名「本報重慶特約航訊」的毛澤東的《論新階段》5 萬多字全文。15 日，該文提出，「共產黨的七次代表大會將怎樣呢？這也是重要的問題。」〔註17〕20 日，該文最後表達了抗戰必勝的信念，「我們相信，這次全國代表大會一定能夠成功，一定能夠給日本帝國主義的侵略戰爭以最莊嚴的最有力量的回答，讓日本帝國主義在我們的全國代表大會面發起抖來，滾到東洋大海裏去，中華民族是定要勝利的。」〔註18〕這說明國統區和海外高度重視毛澤東對中國抗戰形勢的正確分析，由此也關注到中共七大的籌備情況。

　　1939 年 6 月 14 日，中共中央書記處發出《關於第七次全國代表大會通知第二號——選舉代表的數量質量及各地分配名額》，啟動了中共七大的籌備工

〔註14〕張靜如主編：《中國共產黨歷屆代表大會：一大到十八大》（下），河北人民出版社，2012 年，第 4 頁。

〔註15〕毛澤東：《論新階段》，《解放》週刊，1938 年第 57 期，第 37 頁。

〔註16〕《中共擴大的六中全會關於召集七次全國代表大會的決議》，《解放》週刊 1938 年第 57 期，第 43 頁。

〔註17〕毛澤東：《論新階段》，《申報》香港版，1938 年 12 月 15 日第 7 版。

〔註18〕毛澤東：《論新階段》，《申報》香港版，1938 年 12 月 20 日第 6 版。

作。7 月 21 日，中共中央書記處作出《關於第七次全國代表大會通知第三號——關於選舉問題的決定》。後來，中共冀熱察區黨委因為沒有收到延期通知，誤以為中共七大已經開幕，於 1940 年 6 月 22 日發出了《中共冀熱察區黨委等致七大賀電》，表示出對中共七大召開極大的期許，「中央第七次全國代表大會已經開幕了，在七次大會時，當著全世界處於革命與戰爭當中，全國抗戰到相持階段，準備戰略反攻當中，這對於世界革命運動特別是爭取中國民族獨立自由解放，有重大的戰鬥意義。我們希望大會總結十餘年來革命鬥爭的豐富的寶貴的經驗，運用馬克思列寧主義的原則於中國革命的具體環境中，以保證抗日戰爭和中國革命的勝利。我們希望大會全體同志團結在馬克思列寧主義旗幟之下，勇敢的堅強的為中共總的政治路線而奮鬥到底，為人類最光榮的共產主義事業而奮鬥到底。……在這次大會上，堅決相信圓滿總結，為我黨所領導與參加了的十數年革命鬥爭豐富寶貴的經驗與教訓，更能根據馬列主義的原則與方法，正確的具體的運用在中國當前的環境，得出正確的爭取與保障革命徹底勝利，特別是保證克服目前的時局逆轉，爭取抗戰徹底勝利，為求得全黨一致所遵循與奮鬥的策略路線，我們除熱望著和準備著接受大會的各種寶貴的決議，並為實現大會決議而奮鬥。」〔註 19〕

　　隨著抗日戰爭進入相持階段，國民黨不斷掀起反共高潮以及日寇「掃蕩」的侵擾，召開大會的外部環境被破壞；而黨內長期遺留的主觀主義、宗派主義、教條主義等不良作風，隨著新黨員、新幹部的加入亟需徹底清理。1941 年 3 月，中共中央政治局會議決定在「五一」勞動節期間召開中共七大，但隨著全黨的工作重點轉至整風運動，中共中央再次推遲了會議召開時間。當年 9 月，中共中央曾打算次年上半年召開黨的七大，後因整風運動、大生產運動等干擾，再次被延期。一直到整風運動末期，關於召開中共七大的問題才再被提及，籌備工作開始進行。1943 年 8 月 1 日，中共中央政治局作出《關於「七大」代表赴延出席大會的指示》，「黨的七次大會決定在年底舉行，並決定彭德懷、羅瑞卿、蔡樹藩、薄一波、聶榮臻、呂正操、朱瑞、蘇振華諸同志來延出席大會。」〔註 20〕但是，隨著中共中央政治局重新召開整風會議，要求黨的高級幹部學習黨史，中共七大再次延期。1944 年 5 月 10 日，隨著整風運動進入總結階段，中

〔註 19〕中共中央黨史研究室、中央檔案館編：《中國共產黨第七次全國代表大會檔案文獻選編》，北京：中共黨史出版社，2015 年，第 643 頁。

〔註 20〕張靜如主編：《中國共產黨歷屆代表大會：一大到十八大》（下），河北人民出版社，2012 年，第 6 頁。

共中央書記處會議討論了黨的七大準備工作問題，並決定在中共七大前召開七中全會。5 月 19 日，中共中央書記處發出《關於召開中共擴大的六屆七中全會的通知》。從 1944 年 5 月 21 日到 1945 年 4 月，中共擴大的六屆七中全會召開，歷時共 11 個月，是黨的歷史上中央全會開會最長的一次。〔註21〕為準備七大，全會起草七大的各種文件，總結黨的歷史經驗，形成關於黨的若干歷史問題的決議。4 月 20 日，中共六屆七中全會最後一次全體會議通過《關於若干歷史問題的決議》，該決議系統總結了黨的革命鬥爭經驗和重大歷史問題，高度肯定了毛澤東思想及確立毛澤東核心地位的重要意義。至此，全黨「空前自覺地團結在毛澤東的旗幟下」〔註22〕，中共七大的籌備工作基本完成。

第二節　追蹤報導：中共七大的新聞宣傳及相關討論

1945 年 4 月 21 日，中共七大召開了預備會議，準備好了會議的議事日程，並為了保證大會的順利有序召開制定了中共七大《大會會場規則》。在預備會議上，毛澤東闡明了《中國共產黨第七次全國代表大會的工作方針》，不僅介紹了馬克思列寧主義在中國的傳播過程，而且評價了陳獨秀和《新青年》的建黨貢獻，「他是有過功勞的。他是五四運動時期的總司令，整個運動實際上是他領導的，他與周圍的一群人，如李大釗同志等，是起了大作用的。我們那個時候學習作白話文，聽他說什麼文章要加標點符號，這是一大發明，又聽他說世界上有馬克思主義。我們是他們那一代人的學生。五四運動替中國共產黨準備了幹部。那個時候有《新青年》雜誌，是陳獨秀主編的。被這個雜誌和五四運動警醒起來的人，後頭有一部分進了共產黨，這些人受陳獨秀和他周圍一群人的影響很大，可以說是由他們集合起來，這才成立了黨。」〔註23〕4 月 23 日下午，中共七大的開幕式在延安楊家嶺中央大禮堂舉行。主席臺前沿的石拱上寫著巨大的橫幅：「在毛澤東的旗幟下勝利前進」，下面的紅布上寫著「中國共產黨第七次全國代表大會」。出席會議的代表共 755 人，其中正式代表 547 人，候補代表 208 人，代表全黨 121 萬名黨員。

〔註21〕張靜如主編：《中國共產黨歷屆代表大會：一大到十八大》（下），河北人民出版社，2012 年，第 6 頁。
〔註22〕中共中央黨史研究室、中央檔案館編：《中國共產黨第七次全國代表大會檔案文獻選編》，北京：中共黨史出版社，2015 年，第 119 頁。
〔註23〕中共中央黨史研究室、中央檔案館編：《中國共產黨第七次全國代表大會檔案文獻選編》，北京：中共黨史出版社，2015 年，第 137 頁。

一、中共七大關於新聞宣傳的相關討論

中共七大開幕式由執行主席任弼時主持，首先由他宣布開會。他說：「我們黨奮鬥了二十四年，到今天已經成為這樣巨大的力量，要依靠它來決定中國的命運。這表現了二十四年奮鬥當中馬列主義和中國革命實踐相結合。……毛澤東三個字不僅成為中國人民的旗幟，而且成為東方各民族爭取解放的旗幟！我們應該感到榮幸，我們應該慶賀這個成功。我們每個同志應該認識共產黨員這個稱號是非常光榮的。」〔註24〕然後，毛澤東致《兩個中國之命運》開幕詞，指出了大會召開的重要意義：「我們這次大會是關係全中國四億五千萬人民命運的一次大會。中國之命運有兩種：一種是有人已經寫了書的；我們這個大會是代表另一種中國之命運，我們也要寫一本書出來。我們這個大會要打倒日本帝國主義，把全中國人民解放出來。這個大會是一個打敗日本侵略者、建設新中國的大會，是一個團結全中國人民、團結全世界人民、爭取最後勝利的大會。」〔註25〕此後，朱德、劉少奇、周恩來、林伯渠、日本共產黨領袖岡野進相繼發表演說。當日，參加中共七大的會議代表陳毅賦詩一首《七大開幕》：「百年積弱歎華夏，八載干戈仗延安。試問九州誰作主？萬眾矚目清涼山。」〔註26〕該詩熱情洋溢地表達出延安軍民對中共七大召開的萬分期待。

4月24日，毛澤東向中共七大提交了書面政治報告《論聯合政府》，並就報告中的一些問題作了長篇口頭報告。該報告圍繞中國是否應成立聯合政府這一問題，分析了國際國內形勢，指出中國問題的關鍵在於兩條抗戰路線之爭，並詳細闡述了黨在資產階級民主革命階段的一般綱領和具體綱領，為中共七大後的新聞宣傳工作劃定了歷史命題和主要內容。他抨擊了國民黨的新聞封鎖政策，「在國民黨統治區，在國外，由於國民黨政府的封鎖政策，很多人被蒙住了眼睛。在一九四四年中外新聞記者參觀團來到中國解放區以前，那裏的許多人對於解放區幾乎是什麼也不知道的。國民黨政府非常害怕解放區的真實情況洩露出去，所以在一九四四年的一次新聞記者團回去之後，立即將大

〔註24〕張靜如主編：《中國共產黨歷屆代表大會：一大到十八大》（下），河北人民出版社，2012年，第18頁。

〔註25〕張靜如主編：《中國共產黨歷屆代表大會：一大到十八大》（下），河北人民出版社，2012年，第19頁。

〔註26〕李忠傑：《領航——從一大到十九大》，北京：人民出版社，2017年，第154頁。

門堵上，不許一個新聞記者再來解放區」〔註27〕；積極呼籲爭取新聞出版自由的權利，「取消一切鎮壓人民的言論、出版、集會、結社、思想、信仰和身體等項自由的反動法令，使人民獲得充分的自由權利」〔註28〕；他強調，「人民的言論、出版、集會、結社、思想、信仰和身體這幾項自由，是最重要的自由」〔註29〕。在論及文化、教育和知識分子時，他採用了「新聞工作者」表述，「為著掃除民族壓迫和封建壓迫，為著建立新民主主義的國家，需要大批的人民的教育家和教師，人民的科學家、工程師、技師、醫生、新聞工作者、著作家、文學家、藝術家和普通文化工作者。他們必須具有為人民服務的精神，從事艱苦的工作」〔註30〕，這既充分肯定了包括新聞工作者在內一切知識分子的價值，也體現了黨對一切工作的群眾性要求。在口頭報告中，毛澤東提出要向農民和小資產階級「廣泛地宣傳我們的主張」，還要向非共產黨員宣傳「改造」國民黨及其軍隊，並指出「改造它這個宣傳本身就是一個收穫」。〔註31〕他特別強調了「講真話，不偷、不裝、不吹」觀點，「最後一個問題，就是要講真話。那一天我講過，我們要謹慎謙虛，不驕不躁。今天再說這樣一點，就是要講真話，不偷、不裝、不吹。偷就是偷東西，裝就是裝樣子，『豬鼻子裏插蔥——裝象』，吹就是吹牛皮。講真話，每個普通的人都應該如此，每個共產黨人更應該如此。」〔註32〕該部分後來收錄進《毛澤東新聞工作文選》。

　　4月25日，朱德作軍事報告《論解放區戰場》時也談及宣傳工作對瓦解偽軍的作用，「對於具有民族意識，但被國民黨內反動派所蒙蔽而投敵的一部分偽軍官兵，則要宣傳爭取。」〔註33〕中共七大的政治報告和軍事報告充分體

〔註27〕中共中央黨史研究室、中央檔案館編：《中國共產黨第七次全國代表大會檔案文獻選編》，北京：中共黨史出版社，2015年，第189頁。

〔註28〕中共中央黨史研究室、中央檔案館編：《中國共產黨第七次全國代表大會檔案文獻選編》，北京：中共黨史出版社，2015年，第193頁。

〔註29〕中共中央黨史研究室、中央檔案館編：《中國共產黨第七次全國代表大會檔案文獻選編》，北京：中共黨史出版社，2015年，第196頁。

〔註30〕中共中央黨史研究室、中央檔案館編：《中國共產黨第七次全國代表大會檔案文獻選編》，北京：中共黨史出版社，2015年，第201頁。

〔註31〕中共中央黨史研究室、中央檔案館編：《中國共產黨第七次全國代表大會檔案文獻選編》，北京：中共黨史出版社，2015年，第217頁。

〔註32〕中共中央黨史研究室、中央檔案館編：《中國共產黨第七次全國代表大會檔案文獻選編》，北京：中共黨史出版社，2015年，第233頁。

〔註33〕中共中央黨史研究室、中央檔案館編：《中國共產黨第七次全國代表大會檔案文獻選編》，北京：中共黨史出版社，2015年，第254頁。

現了中國共產黨以馬克思主義普遍真理與中國革命具體實際相結合作為新聞宣傳工作的指針。

4月26日至29日，大會休會。4月30日，周恩來作了題為《論統一戰線》的發言，彭德懷作了題為《關於華北八年抗日游擊戰爭的成績和經驗》的發言。後者在總結華北敵後根據地鬥爭經驗時指出，「根據地的工作主要是農民工作」，而做好農民工作必須「耐心地接近群眾，進行宣傳解釋，以啟發群眾的自動自覺」；他簡述了根據地報刊的發展情況，「村村村有黑板報，各解放區共有鉛印報紙二十八種，石印報紙四十三種，其他油印報不計其數」，並肯定了這對宣傳抗日民主政策的作用。〔註34〕此後數日中，陳毅、高崗、張聞天、康生、博古、彭真、聶榮臻、楊尚昆、陳雲、李質忠、陸定一等圍繞政治、軍事報告先後作了一系列發言。

5月2日，張聞天在發言中檢討了整風運動前後黨在宣傳工作上的不足，指明今後運用毛澤東同志的思想與作風來教育全黨同志應該是黨內思想教育的主要內容，「在整風以前，我們黨的宣傳機關曾經沒有能夠領導幹部對於毛澤東同志的思想與作風進行深刻的研究，沒有在全黨內廣泛與深入的宣傳毛澤東同志的思想與作風，這實是我黨過去工作中的一大缺陷。在這方面，我自然也要負主要的責任。像我在前面所說的，三風不正，自高自大，自以為是的態度，曾經妨礙了我去進行這一工作。我應該老實說，我在整風以前，對毛澤東同志的思想與作風的認識是很膚淺的，對於它的重要性的估計是很不足的。自整風之後，毛澤東同志的思想與作風，開始為全黨同志所研究與宣傳了，但仍然不夠。我們還得進一步的去研究與宣傳。」〔註35〕

5月3日，彭真在《關於敵佔區城市工作》報告第六部分「非法的宣傳形式和合法的組織形式相結合」時，指出在敵佔區要充分發動群眾，必須重視敵佔區的新聞宣傳工作，需以「普遍而深入的宣傳工作」配合群眾組織工作，鑒於敵佔區的特殊形勢，這種宣傳工作須將合法形式與非法形式相結合；他詳細介紹了敵佔區的報刊宣傳工作經驗，「每個較大的根據地應該有一份短小精幹的鉛印或石印的報紙，專門向敵佔區散發。這種報紙，不僅要報導世界與中國反法西斯戰爭及解放區的情形，尤其要描述城市中工人、苦力、偽軍偽警及各

〔註34〕中共中央黨史研究室、中央檔案館編：《中國共產黨第七次全國代表大會檔案文獻選編》，北京：中共黨史出版社，2015年，第322頁。
〔註35〕中共中央黨史研究室、中央檔案館編：《中國共產黨第七次全國代表大會檔案文獻選編》，北京：中共黨史出版社，2015年，第356頁。

階層人民被虐待、被侮辱、受飢餓、受摧殘的具體情形，應該廣泛地組織他們自己的通訊，使他們感到報紙是他們自己的報紙。應該用黨的具體的主張去教育他們，並啟發與提高他們的鬥爭覺悟。……我們區黨委以上的城工部，應該把出版這種報紙，看成是自己的重要工作之一，不僅是一種重要的宣傳教育工作，而且是一種重要的群眾組織工作。利用非法的宣傳形式來教育群眾和利用各種合法組織形式來團結群眾的新木馬計，是彼此互相補充、互相聯繫的，是一個統一的有機體的兩個側面。它使公開工作與秘密工作、宣傳工作與組織工作在形式上分開，在實質上密切聯繫起來。」〔註36〕同時，總結了敵佔區城市開展非法宣傳與合法組織工作的經驗，「應該大大提倡和運用民間固有的『連鎖法』，即每個人接到宣傳品或有關抗日的消息或主張時，要設法以適當方法傳遞、抄寄或口頭轉告給他人，並把這當成自己對於民族應盡的一種義務。這樣，可以使報紙和宣傳品傳遞迅速，使宣傳工作易於普遍，宣傳效力大大提高。沒有秘密發行的報紙，沒有非法的各種宣傳形式的運用，只靠利用合法的宣傳形式、活動形式與組織形式來爭取千百萬群眾是十分不夠的。對於用各種合法形式組織起來的群眾，必須經常採用秘密的、非法的形式給以宣傳教育，才能使他們有清醒的頭腦、健康的靈魂。報紙就是宣傳教育的有力的武器之一。利用城市中合法的報紙，特別是所謂『報屁股』，進行隱蔽的宣傳，也是有效的方法之一，應該有計劃地利用。」〔註37〕

　　5月10日，陸定一發言時，舉例提出了「一般的宣傳」和「具體宣傳」相結合的方法，其中應以「具體宣傳」為中心，「一般原則的宣傳，我們要做，我們做的還不夠，我們還要努力做，但是光只這個還不行。主要的應該是什麼呢？應該是我們在具體問題上面，怎樣具體宣傳，具體教育，拿具體例子來告訴我們的全體黨員，怎樣老老實實，怎樣實事求是；怎樣從群眾中來，怎樣到群眾中去，我們要來宣傳這些東西。具體宣傳和一般宣傳，在我們黨內是有很長的歷史。關於這個問題，我稍微多講一點，我曾經參加辦過《中國青年》，我覺得是這樣；惲代英同志辦《中國青年》，其內容，主要是具體宣傳，就是群眾中發生什麼事情，什麼問題，我們幫助他們解決，指導他們怎樣解決，把群眾鬥爭中的例子拿出來，告訴他們，以便他們從那裏面學到經驗，他的宣傳是這樣的，因此《中

〔註36〕中共中央黨史研究室、中央檔案館編：《中國共產黨第七次全國代表大會檔案文獻選編》，北京：中共黨史出版社，2015年，第379～380頁。

〔註37〕中共中央黨史研究室、中央檔案館編：《中國共產黨第七次全國代表大會檔案文獻選編》，北京：中共黨史出版社，2015年，第380頁。

國青年》在那秘密環境下，竟可以銷到五萬份。但是到了後來，我們的宣傳方法慢慢改變了，改變的怎樣呢？改變到只注意一般原則的宣傳，把具體宣傳這一部分就忽略了。我們有些宣傳家，在自己腦子裏有一套，就想把這一套灌輸給別人，例如，開頭就是講什麼是階級，什麼是社會，還有什麼是國家……從這些東西講起。有幾本書這樣講，是好的。但是所有的書，所有的文章，統統講那樣一套，最後整風前的延安各學校、各刊物發展到登峰造極，開口馬克思怎樣講，閉口列寧怎樣講，一搬就是一大堆。那樣的宣傳方法，到了後來，寫的東西除他自己看外，誰也不看。一般的宣傳要不要？要。我們做的夠不夠？不夠。但是我們教育的中心問題是什麼呢？我有這樣的意見，不曉得對不對？中心點還是應該放在具體宣傳上面去。一個合作社是怎樣成功的？是怎樣失敗的？一個變工隊是怎樣成功的？是怎樣失敗的？從這裡得出經驗教訓，得出理論。這就是真正宣傳毛主席的思想方法。有很多成千成萬的問題，是怎樣解決的好？怎樣解決的不好？我們把它搞出來，使每一個同志知道，使大家來學習。這之外，再輔以一般的宣傳。如果有人不相信這個辦法，可以試試辦兩個刊物：一個是一般宣傳的刊物，它只能銷幾百份、幾十份；一個是具體宣傳的刊物，就能銷幾萬份、幾十萬份。前者是一個小指頭要看，後者是四個指頭要看，是廣大人民廣大黨員要看；一個指頭重要，而這四個指頭是很重要的。因為廣大群眾需要看它。一般的宣傳也需要，但是我們最缺乏的最重要的應該說是在具體教育方面，假如我們把它倒過來，就會輕重倒置，犯錯誤。」〔註38〕

　　5 月 14 日和 15 日，劉少奇作了《關於修改黨章的報告》。他指出，「黨章的總綱上確定：以馬克思列寧主義的理論與中國革命的實踐之統一的思想——毛澤東思想，作為我們黨一切工作的指針。……毛澤東思想，就是馬克思列寧主義的理論與中國革命的實踐之統一的思想，就是中國的共產主義，中國的馬克思主義。毛澤東思想，就是馬克思主義在目前時代的殖民地、半殖民地、半封建國家民族民主革命中的繼續發展，就是馬克思主義民族化的優秀典型。」〔註39〕他強調，全黨「現在的重要任務，就是動員全黨來學習毛澤東思想，宣傳毛澤東思想，用毛澤東思想來武裝我們的黨員和革命的人民，使毛澤東思想變為實際的不可抗禦的力量。為此目的，一切黨校和訓練班，必須用毛

〔註38〕 中共中央黨史研究室、中央檔案館編：《中國共產黨第七次全國代表大會檔案文獻選編》，北京：中共黨史出版社，2015 年，第 407 頁。
〔註39〕 張靜如主編：《中國共產黨歷屆代表大會：一大到十八大》（下），河北人民出版社，2012 年，第 65 頁。

澤東同志的著作作為基本教材；一切幹部，必須系統地研究毛澤東同志的著作；一切黨報，必須系統地宣傳毛澤東思想；為了適應一般黨員的水準，黨的宣傳部門，應將毛澤東同志的重要著作，編為通俗讀物」；並提出，「毛澤東思想，就是這次被修改了的黨章及其總綱的基礎。學習毛澤東思想，宣傳毛澤東思想，遵循毛澤東思想的指示去進行工作，乃是每一個黨員的職責。」〔註40〕自此，黨的新聞宣傳工作以毛澤東思想為偉大旗幟，以動員全黨學習和宣傳毛澤東思想為基本課題。劉少奇還報告了新的黨章關於黨員的義務與權利、黨內民主集中制、黨的中央組織和黨的基礎組織等的規定，其中多處涉及新聞宣傳，這些都在中共七大通過的《中國共產黨章程》中得到吸收和體現。

　　5月31日，毛澤東在中國共產黨的第七次全國代表大會的結論發言中談論到他的政治報告《論聯合政府》的傳播及其影響。「昨天和今天的《解放日報》上都有文章批評國民黨的大會，同志們可以去看。」〔註41〕「國民黨大會的性質與我在《論聯合政府》報告裏所說的一樣，沒有多大變化，還是法西斯主義。」「有的同志問，我們這個《論聯合政府》的報告發表後，對於國民黨的大會以及在外面起了何種影響？最近我們才收到報告，是起了影響的。《論聯合政府》小冊子在重慶發了三萬份，每一個《新華日報》的讀者都能看到，有些平時不看《新華日報》的人這回也看了，有人一晚上沒有睡覺看完這個小冊子。蔣介石是很不喜歡的，他說國民黨有史以來最大之恥辱，大概他們那個大會也有一部分認識是國民黨的最大恥辱。蔣介石侍從室的秘書陳布雷看了這本書說，只有兩個字，就是『內戰』。他們要打內戰，要消滅我們。但是在他們的許多代表中這個小冊子是發生了影響的，說共產黨有辦法，說得頭頭是道，別看國民黨有幾百條，但沒有辦法。他們大會的宣言是事先就起草好了的，我們這個報告一發表就把他們那個大會給打亂了。」〔註42〕他提倡全黨要多想問題，提倡想各種問題，多思多想，開動機器，開動腦筋，還要放下包袱，精神解放，輕裝前進。他說：「早幾年前《新中華報》要我寫幾個字，我當時是有感而發，就寫了兩個字『多想』。『多想』，就是說要開動腦筋。我們的同

〔註40〕張靜如主編：《中國共產黨歷屆代表大會：一大到十八大》（下），河北人民出版社，2012年，第67頁。

〔註41〕中共中央黨史研究室、中央檔案館編：《中國共產黨第七次全國代表大會檔案文獻選編》，北京：中共黨史出版社，2015年，第531頁。

〔註42〕中共中央黨史研究室、中央檔案館編：《中國共產黨第七次全國代表大會檔案文獻選編》，北京：中共黨史出版社，2015年，第532頁。

志過去不大想問題，這要怪過去的領導不提倡想問題。腦筋是『心之官』，是思想器官，這個器官專門做一項工作，就是『想』。」〔註43〕

二、抗日民主根據地媒體對中共七大的報導

由於中共七大《大會會場規則》有保密規定，「第三條：各代表所發文件及一切記錄，要注意保存，準備收回，如有遺失，應即報告大會秘書處，以便立即處理。第四條：大會中的一切報告、發言、討論及各種情況，未經主席團宣布可公布者，無論代表及旁聽者應絕對保守秘密，不得向會外人傳佈。」〔註44〕由於以上規定，中共七大沒有立即進行新聞宣傳，大會召開的消息沒有及時被新聞報導出來，直到5月初。

5月1日，《解放日報》頭版整版記錄了大會開幕的盛況。在頭版上半部分右側，刊登新華社報導《中國共產黨舉行第七次全國代表大會》，副標題「團結全黨、團結全民族：打敗日本，建立新中國！」概括了大會主要任務；導語直指中共七大重要性，「這是現代中國歷史上最重要事件之一」，並具體說明大會任務是「在中國反攻的前夜團結全國人民，挽救由於國民黨政府錯誤政策所造成的時局危機，徹底打敗和消滅日本侵略者，建立獨立、自由、民主、統一與富強的新中國」，與副標題相照應；接著介紹參會人數、組織機構和大會議程等基本情況，其中主要議程包括毛澤東作政治報告、朱德作軍事報告、劉少奇作修改黨章的報告及選舉中央委員會共四項，並指出中共七大文件均將對外發表；隨後，特闢一段專門說明毛澤東的政治報告《論聯合政府》，明確指出這是「大會的中心議程」，並重點傳達了報告的主題思想、主要內容和黨為實現成立聯合政府奮鬥目標而作出的近期規劃；報導中還交代了中共七大召開時黨的力量發展情況，再次強調大會「無疑的將對中國抗日戰爭及國內政治的今後發展，產生極端重大的影響」；最後介紹在開幕式上發言的代表，並引用大會秘書長任弼時宣布開幕的講話作結。〔註45〕其餘版面則自上而下依次呈現了毛澤東的開幕詞和朱德、劉少奇、周恩來、林伯渠、岡野進的演說。同日，

〔註43〕中共中央黨史研究室、中央檔案館編：《中國共產黨第七次全國代表大會檔案文獻選編》，北京：中共黨史出版社，2015年，第536頁。

〔註44〕中共中央黨史研究室、中央檔案館編：《中國共產黨第七次全國代表大會檔案文獻選編》，北京：中共黨史出版社，2015年，第142頁。

〔註45〕新華社：《中國共產黨舉行第七次全國代表大會‧團結全黨，團結全民族：打敗日本，建立新中國！》，《解放日報》，1945年5月1日第1版。

《解放日報》在第 2 版刊發臺灣、菲律賓等國留延黨員和日本人民解放聯盟致中共七大的祝詞，不僅呼應頭版開幕報導，還表明中共七大召開伊始已引起海內外廣泛關注和支持。

5 月 2 日，《解放日報》增至 8 版，並用前 6 個整版率先公布毛澤東政治報告《論聯合政府》全文。由於該報告篇幅較長，《解放日報》在開頭前面專門列出報告內容大綱，包括「（一）中國人民的基本要求」「（二）國際形勢與國內形勢」「（三）抗日戰爭中的兩條路線」「（四）中國共產黨的政策」「（五）全黨團結起來，為實現黨的任務而鬥爭」五個部分。《解放日報》還在頭版下半部分正中央配上毛澤東作發言狀的大幅畫像，只見他目光炯然、注視前方，雙唇微張，右手抬起懸於空中，左手則緊握成拳，盡顯慷慨激昂、指點江山的領袖風範。在報告中，毛澤東分析了國際和國內形勢，指出中國問題的關鍵在於兩條抗戰路線之爭，並詳細闡述了黨在新民主主義革命階段的一般綱領和具體綱領。

5 月 5 日，《解放日報》發表社論《中國人民勝利的指南──讀毛澤東同志的〈論聯合政府〉》，該社論佔據當天頭版左側整欄。社論首先概括了中共七大政治報告的主要內容，繼而著重傳達了如下幾點讀後感：第一，新民主主義思想貫穿於整個報告中，是抗戰勝利和建國成功的真理，新民主主義的政治制度是唯一一個「真正適合中國人口最廣大成分的要求的國家制度」；第二，報告解決了政權的具體形式問題，即成立聯合政府，這在抗戰勝利前是「臨時性的聯合政府」，勝利後則是「經過人民真正選舉的正式的聯合政府」，並說明了黨為實現這一目標而採取的方針、立場和態度；第三，清醒地指出鬥爭取得勝利的可能性，號召全國人民將毛澤東《論聯合政府》當作「勝利的指南」，「要細心研究這個報告，遵循他所指出的方向，向勝利前進」。〔註 46〕這一社論深入解釋了中共七大政治路線，為黨領導人民奪取抗戰勝利、建立聯合政府作了宣傳動員。

5 月 6 日，該報頭版刊登了《晉察冀分局委員會太行區黨委高幹會電賀七次代表大會》，高度評價了中共七大的召開，「這是中國歷史上劃時代的大事件，我們充滿了無限興奮與勝利信心慶祝大會的成功」；並表態說，「各級黨的幹部以七大問題為中心，進行熱烈的學習討論，並舉行慶祝大會」。〔註 47〕

〔註 46〕《中國人民勝利的指南──讀毛澤東同志的「論聯合政府」》，《解放日報》，
　　　　1945 年 5 月 5 日第 1 版。
〔註 47〕《晉察冀分局委員會太行區黨委高幹會電賀七次代表大會》，《解放日報》，
　　　　1945 年 5 月 6 日第 1 版。

5月9日，《解放日報》再次增版，將版數增至6版，並用前4個整版全文刊登朱德軍事報告《論解放區戰場》。在具體編排上，《解放日報》採取了與發表毛澤東政治報告相同的策略：在開頭前面呈現報告內容要點，包括「（一）抗戰八年」「（二）論解放區戰場」「（三）中國人民抗戰的軍事路線」「（四）今後的軍事任務」「（五）結束語」；以朱德的大幅畫像為配圖，位居頭版下半部分正中央，畫像中的朱德目視前方、雙唇緊閉、表情肅穆，展現出正氣凜然的將軍風姿。黨報在宣傳時有意使中共七大軍事報告呼應政治報告，體現了黨的軍隊的歷史任務與黨的歷史任務緊密相連。

5月11日，《解放日報》刊發了朝鮮獨立同盟發給中共七大的賀電，表達了真摯的崇敬和祝賀之情，「中國共產黨二十五年英勇鬥爭的豐富經驗，特別是中國共產黨領袖毛澤東同志的卓越著作《新民主主義論》，以及英明的領導作風，是我們朝鮮民族解放運動的指南針！中國共產黨不僅是中國人民解放的救星，而且是東方被壓迫民族解放的救星！我們熱烈的慶祝中共七大的開幕！因為他的有歷史意義的每一個決議和方針，將給東方被壓迫民族解放運動以重大影響。他將鼓舞朝鮮人民起來向日本法西斯進軍的勇氣，他會堅定我們勝利的信心！」〔註48〕

5月16日，《解放日報》在頭版上半部分正中央刊登《各地黨委電賀中共七大》，集納山東分局、晉綏分局、冀魯豫分局、太嶽區黨委暨軍區全體指戰員致中共七大的賀電，展現出黨的各方面力量「團結一致，爭取勝利」的向心力。5月19日，該報特闢「各解放區軍民熱烈慶賀中共七大開幕」板塊，集中報導《新四軍直屬隊舉行慶祝大會》《太行五千群眾集會・決以實際行動擁護中共七大主張》《呂梁印刷廠保證中共七大文件不錯一個字》三則新聞，不僅烘托出軍民同心、歡慶中共七大的融洽氣氛，還反映了人們在實際生活中貫徹會議精神的決心。

黨的新聞宣傳機構也積極學習落實中共七大主張，據《解放日報》5月20日報導：太行新華日報社開展新英雄主義運動，以「學習黨的七代大會文獻，領會其精神實質，真正貫徹到工作中去，進一步改造工作和思想」為主要任務，電務科、校對科、編輯和記者等紛紛提出落實大會精神的具體做法。〔註49〕

〔註48〕 中共中央黨史研究室、中央檔案館編：《中國共產黨第七次全國代表大會檔案文獻選編》，北京：中共黨史出版社，2015年，第660頁。
〔註49〕 《太行新華日報開展新英雄主義運動慶祝黨的七代大會》，《解放日報》，1945年5月20日第1版。

《解放日報》還密集地報導了晉冀豫工廠聯席會（5月23日）、晉綏軍區部隊（5月23日）、集總野戰後勤部（5月25日）、晉綏各界（5月27日）、冀魯豫群眾（6月4日）、山東臨參會及戰政會（6月5日）、道清路南新解放區（6月6日）、晉察冀各界（6月10日）等對中共七大的賀電、慶祝集會和學習活動，烘托出全國一致擁護中共七大的濃厚輿論氛圍。

三、國統區媒體對中共七大的關注

在抗日民主根據地熱切關注和擁護中共七大召開的同時，國外和國統區通訊社及報刊也報導和評價了中共七大的召開。5月5日，上海《申報》引用「里斯本四日中央社電」，以題為《延安舉行全代會》對中共七大報導說：「中國共產黨四月下旬於延安舉行第七次全國代表大會中，決定團結全中國人民，以挽救重慶國民黨政府諸錯誤政策所造成之危局，建設中共所謂自由與民主統一之新中國云。」該電訊在概述大會任務、出席人數、基本議程等情況後，著重強調毛澤東政治報告「極堪注目，全文約達六萬字」，明確報告要旨在於「極力否定重慶政權偽造之所謂國民大會，力主應聯合各黨各派成立聯合政府」，並指出其意義是代表著共產黨對國民黨「再度展開積極的理論鬥爭更形表面化」，同時指出，「延安政權首次開全國代表大會，乃在一九二一年一月，而此次之舉行，距離首次大會已有十七年之久。」〔註50〕儘管這篇報導僅四百餘字，在當期版面的位置也並不顯眼，但《申報》作為近代中國發行時間最久、影響最大的報紙，它的報導在一定程度上體現出大會的影響力。5月9日，上海《申報》綜合中央通訊社和新華社電訊以《渝共雙方暗鬥內幕》為題報導說：「最近中共為對付渝所召開之六全大會，特舉行中共第七次全國代表大會，主張促成聯合政權，而渝方在六全大會亦展開應付中共政治攻勢。」同時，詳細刊登了新華社電訊：「據延安新華社電稱：中共第七次全國代表大會，於四月下旬在延安舉行，由毛澤東在大會上作政治報告，主張組織聯合政府，聲明並非為渝國民黨之利益想，乃求打開中國出路，為實現聯合政府及施行民主綱領而奮鬥，必須達到此目的。同時在延安從速召集中國解放區人民代表會議云云。」並評價說：「查毛澤東此次之報告，乃向為共黨本身一貫主張，故對於延安共黨方面之從速召集全國代表大會之意義，甚堪注意，其用意不出為應付渝政權在五月五日所召開之六全大會。按中共於一九二一年成立以來，述

〔註50〕　《延安舉行全代會》，《申報》，1945年5月5日第1版。

續舉行全國代表大會有六次，惟至一九二八年七月後，中輟舉行，直至本年方始舉行第七次大會，歷經一十七載，故其目的，當為針對此次渝方所舉行之六全大會也。」〔註51〕5 月 19 日，《申報》又以《國共各謀擴展本身軍事勢力》為題報導說：「四月下旬在延安舉行之中共第七次全代大會，中共第十八集團軍總司令朱德繼毛澤東政治報告之後，發表軍事報告演說，毛澤東堅持主張建立聯合政府，朱德則在演詞中要求立即設置聯合統帥部。朱德首稱，『八路軍新四軍國民黨軍隊地方系軍隊及一切力量，須緊密團結，與盟國軍隊協力進行抗戰，為究成此項任務，必須成立聯合統帥部，以代督一黨獨裁之統帥。』繼對國民黨軍大施攻擊，彼稱，國民黨軍保持舊制度、舊習慣、舊戰術，拒絕一切抗日作戰必須有之改革，將勝利希望繫於太平洋戰爭及日蘇戰爭，其本身則能度消極，謀保全實力準備用於內戰。朱德於軍事報告中，曾力言中共軍對日作戰最為出力。惟吾人解剖其內容，中共對抗戰上不如對發展本身勢力範圍為努力，國共雙方現在莫不各謀擴張勢力，置民生疾苦於不顧，此固極明顯之事實云。」〔註52〕6 月 9 日，《申報》援引「廣州八日中央社電」報導說：「延安方面之七全大會席上，毛澤東發表驚人之宣言以來，渝共雙方之關係逆轉，再由政治抗爭而瀕臨武力衝突之危機，延安軍對於重慶第十戰區之包圍情勢，及向江西省瑞金之南進企圖，現渝共問題以美蘇勢力作背景，頓引起國際之注意。」〔註53〕

在南京公開宣傳反法西斯戰爭勝利的《大公》週刊對中共七大也保持了較長時間的關注。5 月 8 日，該刊第 5 期刊登了毛澤東的《論聯合政府》。此後該刊連續刊登了中共七大召開情況和會議報告。同月 15 日，《大公》週刊第 6 期刊登了《議論重慶六全會與延安七全會》，比較了國共兩黨的觀點。同月 21 日，該刊第 7 期發表了《延安七全大會毛澤東政治報告摘要》。5 月 28 日，該刊第 8 期刊登了《延安七全大會毛澤東政治報告摘要》。通過《大公》週刊連載，國統區民眾對中共七大的瞭解更加深入和全面。

第三節　學習貫徹：中共七大閉幕及其新聞宣傳

6 月 11 日，大會舉行了隆重的閉幕式，經過深入討論，一致通過了關於

〔註51〕《渝共雙方暗鬥內幕》，《申報》，1945 年 5 月 9 日第 1 版。
〔註52〕《國共各謀擴展本身軍事勢力》，《申報》，1945 年 5 月 19 日第 1 版。
〔註53〕《美蘇勢力互相角逐》，《申報》，1945 年 6 月 9 日第 1 版。

政治、軍事和組織方面的報告，通過了政治決議案、軍事決議案和新的黨章。中共七大通過的《中國共產黨章程》分為總綱和十一章共七十條。這是第一次在黨章條文前增寫總綱。該黨章最突出的特點和貢獻是在總綱中確立毛澤東思想為黨的指導思想。在具體條文中，第一、二、三、六章均直接涉及新聞宣傳，這又為黨開展新聞宣傳工作繪就了清晰的路線圖。第一章「黨員」中首次規定了黨員的權利和義務，其中第三條明確黨員的四項基本權利，第一項即「在黨的會議或黨的刊物上，參加關於黨的政策的實施問題之自由的切實的討論」〔註54〕。第二章「黨的組織機構」強調了新聞宣傳工作的黨性原則，如第二十四條規定「各級黨的組織，必須保證在指導下的報紙，宣傳中央機關和上級組織的決議與所定的政策」〔註55〕，第二十八條則從實際工作層面指示各級黨委按需設立宣傳教育的工作部門或委員會。第三章「黨的中央組織」第三十四條規定中央委員會按需「設組織、宣傳等部與軍事、黨報等委員會及其他工作機關，分別辦理中央各項工作，受中央政治局、中央書記處及中央主席之指導監督」〔註56〕，為中央加強對新聞宣傳機構及其管理機關的領導提供了制度保證。第六章「黨的基礎組織」第五十二條從群眾路線出發，要求黨支部將「在人民群眾中進行宣傳和組織工作，以實現黨的主張和上級組織的各種決議」〔註57〕作為聯繫群眾的重要任務。中共七大黨章是第一部完全由中國共產黨獨立自主修改通過的黨章，吸納了馬克思主義中國化成果，體現了鮮明的中國特色，成為新民主主義革命時期最完備的黨章和黨成熟的重要標誌。〔註58〕

　　大會選舉了新的中央委員會和中央領導機構。其中，中央委員 44 人，中央候補委員 33 人。中共七大的重要功績首先體現在確立了黨的政治路線，其次是將毛澤東思想寫在了黨的旗幟上，確立了毛澤東思想的指導思想地位。毛澤東致閉幕詞，評價中共七大是「一個勝利的大會，一個團結的大會」，並指

〔註54〕中共中央黨史研究室、中央檔案館編：《中國共產黨第七次全國代表大會檔案文獻選編》，北京：中共黨史出版社，2015 年，第 620 頁。

〔註55〕中共中央黨史研究室、中央檔案館編：《中國共產黨第七次全國代表大會檔案文獻選編》，北京：中共黨史出版社，2015 年，第 622 頁。

〔註56〕中共中央黨史研究室、中央檔案館編：《中國共產黨第七次全國代表大會檔案文獻選編》，北京：中共黨史出版社，2015 年，第 623 頁。

〔註57〕中共中央黨史研究室、中央檔案館編：《中國共產黨第七次全國代表大會檔案文獻選編》，北京：中共黨史出版社，2015 年，第 625 頁。

〔註58〕張士義、王祖強等主編：《從黨的一大到十九大：中國共產黨全國代表大會史》，北京：東方出版社，2018 年，第 133 頁。

示代表們會後積極開展大會精神的傳達宣傳工作，「大會閉幕以後，很多同志將要回到自己的工作崗位上去，將要分赴各個戰場。同志們到各地去，要宣傳大會的路線，並經過全黨同志向人民作廣泛的解釋。我們宣傳大會的路線，就是要使全黨和全國人民建立起一個信心，即革命一定要勝利。首先要使先鋒隊覺悟，下定決心，不怕犧牲，排除萬難，去爭取勝利。但這還不夠，還必須使全國廣大人民群眾覺悟，甘心情願和我們一起奮鬥，去爭取勝利。」〔註59〕毛澤東的這篇閉幕詞，會後經過修改後，以《愚公移山》為題發表，成為毛澤東思想的經典之作。徐特立在閉幕式的發言中積極響應了毛澤東宣傳大會精神的號召，「我們還有工作，毛主席號召我們廣泛的把我們的大會決定去宣傳，把我們大會組織上的勝利去宣傳，使我們黨的覺悟程度提得非常高，組織上、行動上非常團結，我想，這樣我們的勝利就能夠加速，如果我們失敗，損失也會小一些。」〔註60〕最後，大會全體代表合唱國際歌，大會勝利閉幕。

中共七大閉幕當天，《解放日報》刊發冀西獲鹿淪陷區同胞的賀電，電文中稱中共七大召開「乃我淪陷區同胞解放的福音」，淪陷區人民「決響應英明領袖毛主席的號召作武裝起義之準備」。〔註61〕可見，中共七大不但在解放區得到普遍呼應，還引發淪陷區民眾熱烈反響，這對黨領導全國人民爭取革命勝利意義重大。6月14日，《解放日報》頭版右側刊登新華社對中共七大閉幕的報導。該報導總結了中共七大在50天會期內的進展狀況和諸多成果，包括通過了政治決議案、軍事決議案和新的黨章，選舉產生了以毛澤東為首的中央委員等。報導中用「團結大會」和「勝利大會」概括了中共七大對中國前途和黨內的影響：就中國前途而言，中共七大對「中國最大多數人民」採取團結的方針，提出適合「中國最大多數人民」需要的綱領，因此中國的革命前途必然是勝利的；就黨內影響而言，中共七大以毛澤東路線和毛澤東思想為指導原則，以廣泛發展自我批評和黨內民主為基礎，使黨內達到空前團結，而「這種鞏固的黨內團結的組織路線，與團結全國最大多數人民的正確政治路線、軍事路線相結合，就是共產黨大會的堅強勝利信心的全部根源」。報導最後指出，中共

〔註59〕 中共中央黨史研究室、中央檔案館編：《中國共產黨第七次全國代表大會檔案文獻選編》，北京：中共黨史出版社，2015 年，第 629 頁。

〔註60〕 中共中央黨史研究室、中央檔案館編：《中國共產黨第七次全國代表大會檔案文獻選編》，北京：中共黨史出版社，2015 年，第 640 頁。

〔註61〕 《冀西獲鹿淪陷區廿萬同胞通電擁護中共七大開幕》，《解放日報》，1945 年 6 月 11 日第 1 版。

七大閉幕後將迎來黨內團結民主、全民族團結民主、中國人民抗戰的新高漲，迎來新中國的光明前途。〔註62〕同日還配發社論《團結的大會，勝利的大會》，該社論稱中共七大是黨的歷史上「最盛大的最完滿的」一次黨代會，並指出中共七大的四個歷史標誌：第一個是全體一致通過了毛澤東政治報告，這一報告是「新民主主義的憲章」，為此必須實行中國人民的路線即「放手發動群眾，壯大人民力量，打敗日本帝國主義，解放人民，建立新民主主義的新中國」，還必須發展工人運動與城市人民運動；第二個是制定了人民軍事路線的完整體系，即朱德軍事報告的主要部分，黨的軍隊應遵循大會方針，緊密連絡人民，成為「更完善的常勝的人民軍隊」；第三個是制定了新的黨章，社論中稱劉少奇的報告是黨的組織路線的總結與發揮，並著重說明黨章關於黨員權利與義務的規定體現了「高度的民主與高度的集中相結合」，這是黨內生活的重要特徵；第四個也是最重要的一個，就是將毛澤東思想確立為黨的指導思想，作為黨一切工作的指針。社論最後再次強調中共七大「是團結的大會，是準備勝利的大會」，並呼籲全體代表將毛澤東思想貫徹於實際工作當中。〔註63〕

　　6月17日，中共七大代表及延安各界代表舉行中國革命死難烈士追悼大會。6月19日，《解放日報》頭版刊登毛澤東在大會上的悼詞和朱德、林伯渠、吳玉章、邢肇棠的講話，並發表追悼中國革命死難烈士祭文。祭文深切緬懷革命先烈，並高度評價《論聯合政府》是「先烈們的鮮血在思想上政治上所凝成的結晶」，是規定了全民族奮鬥總路線總目標的「中國大憲章」。〔註64〕同日，中共七屆一中全會召開，選舉毛澤東等13人為中央政治局委員，毛澤東、朱德、劉少奇、周恩來、任弼時為中央書記處書記，毛澤東任中央委員會主席兼中央政治局、中央書記處主席，以毛澤東為核心的黨的第一代中央領導集體正式形成。新的黨中央獲得了全國人民的衷心擁戴。

　　《解放日報》以中共七大精神為指針，在較長的一段時間裏從各個方面組織了宣傳報導。〔註65〕6月20日，各地中央分局紛紛致電祝賀新的中央委員會的產生。如中共冀魯豫分局發來的賀電中寫道：「毛澤東同志並中央全體委員：

〔註62〕新華社：《中國共產黨第七次大會勝利閉幕》，《解放日報》，1945年6月14日第1版。
〔註63〕《團結的大會·勝利的大會》，《解放日報》，1945年6月14日第1～2版。
〔註64〕《中共七大代表暨延安各界代表前日舉行中國革命死難烈士追悼大會》，《解放日報》，1945年6月19日第1版。
〔註65〕王敬主編：《延安〈解放日報〉史》，新華出版社，1998年，第122頁。

欣聞我黨七次大會勝利閉幕，毛澤東同志等當選中央委員，特電致賀。我區全體黨員，決心在我黨中央英明的領導之下，繼續努力，以完成驅逐日本侵略者，建設新中國的偉大任務。」〔註66〕6 月 21 日，《解放日報》發表社論《關於發展私人資本主義》，認為：「中國共產黨第七次代表大會的極重要的成就之一，就是對於發展私人資本主義的問題，作了極其明確的規定。」〔註67〕同時報導中共晉綏分局盛讚新的中央委員會產生，「從我黨新的中央委員會的組成中，看到了我黨堅強團結與勝利的光輝，看到了毛澤東同志領導下我黨政治質量的提高與正確路線的勝利。我們堅決擁護以毛澤東同志為首的黨的中央委員會，我們有信心在你們的領導下，團結全黨，團結各階層人民，戰勝日寇、漢奸與一切國內反民主勢力，為完成中國人民的基本要求與歷史任務而奮鬥。」〔註68〕6 月 24 日，《解放日報》又報導太行、太嶽黨委「對於中共七大的一切決議，和以毛澤東同志為首的新中央，表示熱烈擁護」〔註69〕。6 月 27 日，《解放日報》刊登了《魯南軍區政區會議的賀電》，表示：「我們熱誠的擁護以毛主席為首的新中央委員會的產生，並以百倍努力堅決執行完成大會的一切決議。」〔註70〕

　　中共七大閉幕後，中共中央要求全國各級黨支部掀起學習貫徹中共七大文件的浪潮。6 月 13 日，中共華中局發出了《中共華中局關於研究七大文件的指示》，要求華中全黨全軍內開展廣泛深入的研究與討論中共七大的各種文件，「其研究次序：一、政治報告；二、軍事報告；三、其他黨內文件。各區黨委均應根據實際情況定出具體計劃、即開始進行。關於研究論聯合政府辦法，華中局宣傳部另有通知。」〔註71〕6 月 23 日，中共西北局發表了《關於學習七大文件的指示》，要求陝甘寧邊區縣級以上的黨員幹部從 7 月 1 日起半年內都要學習七大文件；指出要深入學習和傳達七大路線，給幹部以具體的馬克思主義毛澤東

〔註66〕 中共中央黨史研究室、中央檔案館編：《中國共產黨第七次全國代表大會檔案文獻選編》，北京：中共黨史出版社，2015 年，第 662 頁。

〔註67〕 中共中央黨史研究室、中央檔案館編：《中國共產黨第七次全國代表大會檔案文獻選編》，北京：中共黨史出版社，2015 年，第 677 頁。

〔註68〕 《中共晉綏分局擁護新的黨中央委員會》，《解放日報》，1945 年 6 月 21 日第 1 版。

〔註69〕 《太行太嶽兩區區黨委熱烈擁護我黨新中央》，《解放日報》，1945 年 6 月 24 日第 1 版。

〔註70〕 中共中央黨史研究室、中央檔案館編：《中國共產黨第七次全國代表大會檔案文獻選編》，北京：中共黨史出版社，2015 年，第 662 頁。

〔註71〕 中共中央黨史研究室、中央檔案館編：《中國共產黨第七次全國代表大會檔案文獻選編》，北京：中共黨史出版社，2015 年，第 725 頁。

思想的教育，進一步改進幹部的思想作風與工作，團結全黨，實現七大路線；希望全體黨員根據文件精神檢查自己的思想與工作，及時總結與交換學習經驗，利用報紙推動與幫助學習，使幹部、黨員對七大文件的學習能逐步深入，並獲得良好的效果；區、鄉幹部和一般農村黨員，應利用時間閱讀或傳達報紙上關於七大的重要文章，《邊區群眾報》及各分區報紙都要選擇毛澤東《論聯合政府》報告中的中心問題做通俗介紹與解釋，以便區、鄉幹部瞭解和向廣大幹部群眾做宣傳。〔註72〕6月26日，中共中央向全國各級黨部發出了《中央關於發表七大文件的通知》，要求「一切七大文件（包括各種報告及黨章）均須在報紙上發表，文件長的分段登載，或出特刊，使黨員與黨外人士均能閱讀」〔註73〕。中共七大文件的正式發表，促使從六月底全黨進入了學習貫徹中共七大文件精神的高潮。

其實，早在大會召開期間，學習貫徹中共七大報告和文件精神已經同步進行，並逐漸興起。如5月3日，中共晉察冀分局就給各區黨委並報中央發出了指示，其中寫道：「對毛澤東同志在七大報告所提『迅速召集解放區人民代表會議』，各地應迅速組織黨外人士，勞動英雄，模範工作者及黨內幹部與黨員，進行討論，擁護這個提議。並將討論情形迅速電告。」〔註74〕毛澤東對該指作了批示後於5月6日轉給五臺之外各戰區單位。5月4日，太行新華日報社發給中共七大的賀電中說：「欣悉我黨七代大會開幕，立即召開黨員大會，一致提出開展新英雄主義運動，鞏固整風成果，學習七代大會文件，進一步改造思想和工作，以迎接新的任務。」〔註75〕5月8日，中共晉綏分局給下屬各黨委下達電報指示說：「舉行普遍深入的慶祝使每個幹部黨員群眾都深刻認識七大是關係自己切身利益的重大事件。……關於七大消息，毛主席在七大會上的政治報告摘要已於五月五、六日兩日的《抗戰日報》發表，全文及其他報告決議等文件將陸續發表，至於如何組織學習討論的辦法，俟分局會議後另行通知。惟應立即動員全黨全軍及各種群眾組織為迎接七大所給予我們的新的任務並準備堅決執行七大全體決議而奮鬥。……對毛主席在七大報告中提出的迅速

〔註72〕中共陝西省委黨史研究室著：《中共中央在延安十三年史》（下），北京：中央文獻出版社，2016年，第835～836頁。

〔註73〕中共中央黨史研究室、中央檔案館編：《中國共產黨第七次全國代表大會檔案文獻選編》，北京：中共黨史出版社，2015年，第726頁。

〔註74〕中共中央黨史研究室、中央檔案館編：《中國共產黨第七次全國代表大會檔案文獻選編》，北京：中共黨史出版社，2015年，第646頁。

〔註75〕中共中央黨史研究室、中央檔案館編：《中國共產黨第七次全國代表大會檔案文獻選編》，北京：中共黨史出版社，2015年，第647頁。

召集中國解放區人民代表會議，各地迅速組織黨外人士、英雄模範及黨內幹部黨員展開討論並用新聞報導文電等具體形式表示對這個提議的擁護。望將經過情形迅速報分局。」〔註76〕5 月 11 日，第十八集團軍總部野戰後勤部、後勤政治部獲悉中共七大召開後，不僅向大會發來了賀電，而且表態說：「我們堅決表示：我們誓為實現七代大會一切決議努力奮鬥。目前我們正有組織的研究毛主席的《論聯合政府》。將來我們要堅決把這個文件和七代大會一切英明的決定，貫徹到實際工作中去，使黨的決議變成活生生的事實。」〔註77〕5 月 15 日，蘇共四專員東南行署根據「中共七次全國代表大會上的政治報告摘要」出版了《毛主席論聯合政府》，共 11 頁，供廣大黨員幹部學習。5 月 29 日，中共山東分局發出宣傳指示，要求將「毛主席七次大會政治報告摘要制定宣傳要點標語口號，必須與目前山東具體形勢及此次各地反掃蕩勝利密切聯繫起來，以掀起黨、政、軍、民、群眾的熱烈情緒，並隨時準備迎接新的戰鬥任務，工作任務徹底技執行七大的一切決議」；同時將「組織群眾性的文娛，如動員各地專門組織黨外人士、勞動英雄、模範工作者及黨內幹部和黨員的座談會議，討論並擁護毛主席在七大報告中關於迅速召集解放區人民代表會的提議，用新聞報告文電等形式表示」；並將組織力量系統研究毛澤東政治報告全文，表示：「將另有計劃通知，準備與目前整風學習更好的結合起來。在運動週內只傳達討論這個報告的摘要以進行初步宣傳教育及思想準備。」〔註78〕

自 1945 年 6 月底至 7 月底起，《解放日報》集中宣傳了各地區、各黨派、各階層對大會路線的學習貫徹情況，僅一個月時間即刊登 30 餘條相關新聞（見下表）。

《解放日報》關於社會各界學習貫徹中共七大文件的新聞宣傳

報導日期	報導標題
1945-06-27	延縣縣級幹部學習《論聯合政府》 七一到七七間晉察冀、太嶽等地將進行擁護中共七大宣傳週

〔註76〕中共中央黨史研究室、中央檔案館編：《中國共產黨第七次全國代表大會檔案文獻選編》，北京：中共黨史出版社，2015 年，第 724 頁。

〔註77〕中共中央黨史研究室、中央檔案館編：《中國共產黨第七次全國代表大會檔案文獻選編》，北京：中共黨史出版社，2015 年，第 656 頁。

〔註78〕中共中央黨史研究室、中央檔案館編：《中國共產黨第七次全國代表大會檔案文獻選編》，北京：中共黨史出版社，2015 年，第 657～658 頁。

1945-06-29	西北局發布關於學習中共七大文件的指示
1945-07-03	延大學習《論聯合政府》 冀魯豫分局規定宣傳周把中共七大決議深入到群眾中去
1945-07-04	中直軍直開始學習中共七大文件 士敏端氏鎮商人學習《論聯合政府》
1945-07-05	中國人民應該批准「論聯合政府」（在延大學習會上的講話）
1945-07-06	蘇北學習中共七大文件
1945-07-07	中共中央紀念抗戰八週年口號
1945-07-11	安塞縣級幹部學習《論聯合政府》 太行日韓戰友都希望中國早日成立聯合政府，他們學習岡野進同志和毛主席在中共七大的報告
1945-07-12	太行新華日報全體幹部學習《論聯合政府》
1945-07-16	《論聯合政府》暢銷
1945-07-17	日本戰友渡邊盛讚《論聯合政府》 隴東各界擁護《論聯合政府》主張 聯政發布部隊中學習中共七大文件的指示 警三旅八團學習《論聯合政府》 記張桂山先生的《論聯合政府》讀後感 中直機關中共七大文件學習開始 冀魯豫日報社幹部座談檢查《論聯合政府》學習
1945-07-18	山東、晉察冀、淮南開始學習《論聯合政府》
1945-07-20	太嶽區黨委指示學習《論聯合政府》
1945-07-23	晉綏朝鮮獨立同盟決定學習《論聯合政府》 邊區各地幹部開始學習《論聯合政府》
1945-07-26	朝鮮革命軍政學校學習《論聯合政府》 《論聯合政府》在山東半月銷售三萬冊 中央直屬黨委討論學習問題，向各總支指示五點 淮海學習中共七大，學習抗日戰爭兩條路線時聯繫本區情況，研究全國性問題 太行學習進入精讀階段
1945-07-29	談談學習中共七大文獻
1945-07-30	怎樣宣傳中共七大文件到群眾中去
1945-07-31	學習的展開——軍直、棗園機關學習鱗爪

　　從上表可知，在根據地黨組織方面，6 月 27 日，《解放日報》預告晉察冀、太嶽等地將舉行擁護中共七大宣傳周，晉察冀分局要求全體黨員「除進行學習文獻的思想動員外」，還應當「普遍深入地向群眾解釋毛主席的《論聯合政府》，和中共七大的偉大意義，形成自覺的擁護中共七大，擁護毛主席的群眾運動」；〔註79〕6 月 29 日，該報刊登西北局關於學習中共七大文件的指示，該指示首先明確學習目的是「深入中共七大路線的傳達，給幹部以具體的馬克思主義——毛澤東思想的教育，進一步的改進幹部的思想作風與工作，團結全黨，實現中共七大路線」，進而規定不同階段的學習內容，依次為《論聯合政府》及《論解放區戰場》兩大報告、中共七大黨章及《關於修改黨章的報告》、《關於若干歷史問題的決議》及西北局關於邊區黨的歷史問題的文件，還特別提及「利用報紙推動與幫助學習」。〔註80〕學校師生、直屬機關和普通群眾也紛紛學習討論中共七大路線，《解放日報》7 月 3 日報導稱延大將中共七大文件列為中心課程，並特別強調校內非黨員專家亦支持《論聯合政府》；7 月 4 日則分別報導了中直軍直各單位的學習計劃和太嶽士敏端氏鎮商人的學習心得。7 月 7 日，《解放日報》刊登了《中共中央紀念抗戰八週年口號》，要求「一切共產黨員，要學習七大的文件，向群眾宣傳七大的主張，在實際工作中實現七大所提出的任務，時時刻刻牢記毛主席的指示：全心全意為人民服務，發展批評與自我批評，謙虛謹慎，不驕不躁，在黨內和全體同志更好地團結起來，在黨外和全國人民更好地團結起來，為完成解放中華民族的偉大任務而鬥爭！」〔註81〕7 月 17 日，《解放日報》報導冀魯豫日報社關於檢查《論聯合政府》學習情況的幹部座談會，該社在座談會上指出一部分同志「很想用文件聯繫自己的思想工作，但聯繫不起來」，認為文件「和自己的新聞通訊工作，都無可結合」，另一部分同志「仔細抄收工作，做的很出色，但對自己抄收的《論聯合政府》，卻沒有很好的精讀」，經過檢查，全社端正了學習態度。〔註82〕7 月 26 日，《解放日報》刊登《淮海學習中共七大》，副標題用大號粗體突出「學習抗日戰爭

〔註79〕《七一到七七間晉察冀、太嶽等地將進行擁護中共七大宣傳周》，《解放日報》，1945 年 6 月 27 日第 1 版。

〔註80〕《西北局發布關於學習中共七大文件的指示》，《解放日報》，1945 年 6 月 29 日第 1 版。

〔註81〕中共中央黨史研究室、中央檔案館編：《中國共產黨第七次全國代表大會檔案文獻選編》，北京：中共黨史出版社，2015 年，第 726 頁。

〔註82〕《冀魯豫日報社幹部座談檢查「論聯合政府」學習》，《解放日報》，1945 年 7 月 17 日第 2 版。

兩條路線時聯繫本區情況，研究全國性問題」，正文介紹了淮海地委對學習中共七大的計劃，文末再次強調「每個討論題均要聯繫實際」。〔註83〕總之，學習貫徹中共七大精神和毛澤東思想成為了大會閉幕後全國人民日常工作和生活的重要內容，也構成了新聞宣傳在1945年夏奮力營造的輿論熱浪。

延安軍民學習貫徹中共七大文件的指示和方法也成為國統區傚仿的對象。6月29日，《新華日報》也以《中國共產黨七全大會閉幕》為報導了中共七大會議的召開、主要議程和報告、新的中央委員會構成情況，要求「各代表把三大報告和大會的民主精神傳達到各地組織，並在實際的工作中貫徹實現」〔註84〕。7月1日，《新華日報》刊登慶祝建黨24週年社論《民主團結，走向勝利》，稱讚中共七大是民主團結的大會，號召全黨「以紀念黨的二十四週年紀念，全黨黨員一定要遵循七次大會上的民主團結的原則來和全體人民一起走向勝利的大路」〔註85〕。7月2日，潘梓年撰寫《新華日報》長篇社論《團結，勝利！》，號召全黨「學會毛澤東式的思想、毛澤東式的智慧和毛澤東式的工作，一句話，學習我黨二十四年來的鬥爭團結和這次七全大會的精神」〔註86〕。7月6日，《新華日報》增闢四頁篇幅全文刊登了毛澤東的政治報告《論聯合政府》，一經發行便被重慶市民競相搶購。這引起了國民黨當局的恐慌，他們無恥地沒收既已發售的報紙，扣留發往外埠的《新華日報》郵件。中共中央南方局隨即指示加印《新華日報》並印製《論聯合政府》小冊子，發動各方力量送至人民群眾、進步民主人士、各國駐重慶使領館、在渝友好人士乃至國民黨黨政軍上層人物手中。〔註87〕新聞宣傳不但記錄了各地如火如荼、形式豐富的學習活動，而且強調理論與實際的辯證關係，引導黨員幹部群眾深刻領會會議主張、深入貫徹中共七大會議精神。7月13日，《新華日報》全文轉載了《解放日報》6月21日社論《關於發展私人資本主義》，向國統區人民傳達了中共七大的經濟政策。8月11日，在「團結」專欄，該報專門刊登了讀者學習《論聯合政府》的心得體會《言行一致：〈論聯合政府〉筆記》。8月25日，《新華日報》以《他們如何學習七大文件》為題介紹了中共西北局的指示、聯防軍政

〔註83〕　《淮海學習中共七大》，《解放日報》，1945年7月26日第2版。
〔註84〕　《中國共產黨七全大會閉幕》，《新華日報》，1945年6月29日，第2版。
〔註85〕　《民主團結，走向勝利》，《新華日報》，1945年7月1日，第1版。
〔註86〕　《團結，勝利！》，《新華日報》，1945年7月2日，第1版。
〔註87〕　《1945年7月6日〈新華日報〉全文發表毛澤東的〈論聯合政府〉》，《重慶日報》，2021年7月6日第6版。

治部的指示和延大的學習方法，並做了特別說明：「怎樣才能把七大會各個文件學習得好，使它們成為我們在奮鬥中最重要的武器，這是我們大家都很關心的問題。現在將延安方面的材料匯錄一些在這裡，供大家的參考。我相信大家在讀了這些指示和學習情況之後，一定會根據自己的具體情況訂出一套辦法，比以前更加熱心地學習下去。」〔註88〕

總之，中共七大是在世界反法西斯戰爭和抗日戰爭勝利前夜召開的一次重要會議，是黨領導全國人民高舉毛澤東思想偉大旗幟、走向新民主主義光明前途的一次大會。它是中國共產黨成立以來，兩次代表大會間隔最長、會期最長、出席大會代表人數最多的一次代表大會。七大以「團結、勝利」的大會載入史冊，在中國共產黨的歷史上具有重要意義。〔註89〕從新聞宣傳的角度研究得出，中共七大在黨的百年新聞宣傳史上同樣具有「高舉旗幟走向光明」的里程碑意義。中共七大召開前，新聞宣傳力量從預告黨中央關於召開中共七大的決議出發，為大會做好了宣傳預熱和輿論先導準備。中共七大召開期間，代表們不僅圍繞新聞宣傳展開了熱烈討論，而且一致通過政治報告、軍事報告和新的黨章等重要文件，為中共七大後的新聞宣傳工作錨定了指導思想和奮鬥方向；同時，新聞宣傳機構對大會的開閉幕、代表報告和輿論反映等作出跟進報導，如抗日民主根據地媒體圓滿地履行了大會見證者、記錄者和傳播者的職責，傳達了以毛澤東為首的黨中央的聲音，並成功營造了全國上下熱烈擁護中共七大的良好輿論氛圍，國外和國統區通訊社及報刊也對大會召開作了報導和評價。中共七大閉幕後，新聞宣傳充分展現黨內黨外學習和貫徹大會路線的火熱局面，各抗日民主根據地和國統區的各級黨組織結合自身形勢廣泛地宣傳和學習中共七大文件，如《解放日報》在延安及時跟進報導軍民學習貫徹大會文件情況，《新華日報》在國統區發揮輿論引導作用，動員黨員幹部群眾將會議精神落實到實際工作當中，大大深化了中共七大和毛澤東思想的社會影響力和號召力。

確立毛澤東思想指導地位是中共七大的光輝成就，毛澤東思想作為馬克思主義中國化的第一個重大理論成果，為黨的新聞宣傳事業發展奠定了理論和思想基礎，長期指導著黨的新聞宣傳工作。77 年前，在中共七大會場，主

〔註88〕《他們如何學習七大文件》，《新華日報》，1945 年 8 月第 4 版。

〔註89〕張靜如主編：《中國共產黨歷屆代表大會：一大到十八大》（下），河北人民出版社，2012 年，第 31 頁。

席臺上方高懸著一條醒目橫幅：「在毛澤東的旗幟下勝利前進！」如今，在中國特色社會主義新時代，毛澤東思想的旌旗依然在黨的宣傳思想陣地上高高飄揚。習近平總書記在紀念毛澤東誕辰 120 週年座談會上指出：「毛澤東思想教育了幾代中國共產黨人，它培養的大批骨幹，不僅在新民主主義革命、社會主義革命、社會主義建設時期發揮了重要作用，也為新的歷史時期開創和建設中國特色社會主義發揮了重要作用。」〔註 90〕中共七大將毛澤東思想寫在了黨的旗幟上，自此，全黨高舉旗幟，從團結走向更團結，從勝利走向更勝利，從光明走向更光明。

〔註 90〕習近平：《在紀念毛澤東同志誕辰 120 週年座談會上的講話》，《人民日報》，2013 年 12 月 27 日第 2 版。

第八章　中共八大：社會主義中國新聞事業的「練兵場」[註1]

　　2021 年 11 月，中國共產黨第十九屆中央委員會第六次全體會議在北京舉行，審議通過了《中共中央關於黨的百年奮鬥重大成就和歷史經驗的決議》和《關於召開黨的第二十次全國代表大會的決議》。全會決定，中國共產黨第二十次全國代表大會於 2022 年下半年在北京召開，「黨的二十大是我們党進入全面建設社會主義現代化國家、向第二個百年奮鬥目標進軍新征程的重要時刻召開的一次十分重要的代表大會，是黨和國家政治生活中的一件大事。」[註2] 2021 年 11 月 12 日，中共中央機關報《人民日報》發表社論《在新時代新征程上贏得更加偉大的勝利和榮光》，號召團結帶領全國各族人民奪取新時代中國特色社會主義新的偉大勝利，「以史為鑒、開創未來，埋頭苦幹、勇毅前行，以優異成績迎接黨的二十大召開」，[註3] 此舉體現了新聞媒體在重要歷史關頭的宣傳鼓動作用。以史為鑒，1956 年召開的中共八大是我國探索社會主義建設道路的良好開端，它提出了我國主要矛盾的變化和工作重心的轉移，明確了大會的任務是「總結從七次大會以來的經驗，團結全黨，團結國內外一切可能團結的力量，為了建設一個偉大的社會主義的中國而奮鬥。」並在政治經濟建設方針、體制改革、黨的建設等多方面都做出了積極的探索，是馬列主義的基本原理同中國革命和建設的具體實際的第二次結合。其貢獻被學者概

〔註 1〕鄧紹根、李歡：《中共八大：社會主義中國新聞事業的「練兵場」》，《傳媒論壇》
　　　　2022 年第 17 期，第 3～9 頁。
〔註 2〕中共十九屆六中全會在京舉行，人民日報〔N〕，2021-11-12（1）。
〔註 3〕社論：在新時代新征程上贏得更加偉大的勝利和榮光，人民日報〔N〕，2021-
　　　　11-12（3）。

括為「三個正確」，即正確地總結了十一年中完成的偉大勝利，正確分析了建立起社會主義基本制度以後的形勢，正確地開始了對中國自己的建設社會主義道路的艱辛探索〔註4〕。同時，從新聞宣傳視角分析，中共八大也是一次規模龐大的新聞事業「練兵場」，在大會的籌備、召開和閉幕階段，新聞媒體積極發揮自身告知信息、宣傳鼓動和促進黨的決策貫徹執行等作用，書寫了自身在社會主義建設中濃墨重彩的一筆。因此本文擬從新聞宣傳角度研究中共八大，以期為即將召開的中共二十大報導提供歷史經驗和借鑒參考，也將推動黨史學習教育常態化長效化。

第一節　全面告知：大會籌備階段新聞媒體對中共八大召開的報導

「召開中共八大」正式提出於 1955 年 3 月召開的中國共產黨全國代表會議，毛澤東在開幕詞中宣布「1956 年下半年召開黨的第八次全國代表大會」，並提出議事日程為：「（一）中央委員會的工作報告；（二）修改黨章；（三）選舉新的中央委員會。明年七月以前要完成代表的選舉及文件的準備工作。」〔註5〕中共八大是一次延遲的黨代會，根據 1945 年七大上通過的《中國共產黨章程》，「黨的全國代表大會，由中央委員會決定並召集之。在通常情況下，每三年召集一次。在特殊情況下，由中央委員會決定延期或提前召集。」〔註6〕同時，毛澤東也在七大上提出要準備革命轉變，奪取像北平、天津這樣大的中心城市，「我們一定要在那裏開八大」。因此按照中央原本部署，1949 年前後是召開黨代會的理想時期，但由於當時國內正處於戰爭時期而不具備召開全國性黨代會的條件，八大被迫延期。建國後的五年裏又因為「高饒事件」，黨內高層經歷了一次分裂與反分裂的嚴重鬥爭，八大「可以開而沒有開」。毛澤東表示，「五年計劃也上了軌道，過渡時期總路線也提出來了，又經過這次代表會議使大家在思想上更加統一了。」〔註7〕由此可見，黨中央認為召開一次黨的

〔註4〕龔育之：八大的歷史地位和研究八大的現實意義〔J〕，中共黨史研究，1996，（6），4-7。

〔註5〕毛澤東：毛澤東文集（第六卷）〔M〕，北京：人民出版社，1999：404。

〔註6〕中央檔案館編：中共中央文件選集〔M〕，北京：中共中央黨校出版社，1991：126。

〔註7〕毛澤東：毛澤東文集（第六卷）〔M〕，北京：人民出版社，1999：406。

全國代表大會的時機已經成熟。這一提議也得到了黨內同志的認同，1955 年 10 月召開的七屆六中全會正式通過了《關於召開黨的第八次全國代表大會的決議》，黨代會的召開已經成為全黨和全國人民的共同願望。

新聞宣傳事業是黨的事業中重要的組成部分，早在中共一大上通過的《中國共產黨第一個綱領》就規定了，「（黨員）超過十人的應設財務委員、組織委員和宣傳委員各一人。」《中國共產黨第一個決議》還提出，「不論中央或地方出版的一切出版物，其出版工作均應受黨員的領導。」〔註8〕由此可見黨對於新聞事業的管理和重視，這一傳統在中共八大的新聞宣傳工作中也得到了體現和發展。1955 年 10 月 18 日，即「召開八大」達成黨內共識的第二天，《人民日報》就在頭版登載了《中國共產黨第七屆中央委員會第六次全體會議（擴大）關於召開黨的第八次全國代表大會的決議》，並就代表選舉的時間、要求和方法做了詳細說明。〔註9〕這一報導正式在全國拉開了「迎接中國共產黨第八次全國代表大會」的序幕，也體現了新聞宣傳工作在黨的領導下參與和促進社會主義建設的積極作用。黨內非常重視八大新聞宣傳工作的開展，在會議籌備階段中央高級領導人均多次談到了相關工作的安排。

1956 年 8 月 22 日，黨的七屆七中全會第一次會議召開，毛澤東在大會發言提出要準備一些報紙發言，「組織一些小稿子，幾百字，很經濟，插在比較長的發言中間，比較生動……」〔註10〕這一提議是此次會議宣傳中在報刊上登載會議書面發言的雛形，表明了黨的最高領導人對新聞媒體記錄者角色的認可。之後，毛澤東接著說這些稿子要有批評性，即對工作要有批評，要有自我批評。對工作有意見，對黨的團結有意見，要有批評，要有豐富的批評。到了第三次會議，他再次提到了報紙發言的要求，「要精，要生動，要多種多樣，要短，要有內容，要有表揚，有批評，有成績，也有缺點，要有解決問題的辦法，不要千篇一律。一片頌揚，登到報上淨是好事，那就不好看。」〔註11〕鄧小平在七屆五中全會上被選為政治局委員，主要負責籌備八大的各項組織工作。在七屆七中全會和八大預備會議上，鄧小平沿著毛澤東的提議，對會議發言做了更明

〔註 8〕中共中央黨史研究室、中央檔案館：中國共產黨第一次全國代表大會檔案文獻選編〔M〕，北京：中共黨史出版社，2015：16～17。
〔註 9〕中國共產黨第七屆中央委員會第六次全體會議（擴大）關於召開黨的第八次全國代表大會的決議〔N〕，人民日報，1955-10-18（1）。
〔註10〕石仲泉：中共八大史〔M〕北京：人民出版社，1998：123。
〔註11〕石仲泉：中共八大史〔M〕北京：人民出版社，1998：136。

確的規定：（一）八大大會發言要精彩、生動、多樣性，還要短。要有人講一講主觀主義，有人講一講宗派主義；（二）會議上現場發言一般不超過 20 分鐘，「準備的稿子有八十篇以上，報紙登一二十篇。」〔註 12〕從新聞媒體後續的報導情況看，報紙發言規模遠超這一設想，除了登載口頭發言之外，另有 45 人在《人民日報》上做了書面發言。這些人既有中央領導，如國家建設委員會副主任孔祥禎關於「節約鋼材、木材、水泥的措施」的發言；也有各地區、各部門的負責人，如中共新疆維吾爾自治區委員會第一書記王恩茂關於「新疆人民為社會主義而奮鬥」的發言，中共長沙市委員會書記秦雨屏關於「加強工業和手工業的生產協作」的發言；還有基層黨組織的負責人和普通黨員，如工業勞動模範趙滿成關於「在企業生產中發揮基層群眾的教育宣傳作用」的發言。這些報紙發言數量之多、代表面之廣，充分顯示了人民群眾對社會主義建設的積極參與，因此有學者稱「中共八大是一次解放思想的會議」。〔註 13〕

從新聞媒體的八大報導實踐看，黨的指示在八大前期的宣傳工作中被落到了實處。1956 年初，新聞媒體面向全黨全社會告知八大相關消息，並積極動員人民群眾迎接八大。這一階段的報導量雖然不大，但通過消息、通訊、綜合報導和典型個案等多種方式相結合的呈現方法，全國充滿了喜迎八大的氛圍。生產者獻禮八大是會前報導的重點，圍繞中華全國總工會開展的「先進生產者運動」，1 月 14 日，報紙頭版報導了中華全國總工會第七屆執行委員會第四次全體會議，重點突出為了迎接八大，總工會號召全國廣大職工廣泛開展社會主義競賽，爭取提前完成第一個五年計劃，並給出了預告性報導——「五一」勞動節前後將在全國召開先進生產者代表會議〔註 14〕。從 2 月到 7 月，《人民日報》編輯部每月策劃 1～2 篇專題報導，著重闡明各地開展生產者運動的具體情況。如 3 月 31 日採用報社駐成都記者和駐蘭州記者的通訊稿，發布了兩地開展「先進生產者運動」的情況，並提出「全面提前完成第一個五年計劃，迎接中國共產黨第八次全國代表大會」〔註 15〕。勞動節

〔註 12〕中共中央黨史研究室編：鄧小平文集（中卷）〔M〕，北京：人民出版社，2014：249。

〔註 13〕張兆文：論中共八大的時代特點〔J〕，陝西師範大學學報（哲學社會科學版），1996（S2）：5～8。

〔註 14〕中華全國總工會執行委員會全體會議通過決議，號召全國職工開展競賽爭取提前完成五年計劃〔N〕，人民日報，1956-01-14（1）。

〔註 15〕本報社駐成都記者和本報駐蘭州記者，廣泛開展先進生產者運動〔N〕，人民日報，1956-03-31（2）。

前後，「以實際成就迎接中共八大」的呼聲形成一個小高潮，報導數量明顯增多，主題聚焦於各地開展社會主義建設運動，還全文刊載了全國總工會主席賴若愚在先進生產者代表會議上的發言，旗幟鮮明地提出「更多、更快、更好、更省」的建設口號〔註16〕。之後《人民日報》又報導了第一汽車製造廠的捷報，以典型案例的方式記錄了八大籌備工作的細節。值得一提的是，9月5日《人民日報》在頭版刊登了蘇聯大使館獻禮八大的消息〔註17〕，這是會前獻禮中對國外動態的唯一一篇報導，既是中央黨報對國際問題的關注，也體現了其政治性。

　　代表選舉和會議時間是黨代會的另一個重點議題，七屆六中全會對代表選舉的方式、時間、要求都進行了明確規定，《人民日報》在此後跟進報導。7月7日，《人民日報》在頭版轉發新華社消息，明確了中共八大召開的時間是1956年9月15日，地點是北京〔註18〕。後續又發布了3000字長文介紹福建、黑龍江、內蒙古等地召開黨代表大會的消息，並在報導中突出7月1日改版宣言《致讀者》對新聞批評的要求，即「有許多問題需要在群眾新的討論中逐漸得到答案。有許多問題，雖然已經有了正確的答案，應該在群眾中加以廣泛的宣傳，但是這種宣傳也並不排斥適當的有益的討論。」〔註19〕在報導福建黨代表大會時，報導強調了代表大會不重視發展地方工業的教訓；在報導黑龍江代表大會時，《人民日報》將代表們提出的「省級領導機關存在官僚主義，脫離群眾，脫離實際，工作不深入、不具體、不及時」〔註20〕等問題都一一告知讀者並要求有關部門整改。之後針對其他地方的黨代會的報導也遵循了這一原則，提供新聞消息的同時承擔起監督功能，在引導輿論之餘反思總結既往不足，為八大召開營造了緊張活潑的會前氛圍。

　　1956年9月3日，八大召開在即，中央向宣傳機構發出了《中共中央關於黨的第八次代表大會宣傳報導工作的通知》。該文件由鄧小平審改通過，人民日報、新華社、廣播局、人民出版社、外文出版社、俄文友好報等單位都接到了這份通知，由於其內容豐富、條理清晰、要求細緻，這份通知也成為該階段「黨管宣傳」的一面旗幟。從內容上看，《中共中央關於黨的第八次代表大

〔註16〕賴若愚：在全國先進生產者代表會議上的報告〔N〕，人民日報，1956-05-03（2）。
〔註17〕蘇大使館舉行酒會慶祝中蘇爬山隊的成就〔N〕，人民日報，1956-09-05（1）。
〔註18〕中共第八次全國代表大會定九月十五日召開〔N〕，人民日報，1956-07-07（1）。
〔註19〕致讀者〔N〕，人民日報，1956-7-1（1）。
〔註20〕福建、黑龍江、內蒙古招待黨代表大會〔N〕，人民日報，1956-07-20（4）。

會宣傳報導工作的通知》全文三千六百餘字，包括宣傳要點、報紙宣傳、廣播宣傳、出版工作和群眾宣傳五個部分：一、報導的重點是中央委員會的政治報告，關於國民經濟的第二個五年計劃建議，通過新的黨章和加強黨的領導作用以及促進全黨和全國人民團結起來投身於建設偉大祖國。二、報導的內容是在會前宣傳黨代會並發布關於黨的建設和生活的報導，在會後承擔起宣傳責任。這裡著重提到了《人民日報》的職責，即在大會開幕、閉幕、通過政治報告、通過黨章、決定第二個五年計劃的建議時，應該發表社論。對於大會的報告、文件、代表的發言以及各國兄弟黨代表的致詞，《人民日報》應該全部全文刊登，此外還可以發表一些配合大會報告和文件的資料。三、報導的特殊要求是媒體不能刊登群眾致敬信件、電報或其他祝賀信息，也不發表對個別黨的代表的訪問記；除了刊登黨中央主席、副主席和新選出的政治局委員的照片外，所有發言代表不必刊登照片。四、要求媒體重視對外報導，要求大會的報告、文件、特別重要的和涉及對外工作的主要發言以及各國兄弟黨代表的致詞都要全文對外國作文字廣播。〔註21〕

第二節　全程記錄：大會對新聞宣傳工作的討論和新聞宣傳

　　1956年9月15日至27日，中國共產黨第八次全國代表大會在北京召開，到會代表1021人，列席代表107人，代表全國1073萬名黨員。15日上午毛澤東做了大會開幕詞，指出了八大的任務是「總結從七次大會以來的經驗，團結全黨，團結國內外一切可能團結的力量，為了建設一個偉大的社會主義的中國而奮鬥。」〔註22〕這一講話得到了與會代表的積極反應，在《人民日報》的新聞稿中記錄了33次會場掌聲，顯示了會議的熱烈氛圍。下午，劉少奇代表中央委員會做《政治報告》，這份報告的精神同毛澤東的開幕詞，再次闡述了八大的任務。值得注意的是，劉少奇在社會主義建設部分談到了文化教育衛生事業方面的發展，判斷這些方面「都有迅速的發展」。之後劉少奇具體談到了

〔註21〕中央：中共中央關於黨的第八次全國代表大會宣傳報導工作的通知〔A〕；新華社新聞研究部：新華社文件資料選編第三輯〔M〕，北京：新華社新聞研究部，不詳：437～442。

〔註22〕中共中央文獻研究室編：建國以來重要文選選編‧第九冊〔M〕，北京：中央文獻出版社，2011：29。

一些發展成就和建議，他肯定了「雙百方針」在繁榮科學和藝術方面的積極作用；要求繼續推進掃盲運動，逐步擴大小學教育，提高職工文化教育程度；在馬克思主義教育方面，要用「社會主義的、馬克思列寧主義的思想去武裝知識分子和人民群眾，對封建主義的、資本主義的思想進行批判」；在知識分子教育上，要進一步擴大和加強知識分子隊伍，並提出「我們的知識分子隊伍已經同工人農民結成了親民的聯盟，並且有相當數量的知識分子變成了共產主義者，加入了我們的黨。」〔註23〕這些論述雖然沒有直接涉及新聞媒體，但社會主義新聞事業既是黨和人民群眾的喉舌，又承擔著進行社會主義教育的功能，因此在對「雙百方針」「掃盲運動」「馬克思主義教育」和改造動員知識分子方面的決議中仍處處隱藏著媒體的身影。由此，《政治報告》的論斷也為新聞事業在社會主義建設時期的工作指明了方向。

　　加強黨的建設是八大的三大任務之一，做好新聞宣傳工作則通過不斷鞏固全黨的共同思想基礎成為促進黨的建設和團結的重要舉措。9 月 16 日，鄧小平作了《關於修改黨的章程的報告》，全文兩萬九千多字，歷時 2 小時 15 分鐘，其中多次提到了黨報黨刊在黨的建設工作中的作用。該報告提到黨的狀況發生了很大變化，中國共產黨已經成為了領導全部國家工作的執政黨，黨員人數大大增加且多數黨員在黨政機關中擔任要職，因此必須「十分注意黨的組織工作和對黨員的教育工作。」〔註24〕新聞宣傳工作是黨的教育工作的重要組成部分，黨報黨刊則是黨員教育的重要思想武器，因此在黨的報刊中，要著重進行黨的群眾路線的教育；要使黨和國家的各種會議，特別是各級黨的代表大會和人民代表大會，成為充分反映群眾意見、開展批評和爭論的論壇；黨員可以在黨的報刊上參加關於黨的政策理論和實際問題的自由的、切實的討論，這是黨員的基本權利之一；各級黨組織的報紙，必須宣傳中央組織、上級組織和本級組織的決議和政策。〔註25〕

　　9 月 17 日，八大進入小組討論和大會發言階段，不少代表也非常關注新聞宣傳工作的實踐情況。趙滿成是大連四〇一廠技術檢查科的副科長，他作為工業勞動模範著重談到了對其他工人宣傳提高產品質量時的經驗。「黨對

〔註23〕中共中央文獻研究室編：建國以來重要文選選編・第九冊〔M〕，北京：中央文獻出版社，2011：66～68。

〔註24〕中共中央文獻研究室編：建國以來重要文選選編・第九冊〔M〕，北京：中央文獻出版社，2011：102～103。

〔註25〕鄧小平：鄧小平文選〔M〕，北京：人民出版社，1994：212～256。

我說，要做一個優秀的技術檢查工作者，不僅要對國家負責，同時也要對群眾負責，既要堅持產品的標準，同時也要注意發揮群眾的積極性。」〔註26〕因此，趙滿成在進行工人宣傳教育時不是簡單粗暴地予以批評，而是注意提高工人的政治思想覺悟。中共陝西省委員會第一書記張德生提議，在農業生產中加強宣傳員和幹部的力量，他提出在向普通群眾進行說服教育的時候，可以採取「以群眾教育群眾的方法」〔註27〕，即組織大量的宣傳員和幹部，向群眾進行宣傳。這一發言是對共產黨群眾路線的闡釋，也是對毛澤東「我們的報紙也要靠大家來辦，靠全體人民群眾來辦，靠全黨來辦，而不能只靠少數人關起門來辦」這一群眾辦報思想的踐行。此外，中共湖南省委宣傳部部長唐麟提出建議，「黨、政府、人民團體的內部刊物辦得有些濫了，數量太多，質量不高，重複浪費，有加以清理整頓的必要。」〔註28〕中國人民大學校長吳玉章提到了，「有計劃有步驟地推行文字改革」〔註29〕，以消除向科學和文化進軍的社會主義建設道路上的障礙等。這些提議是對新聞宣傳工作的具體的、實踐層面的探索。

會議期間，黨報黨刊對八大的報導進入「全面開展」階段，擔任「記錄者」和「引導者」。會議召開首日，《人民日報》就在頭版上發表了6篇文章，分別從預備會議的情況、八大開幕式和各國兄弟黨代表團參與八大的盛況三個方面進行了全方位報導。到9月27日會議結束，《人民日報》共計發文166篇，其中不僅包括對《政治報告》《關於修改黨的章程的報告》《關於發展國民經濟的第二個五年計劃的建議的報告》等重要文件的全文刊載，還開闢專版登載了各部門、地方代表的發言情況。從形式上看，這些報導採用了消息、短訊、每日簡訊、社論、圖片報導等多種方式，新聞量也非常豐富。這得到了讀者的稱讚，據參與會議的中國科學院哲學社會科學學部委員於光遠回憶，「八大的大會上有各國共產黨與工人黨的領導人和我國各民主黨派的領導人以及國內外新聞記者，大會上的報告和發言第二天就見報。這樣的做法當然是各方面的

〔註26〕 中共中央辦公廳編：中國共產黨第八次全國代表大會文獻〔M〕，北京：人民出版社，1957：185～187。
〔註27〕 中共中央辦公廳編：中國共產黨第八次全國代表大會文獻〔M〕，北京：人民出版社，1957：291～296。
〔註28〕 中共中央辦公廳編：中國共產黨第八次全國代表大會文獻〔M〕，北京：人民出版社，1957：348～349。
〔註29〕 中共中央辦公廳編：中國共產黨第八次全國代表大會文獻〔M〕，北京：人民出版社，1957：558～562。

人很滿意，產生的影響很大。」〔註30〕

「大會新聞（包括開會預告和最後公報）由新華社每日負責發布，國內各報紙一般不另寫新聞。」〔註31〕新華社在八大召開期間起著「消息源」的作用，因為八大報導要堅持艱苦樸素的作風，除了新華社、《人民日報》、中央人民廣播電臺的記者之外，國內其他報刊記者一律不列席會議，因此其他報刊對八大的報導主要採用了新華社的電訊、每日簡報和新聞圖片。其中新華社每日發布的會議簡報一般是發在黨報的頭版，如《光明日報》9月17日在頭版登載了新華社的電訊《中國共產黨第八次全國代表大會昨天進行第二、三兩項議程》〔註32〕，內容不僅是對前一日會議的總結，還提煉出了鄧小平《關於修改黨的章程的報告》和周恩來作的《關於發展國民經濟的第二個五年計劃的建議的報告》兩大核心報告的要點，真正做到了內容簡潔、重點突出。

黨報是集體的宣傳員、鼓動員和組織者，是馬克思主義新聞思想的重要內容，它對應的黨報功能是「傳播思想，進行政治教育和吸引政治同盟軍」。〔註33〕在八大的宣傳中，新聞媒體利用評論文章進行黨的理論路線闡釋，並在報紙上開展討論以動員群眾，已經成為此次黨代會宣傳的一大特色。會議召開首日，《人民日報》在頭版刊登了長篇社論《我國偉大社會主義事業的里程碑》，〔註34〕全文2400餘字，總結了七大以來黨領導中國人民完成資產階級民主性質革命和轉向無產階級社會主義性質革命的經驗和成果，並用超過二分之一的篇幅闡述了共產黨在領導兩個革命和國家建設事業中的地位，提出「以毛澤東同志為首的我們黨中央的政治路線是以馬克思列寧主義的普遍真理同中國革命的實際相結合的正確路線」。此外社論對目前機關企業中存在的脫離群眾、脫離實際的官僚主義作風和宗派主義傾向進行了深思，切實落實開幕詞中「團結全黨，團結國內外一切可能團結的力量，為了建設一個偉大的社會主義

〔註30〕張靜如：中國共產黨全國代表大會史從——從一大到十七大（第三冊）〔M〕，遼寧：萬卷出版公司，2007：246～247。

〔註31〕中國社會科學院新聞研究所編：中國共產黨新聞工作文件彙編（中）〔M〕，北京：新華出版社，1980：487。

〔註32〕新華社訊：中國共產黨第八次全國代表大會昨天進行第二、三兩項議程〔N〕光明日報，1956-9-17（1）。

〔註33〕童兵：黨報：集體的宣傳員、鼓動員和組織者〔J〕，新聞與寫作，1992（01）：19～20。

〔註34〕我國偉大社會主義事業的里程碑〔N〕，人民日報，1956-9-15（1）。

的中國而奮鬥」的目標。《光明日報》是中共中央主辦的，以知識分子主要讀者對象的思想文化大報，它在動員民主黨派和愛國民眾方面也發揮著積極作用，從 9 月 15 日至 10 月初，《光明日報》共發表社論和學習八大精神的相關文章近 20 篇，其中最為突出的是編輯部邀請了黃炎培、華羅庚、彭澤民、程潛等民主黨派人士在報上發表了八大精神學習的署名文章。地方一級黨報同樣如此，上海市委機關報《解放日報》在八大期間擴大了兩個版面刊登八大相關的新聞。有學者考察了《湖北日報》《天津日報》《福建日報》《新湖南日報》等地方黨報的新聞報導內容，同樣發現八大的消息占比突出，給人一種「中共八大一下子撲面而來」的熱烈氛圍〔註 35〕。

加強對外傳播能力，溝通中外是八大宣傳的另一個重點。在審改《關於黨的第八次全國代表大會宣傳報導工作的通知》時，鄧小平就特別提出了各國代表團到達和離開我國時，「一律不發個別的消息，只在代表團到齊的時候和他們大都離開的時候，發兩次簡要的綜合消息」。並就對外國代表團的宣傳報導批示：「不能專對少數人擴大宣傳，這樣容易得罪多數人。而且這次來的頭頭很多，也很難突出某些個人。」〔註 36〕這顯示了我國領導人對外宣的重視，也顯示了國際新聞報導宣傳的要求之高。各級媒體在對外傳播上表現出了較強的一致性，遵守《關於黨的第八次全國代表大會宣傳報導工作的通知》的紀律，均以新華社的電訊為核心，重點報導外國代表的發言和其他社會主義國家的賀電致詞。比較特殊的是，《人民日報》在國內紙張緊張的情況下仍然為每位國外發言代表刊登了一副新聞照片，成為了這段歷史珍貴的圖畫記憶。〔註 37〕另外，各大媒體也非常關注外國媒體對八大的報導，並積極將國外媒體、人民的聲音傳回國內，會議召開的第三天《人民日報》就採用莫斯科的電訊報導了蘇聯《真理報》《消息報》《共青真理報》《勞動報》和《莫斯科真理報》等中央與莫斯科市的報紙全文刊登毛澤東所做的八大開幕詞的報導〔註 38〕，之後還在頭版陸續刊登蘇聯、捷克斯洛伐克、朝鮮、蒙古和越南等國家媒體對八大的報導。這些報導溝通了中外媒體，顯示了八大的國際影響力，也鼓舞了國內人民的士氣。

〔註 35〕 高鴻達、李力：中共八大前後的報紙宣傳〔J〕，北京黨史，2006（05）：8～10。

〔註 36〕 石仲泉：中共八大史〔M〕北京：人民出版社，1998：237。

〔註 37〕 中國社會科學院新聞研究所：中國共產黨新聞工作文件彙編（中）〔M〕，北京：新華出版社，1980：490。

〔註 38〕 蘇聯報紙刊登毛澤東的開幕詞〔N〕，人民日報，1956-9-17（7）。

第三節　全員貫徹：大會閉幕後新聞媒體宣傳學習會議精神

　　1956 年 9 月 27 日，中共八大閉幕。在八大閉幕式上，陳雲代表主席團發布宣告，「我們的大會已經勝利地完成了自己的任務。我們全黨今後的任務，就是為具體地執行大會的各項決議而努力工作。」〔註39〕《人民日報》在次日的報紙頭版宣布了大會閉幕的消息，並對會議的最後一項議程——選舉中央委員會委員和候補委員、表決《關於政治報告的決議》和《關於發展國民經濟的第二個五年計劃的建議》進行了結果公布。毛澤東、劉少奇、周恩來、朱德、陳雲、鄧小平、林彪、林伯渠、董必武、彭真、羅榮桓、陳毅、李富春、彭德懷、劉伯承、賀龍、李先念當選中央政治局委員；烏蘭夫、張聞天、陸定一、陳伯達、康生、薄一波當選中央政治局候補委員。同時，鄧小平、彭真、王稼祥、譚震林、譚政、黃克誠、李雪峰當選中央書記處書記，劉瀾濤、楊尚昆、胡喬木當選候補書記。第二天，《人民日報》發表長篇社論《一次有偉大意義的大會》肯定了八大是一次「有偉大歷史意義的大會」〔註40〕，並為這次會議的內容進行了全面總結，從中國的基本國情、政治報告、經濟政策、黨的社會主義建設政策、國家政治生活問題、國際關係問題和黨的章程以及黨的生活問題等方面詳細闡述了會議成果和意義，將其總結為「一切愛國的人民都可以從這次大會的結果看到我們祖國的光明燦爛的未來，看到我國由落後的農業國變為富強的先進的社會主義工業國的遠景。」這裡對中共八大意義的定性和闡釋與毛澤東在大會開幕式詞中的精神是一致的，即「我們就一定能夠一步一步地把我國建設成為一個偉大的社會主義工業化的國家。我們這次大會，對於我國的建設事業的前進，將要起很大的推動作用。〔註41〕」

　　八大閉幕後新聞媒體對這次會議的關注和報導遠沒有結束，一方面媒體繼續記錄了會中未能完全報導的信息，另一方面積極促進會議精神的貫徹落實。從會議結束到 12 月，《人民日報》又陸續發表了六十餘篇文章進行補充報導。9 月 28 日，《人民日報》以編輯部的名義發表了一份說明，表示會議期間

〔註39〕中共第八次全國代表大會閉幕，通過關於政治報告的決議和第二個五年計劃的建議〔N〕，人民日報，1956-09-28（1）。

〔註40〕一次有偉大歷史意義的大會〔N〕，人民日報，1956-9-29（2）。

〔註41〕毛澤東：中國共產黨第八次全國代表大會開幕〔N〕，人民日報，1956-09-16（1）。

未能發表的四十五位專家的發言將陸續見報〔註42〕。同時，《人民日報》也繼續關注各國兄弟黨代表團的會後活動，其大部分報導仍以八大為要點。值得一提的是在 9 月 30 日的報導中，《人民日報》將蘇聯《真理報》的社論《中國共產黨代表大會的偉大歷史意義》全文轉載，其中對八大的定性和《人民日報》的社論基調相同，即認為中共八大顯示了中國共產黨善於尋找最適合中國實際情況的建設社會主義的新形式和新方法〔註43〕。之後波蘭《人民論壇報》、捷克斯洛伐克《紅色權利報》、朝鮮《勞動新聞》、阿爾巴尼亞《地拉那各報》上發表的關於中共八大的社論也被《人民日報》做了摘錄發布出來。在圖片記史方面，《人民日報》在 9 月 29 日又發布了六張八大期間各國兄弟黨代表團參會和舉行活動的珍貴照片。

在會議精神的貫徹落實上，《人民日報》在此方面的報導集中於各部門在具體工作中的改革，如 10 月 3 日糧食部副部長陳國棟援引八大政治報告決議中對農業合作化的要求，介紹了 1956 年後糧食優良品種的推廣情況，並對各地的種子管理方法提出了具體的、專業的建議。〔註44〕相關的報導還有華北農業科學研究所所長陳鳳桐對農業科學工作的論述，新疆維吾爾自治區主席賽福鼎對新疆各地建設情況的介紹，以及建築材料工業部部長賴際發對八大報導中加強建築材料工業建設要求的解讀等。此類報導數量多，涉及農業、工業、黨的建設、民族地區發展、基層治理等方方面面的問題，再一次掀起了「全國團結一致進行社會主義建設」的高潮。中華全國總工會的機關報《工人日報》在此方面舉措具有創新性，它開闢了「學習『八大』文件問題解答」和「『八大』文件通俗講話」兩大專欄〔註45〕，發表了對政策形勢、國內局勢、重要決議的解讀文件，在廣大職工和工會工作者中引起了積極反響。〔註46〕

中共八大是中國共產黨探索社會主義建設的良好開端，標誌著黨對中國社會主義建設道路的探索取得初步成果，也為新時期社會主義事業的發展和黨的建設指明了方向。正如兩個「歷史決議」對它的評價。1981 年十一屆六中全會通過了《關於建國以來黨的若干歷史問題的決議》，其對八大的定性是

〔註42〕人民日報編輯部：編輯部說明〔N〕，人民日報，1956-09-28（3）。
〔註43〕塔斯社莫斯科：中國共產黨代表大會的偉大歷史意義——蘇聯「真理報」九月二十九日社論〔N〕，人民日報，1956-09-30（3）。
〔註44〕陳國棟：積極推廣糧食的優良品種〔N〕，人民日報，1956-10-03（3）。
〔註45〕怎樣理解「我國國內政治形勢起了根本變化」〔N〕，工人日報，1956-10-1。
〔註46〕高鴻達、李力：中共八大前後的報紙宣傳〔J〕，北京黨史，2006（05）：8～10。

「開得很成功……路線是正確的，它為新時期社會主義事業的發展和黨的建設指明了方向。」〔註47〕2021 年十九屆六中全會通過《中共中央關於黨的百年奮鬥重大成就和歷史經驗的決議》，以習近平同志為核心的黨中央深化了對中共八大的認識，提出中共八大後「建立起獨立的比較完整的工業體系和國民經濟體系，農業生產條件顯著改變，教育、科學、文化、衛生、體育事業有很大發展。」〔註48〕遺憾的是，八大的正確路線在實踐中沒有被堅持下來。在之後的整風運動中，反右派鬥爭被嚴重地擴大化了，許多知識分子、黨內外人士被錯誤地劃分為「右派分子」受到了不同程度的迫害。新聞業也不能幸免，甚至由於常常在政治運動中作為「排頭兵」的位置，在 1957 年特殊的政治氣候中成為了最早受到衝擊的對象之一。

總之，中共八大繪製了社會主義建設的藍圖，對國內矛盾做了科學判斷，並確定了政治、經濟、外交和文化工作一系列方針，這標誌著中共八大在社會主義建設時期的奠基地位。從黨的新聞宣傳事業看，這次會議前後發布的《中共中央關於黨的第八次代表大會宣傳報導工作的通知》和三大報告中關於新聞宣傳的指示，以及代表們關於新聞實踐工作的討論，成為該階段黨的新聞事業發展的方向和主題。這次會議也是 1956 年新聞事業第二次改革之後的一次「練兵」，通訊社匯總消息、溝通中外，各級黨報告知信息、引導輿論、宣傳鼓動和促進黨的政策貫徹執行，共同建構了社會主義建設初期新聞事業的職責和使命。習近平總書記在中共十九大上提出，新聞媒體要「堅持正確輿論導向，高度重視傳播手段建設和創新，提高新聞輿論傳播力、引導力、影響力、公信力。加強互聯網內容建設，建立網絡綜合治理體系，營造清朗的網絡空間。」〔註49〕這是黨對於新聞媒體的殷切厚望，恰逢二十大召開在即，這次會議是我們党進入全面建設社會主義現代化國家、向第二個百年奮鬥目標進軍新征程的重要時刻召開的一次十分重要的代表大會。八大的新聞報導情況將為二十大的新聞宣傳工作提供歷史經驗，促進新聞媒體圓滿完成對這次意義重大的黨代會的宣傳報導，動員全黨全國團結一致繼續推進社會主義事業。

〔註47〕中國共產黨中央委員會關於建構以來黨的若干歷史問題的決議〔M〕，北京：人民出版社，2009：16～17。

〔註48〕中共中央關於黨的百年奮鬥重大成就和歷史經驗的決議〔N〕，人民日報，2021-11-17（8）。

〔註49〕習近平：決勝全面建成小康社會，奪取新時代中國特色社會主義偉大勝利——在中國共產黨第十九次全國代表大會上的報告〔N〕，人民日報，2017-10-28（5）。

第九章　以史為鑒：中共九大的新聞宣傳[註1]

　　1969 年 4 月 1 日至 24 日，中國共產黨第九次全國代表大會（以下簡稱「中共九大」）在北京舉行。中共九大召開於十年內亂的特殊歷史時期，中共十一屆六中全會通過的《關於建國以來黨的若干歷史問題的決議》對中共九大作出明確結論：「黨的九大使『文化大革命』的錯誤理論和實踐合法化，加強了林彪、江青、康生等人在黨中央的地位。九大在思想上、政治上和組織上的指導方針都是錯誤的。」[註2] 從新聞宣傳的視野來看，中共九大的新聞宣傳工作是在特殊歷史條件下開展的，是「文化大革命」（以下簡稱「文革」）災難和內亂的產物。正如「文革」是黨和國家歷史上的嚴重曲折，中共九大的新聞宣傳同樣是黨的百年新聞宣傳史上的重大挫折。「前事不忘，後事之師」，全面系統地梳理中共九大的新聞宣傳活動，有利於總結和吸取歷史教訓，「目的是以史為鑒、更好前進」[註3]。

第一節　中共九大籌備階段的新聞宣傳

　　根據 1956 年中共八大黨章規定，黨代會五年一屆，中共九大應在 1961 年

〔註 1〕馬曉琳、鄧紹根：《以史為鑒：中共九大的新聞宣傳》，未曾公開發表。
〔註 2〕張士義、王祖強、沈傳寶：《從一大到十九大：中國共產黨全國代表大會史》，北京：東方出版社，2018 年，第 188 頁。
〔註 3〕習近平：《在紀念毛澤東同志誕辰 120 週年座談會上的講話》，新華網，http://www.xinhuanet.com/politics/2013-12/26/c_118723453.htm，2013 年 12 月 26 日。

召開，但由於「左」的錯誤和階級鬥爭擴大化日益嚴重，未能如期舉行。1966年5月「文革」爆發。同年8月中共八屆十一中全會上，毛澤東提議在1967年「適當時候」召開中共九大，由中央政治局籌備此事。〔註4〕受當時黨中央實際狀況及後來動亂局勢影響，中共九大的籌備工作難以推進。

直至1968年10月中共八屆十二中全會召開，為中共九大作了直接準備。〔註5〕11月2日《人民日報》第1、2版發表中共八屆十二中全會公報，公報宣布「文革」的勝利從思想上、政治上、組織上為中共九大的召開準備了充分條件，因而決定「在適當的時候」召開中共九大。〔註6〕由此可見，其一，舉行中共九大是鞏固「文革」已取得成果的一項迫切任務；其二，大會準備工作是在「文革」處於高潮的非常時期進行的。因而，中共九大籌備階段的新聞宣傳充滿著對「文革」的高度頌揚和對毛澤東強烈的個人崇拜，洋溢著「左」傾狂熱氛圍。

從11月3日起，《人民日報》設專版宣傳中共八屆十二中全會，以置頂標語「熱烈歡呼黨的八屆擴大的十二中全會公報發表！」為標識，專版內容部分涉及全會關於召開中共九大的決定。3日第2版，左欄報導群眾反響，標題為「全國億萬革命群眾熱烈歡呼黨的八屆擴大的十二中全會公報發表·熱烈慶祝無產階級文化大革命偉大勝利·緊跟偉大領袖毛主席乘風破浪奮勇前進」，副標題第一句指出全國工人階級和億萬革命群眾「堅決擁護這次全會決定在適當時候召開中國共產黨第九次全國代表大會」，正文強調以「狠抓革命，猛促生產」的優異成績向中共九大獻禮。〔註7〕左欄報導軍隊響應，指出「無限忠於偉大統帥毛主席」的人民解放軍戰士將以完成各項作戰任務的實際行動迎接中共九大，在「以毛主席為首、林副主席為副的無產階級司令部的領導下」繼續前進。〔註8〕右下欄則刊登人民出版社出版、新華書店發行全會公報單行

〔註4〕張士義、王祖強、沈傳寶：《從一大到十九大：中國共產黨全國代表大會史》，北京：東方出版社，2018年，第180頁。

〔註5〕李忠傑：《領航：從一大到十九大》，北京：人民出版社，2017年，第218頁。

〔註6〕《中國共產黨第八屆擴大的第十二次中央委員會全會公報》，《人民日報》1968年11月2日第1～2版。

〔註7〕《全國億萬革命群眾熱烈歡呼黨的八屆擴大的十二中全會公報發表·熱烈慶祝無產階級文化大革命偉大勝利·緊跟偉大領袖毛主席乘風破浪奮勇前進》，《人民日報》1968年11月3日第2版。

〔註8〕《解放軍熱烈歡呼黨的八屆擴大的十二中全會的成功》，《人民日報》1968年11月3日，第2版。

本的通知。4 日第 2 版同樣是中共八屆十二中全會專版，其中兩則群眾反響談及中共九大，一是山西省昔陽縣大寨大隊全體貧下中農表示「以對偉大領袖毛主席的無限忠心，以緊跟毛主席偉大戰略部署的實際行動」迎接中共九大召開，〔註 9〕二是安徽省革命委員會副主任、工人代表張秀英在《緊跟毛主席勝利是屬於我們的》一文中表示用更大的成績迎接中共九大，「向我們偉大領袖毛主席敬獻忠心」。〔註 10〕第 4 版報導國外反響，阿爾巴尼亞《人民之聲報》發表題為《中國人民革命和社會主義事業的偉大的歷史性事件》的社論歡呼中共八屆十二中全會召開，社論不僅摘錄了全會關於召開中共九大的決定，還評價中共九大「將對已經取得的勝利進行總結，開闢新的光輝燦爛的前景」。〔註 11〕6 日，該專版（第 2 版）刊登山東省革委會常委、全國農業勞動模範張富貴《公報說出俺貧下中農心裏話》，文中表示堅決擁護召開中共九大等全會各項決議和決定。另有一則新華社圖片報導，圖片為北京市平谷縣王辛莊公社東鹿角大隊貧下中農在地頭舉行活學活用毛澤東思想講用會、座談學習公報體會，配文提出做好整黨建黨工作以迎接中共九大召開。第 3 版報導港澳臺同胞歡呼中共八屆十二中全會召開，其中港九工會聯合會理事長楊光表示港九工人階級熱烈歡呼全會關於召開中共九大的決定。該版也刊登了一則新華社圖片報導，內容為南京長江大橋建設工地的工人、人民解放軍和革命知識分子表示創造出優異成績向中共九大獻禮。

綜合上述報導，對中共九大的新聞宣傳在內容上強調軍民一致擁護召開大會的決定，並將以生產和革命的成果向大會獻禮；在形式上，除了使用新華社的文字和圖片報導外，還刊登地方革委會、工農群眾代表撰寫的心得感想；在反響的對象上，不僅包括國內廣大農民、工人、知識分子和人民解放軍，還反映了港澳臺同胞和國外媒體的關注。僅從為大會預熱的效果來看，中共九大籌備初期的新聞宣傳主題突出、報導密集、形式豐富，營造了較為濃厚的輿論氛圍。但是，這一系列報導在宣傳黨的路線方針政策的同時，將黨報職責異化為對革命領袖的個人崇拜，加劇了「文革」惡果。報刊雖接收各地來稿，但這

〔註 9〕《堅決響應黨的八屆擴大的十二中全會號召．以實際行動迎接黨的九次代表大會的召開》，《人民日報》1968 年 11 月 4 日第 2 版。

〔註 10〕張秀英：《緊跟毛主席勝利是屬於我們的》，《人民日報》1968 年 11 月 4 日第 2 版。

〔註 11〕《阿〈人民之聲報〉發表社論熱烈歡呼中國共產黨第八屆擴大的十二中全會的成功》，《人民日報》1968 年 11 月 4 日第 4 版。

些稿件多出自革委會手筆。當時已是所謂「全國山河一片紅」，各級黨委會的成立被定性為「文革」全面勝利和全國範圍內進入鬥、批、改階段的標誌。〔註12〕因而，選登充滿狂熱崇拜氣氛的革委會稿件，實際上是對「全黨辦報、群眾辦報」優良傳統的扭曲。

之後，《人民日報》以全國各地掀起鬥、批、改新高潮和推動生產大躍進向中共九大獻禮為新聞宣傳重心。11 月 7 日，報導北京新華印刷廠革命職工掀起鬥、批、改新高潮，同時大搞技術革新和技術革命，「裝訂車間在公報廣播的當晚，就試製成功了自動包本機」，「平臺機第一次印出了質量好的毛主席的革命寶書，並且創造了平臺機產量的最高紀錄」。〔註13〕8 日報導天津工人階級火熱開展鬥、批、改。10 日報導「搞好鬥、批、改，迎接黨的第九次全國代表大會的群眾運動」在上海全市蓬勃展開。〔註14〕11 日報導北京二七機車車輛工廠以「革命搞得熱火朝天，生產搞得熱氣騰騰」的優異成績向中共九大獻禮。〔註15〕

事實上，將軍民獻禮黨代會的實際行動作為大會籌備階段的重點宣傳內容已有先例，如中共八大的會前報導即以生產者獻禮為重點〔註16〕。但是，獻禮中共九大的革命運動是鬥、批、改狂潮，對生產成果的報導也有違新聞真實性原則，用語浮誇乃至虛假，實質上助長了「文革」氣氛，並呈現出「大躍進」運動的流毒。

在這一階段，《人民日報》還持續關注國外輿論反響，尤其強調中共九大的意義。11 月 13 日、17 日，分別報導日本共產黨山口縣委員會（左派）和日中友好協會（正統）熱烈歡呼中共九大召開。28 日，全文刊登泰國共產黨中央委員會致中國共產黨中央委員會的賀信，賀信中稱中共九大的召開是「一件最振奮人心的大事」。〔註17〕30 日，全文發布阿爾巴尼亞人民共和國駐華大使

〔註12〕 張士義、王祖強、沈傳寶：《從一大到十九大：中國共產黨全國代表大會史》，北京：東方出版社，2018 年，第 176 頁。

〔註13〕 《堅決執行黨的十二中全會提出的戰鬥任務》，《人民日報》1968 年 11 月 7 日第 2 版。

〔註14〕 《上海一百二十萬工人在十二中全會公報鼓舞下革命精神更加振奮》，《人民日報》1968 年 11 月 10 日第 1 版。

〔註15〕 《北京二七機車車輛廠革命職工在八三四一部隊支左人員幫助下，以高昂的革命精神落實全會提出的任務》，《人民日報》1968 年 11 月 11 日第 1 版。

〔註16〕 鄧紹根、李歡：《中共八大：社會主義新聞事業的「練兵場」》，《傳媒論壇》2022 年第 5（17）期，第 3～9 頁。

〔註17〕 《泰國共產黨中央委員會給中國共產黨中央委員會賀信》，《人民日報》1968 年 11 月 28 日，第 4 版。

在慶祝阿爾巴尼亞解放二十四週年招待會上的講話，其中表示召開中共九大「必將為在社會主義和共產主義道路上取得越來越大的勝利展現出新的更加光輝的遠景」。〔註18〕12月2日發表的印度尼西亞共產黨中央代表團聲明則認為中共九大是「對以蘇共修正主義叛徒集團為首的現代修正主義者是一個沉重的打擊」。〔註19〕

　　伴隨著新年鐘聲的敲響，對中共九大的宣傳預熱漸入高潮。1969年1月1日，《人民日報》《紅旗》《解放軍報》發表元旦社論，將召開中共九大列為本年度重要事件之一，並號召全國人民「用毛澤東思想統帥一切，『認真搞好鬥、批、改』，『抓革命，促生產，促工作，促戰備』」以迎接大會召開。〔註20〕2日，頭版報導全國億萬軍民熱烈歡呼元旦社論發表，一致表示以實際行動歡迎中共九大。第2版刊登山西革委會、大慶油田革委會、齊齊哈爾車輛工廠革委會的領導同志對元旦社論的讀後感，他們紛紛表示將在毛澤東思想的領導下抓革命、促生產，與頭版達成點面結合的效果。第3版還轉載《紅旗》新年第1期的文章，其中上海國棉三十廠革委會主任、工人王秀珍寫的《用實際行動迎接「九大」的召開》提出加強政權建設、迎接大會召開的具體工作：「第一，要抓緊清理階級隊伍的工作；第二，要深入持久地開展革命大批判；第三，要加強黨的建設；第四，要進一步狠抓革命，促進人的思想革命化，猛促生產。」〔註21〕

　　由此，《人民日報》著重營造全國工農兵學商深入學習宣傳毛澤東思想、廣泛開展革命和生產活動向大會獻禮的火熱局面。1月17日第2至4版依次報導青海省第七汽車場革委會抓緊清理階級隊伍工作、上海重型機械製造公司革委會舉辦毛澤東思想學習班、江蘇省啟東縣大型公社獲得糧棉大豐收。2月1日報導包頭鋼鐵公司軌梁廠提前一年建成，這是工人階級「向毛主席報喜，向『九大』獻禮」的勝利成果。〔註22〕同月5日報導延安棗園大隊的北京

〔註18〕　《納塔奈利大使在慶祝阿爾巴尼亞解放二十四週年招待會上講話》，《人民日報》1968年11月30日，第2版。

〔註19〕　《印度尼西亞共產黨中央代表團發表聲明》，《人民日報》1968年12月2日，第4版。

〔註20〕　《用毛澤東思想統帥一切》，《人民日報》1969年1月1日，第2版。

〔註21〕　王秀珍：《用實際行動迎接「九大」的召開》，《人民日報》1969年1月2日，第3版。

〔註22〕　《毛澤東思想的新凱歌——記包頭鋼鐵公司軌梁廠提前一年建設成功的戰鬥歷程》，《人民日報》1969年2月1日第3版。

知識青年響應春節不回城倡議，並制定春節活動計劃，其中一項為：「遵照偉大領袖毛主席『抓革命，促生產』，『農業學大寨』的偉大指示，同貧下中農一起總結生產經驗，訂出生產計劃，積極做好準備，打響春耕生產第一炮，以實際行動迎接黨的第九次全國代表大會的勝利召開。」〔註23〕6日報導人民解放軍駐北京天津部隊的「三支」「兩軍」工作成績。11日報導石家莊鐵路機務段革命職工改革蒸汽機車，該設備是「為了向黨的第九次全國代表大會獻禮而創造出來的」。〔註24〕14日轉載《紅旗》1969年第2期文章，黑龍江省軍區某部一連政治指導員表示幹部和戰士將「用毛澤東思想統帥一切，完成黨交給我們的各項戰鬥任務，向黨的第九次全國代表大會獻禮」。〔註25〕25日刊登一則圖片報導，內容為江蘇省宜興縣潘家壩公社水東大隊的貧下中農為春耕準備肥料。28日轉載《天津日報》社論，社論中呼籲：「我們必須用毛澤東思想統帥一切，緊緊團結在以毛主席為首、林副主席為副的無產階級司令部的周圍，鼓足幹勁，力爭上游，狠抓革命，猛促生產，堅決奪取工業戰線的新勝利，以實際行動，迎接偉大的、光榮的、正確的中國共產黨第九次全國代表大會的召開！」〔註26〕3月9日報導武漢市反修服裝商店革委會加強工作人員的政治思想工作，以全心全意為工農兵服務的嶄新工作面貌迎接中共九大召開。

從3月9日至27日，中共九大預備會議在北京召開。由於中共九大對會議時間和日程採取嚴格的保密措施，不允許記者自由採訪，也不准代表們透露會議情況，因而《人民日報》並未對此進行報導。直到4月1日晚中央人民廣播電臺播出大會主席團秘書處新聞公報（以下簡稱「開幕新聞公報」），全國人民才得知中共九大召開的消息。

第二節　中共九大的三次新聞公報及反響

1969年4月1日，中共九大在北京勝利召開，當晚中央人民廣播電臺向全國播發開幕新聞公報。次日，《人民日報》頭版整版刊登毛澤東的新聞照片，

〔註23〕　《在革命聖地延安過一個革命化的春節》，《人民日報》1969年2月5日第4版。
〔註24〕　《古老的蒸汽機車迸發出青春活力》，《人民日報》1969年2月11日，第2版。
〔註25〕　梁芝禹：《堅定不移地突出無產階級政治》，《人民日報》1969年2月14日第3版。
〔註26〕　《永遠以革命統帥生產》，《人民日報》1969年2月28日第2版。

配文為：「我們的偉大領袖毛主席在中國共產黨第九次全國代表大會上作極其重要的講話。」第 2 版上半版全文刊登開幕新聞公報，公報宣布大會開幕的時間、地點，介紹開幕式的主持人為「我們的偉大領袖毛澤東主席」，指出大會召開是歷史背景是「文革」取得偉大勝利，「這個偉大的革命，從政治上、思想上、組織上為這次代表大會準備了充分的條件」。對革命領袖的個人崇拜在公報中得到極盡渲染，當毛澤東和「親密戰友」林彪登上主席臺後，「全場掌聲雷動，經久不息」，代表們極其熱烈地歡呼「毛主席萬歲！」「敬祝毛主席萬壽無疆！」「中國共產黨萬歲！」「無產階級文化大革命勝利萬歲！」「戰無不勝的毛澤東思想萬歲！」等口號。公報公布了大會的三項議程，依次為林彪代表中共中央作政治報告、修改黨章和選舉中央委員會。開幕當天進行了第一項議程，林彪所作政治報告以「無產階級專政下繼續革命的理論」為核心，在充分肯定「文革」的所謂成績和經驗的基礎上提出搞好鬥、批、改和整黨建黨等任務，形成了所謂的九大政治路線。歷史證明，「無產階級專政下繼續革命的理論」違背了馬克思列寧主義、毛澤東思想的基本原理和實事求是的精髓，脫離甚至歪曲了社會主義改造完成後中國的實際，在理論和實踐上都是極端錯誤的，因而九大的路線也是完全錯誤的。〔註 27〕九大政治報告使「文革」的錯誤理論和實踐進一步合法化，然而在公報中卻是「受到代表們的熱烈歡迎，不時被經久不息的掌聲和口號聲所打斷」。公報最後介紹出席大會的代表人數和成分，這些代表「經過各級黨組織進行了充分的民主協商，並且廣泛地聽取了廣大群眾的意見，一致推選出來」，「標誌著這次代表大會是一個朝氣蓬勃的大會，是一個團結的大會，是一個勝利的大會」。〔註28〕事實上，當時全國各級黨組織處於癱瘓狀態，無法正常進行代表選舉，多數代表由革委會和各造反派組織負責人決定，以致代表素質大打折扣，這樣的代表除了助長「左」的情緒和個人崇拜的狂潮外毫無益處。〔註29〕綜上所述，開幕新聞公報完全脫離實事求是的原則，是「文革」災難的惡果。第 2 版下半版發布由 176 人組成的大會主席團名單，第一行是「毛澤東主席　林彪副主席」，第二行是「周恩來　陳伯達　康生　江青　張春橋　姚文元　謝富治　黃永勝　吳法憲　葉群　汪東興　溫玉成」，第三行是

〔註27〕 李忠傑：《領航：從一大到十九大》，北京：人民出版社，2017 年第 222 頁。
〔註28〕 《中國共產黨第九次全國代表大會主席團秘書處新聞公報》，《人民日報》1969年 4 月 2 日第 2 版。
〔註29〕 丁晉清：《九大將「左」傾錯誤理論和實踐合法化》，《新快報》2007 年 10 月13 日第 5 版。

「董必武　劉伯承　朱德　陳雲　李富春　陳毅　李先念　徐向前　聶榮臻　葉劍英」。結闔第 3 版刊登的大會主席臺照片，可一窺其中深意。在主席臺座位的排列上，毛澤東居中，他左邊是林彪、陳伯達、康生、江青、張春橋等所謂「新文革」成員，右邊則是周恩來、董必武、劉伯承、朱德、陳雲等所謂「舊政府」成員，涇渭分明，意味深長，暗示著中國政壇的格局變動。〔註 30〕

　　開幕新聞公報發布後，《人民日報》連續數日將幾乎全部版面投入中共九大宣傳，並呈階段性發展趨勢。首先以全國各地慶祝活動和國內外祝詞賀文為主。4 月 3 日頭版發表長文報導全國人民熱烈慶祝中共九大開幕，共四個部分：第一部分展現各地歡慶氛圍；第二部分論述大會意義；第三部分以「毛主席啊，毛主席！您是我們心中的紅太陽，緊跟您就是幸福，緊跟您就是勝利！」為小標題，強烈渲染對毛澤東的無限崇拜；在第四部分，全國軍民一致表示要掀起活學活用毛澤東思想群眾運動新高潮。〔註 31〕第 2 版刊登廣大工農軍群眾的賀文，包括北京針織總廠革委會《朝氣蓬勃的大會‧團結的大會‧勝利的大會》、中國人民解放軍某部師長《敬祝毛主席萬壽無疆》、山西省昔陽縣大寨大隊黨支部《毛澤東思想是我們從勝利走向勝利的指路明燈》，並以《東風萬里傳喜訊‧五湖四海齊歡唱》為題集納了煤礦工人、出海船員、敬老院老人、公社社員、邊防戰士等來電來稿，這些賀文實際上是借祝賀九大召開表達對毛澤東的個人崇拜。第 3 版以首都軍民歡呼九大開幕的盛況為典型報導。第 5 版刊登主題為祝賀九大、擁護領袖的一系列詩詞作品。4 日，頭版左欄繼續報導全國歡呼九大開幕的慶祝集會和遊行活動，並指出：「各地廣大軍民在慶祝活動中一致表示將掀起活學活用毛澤東思想的群眾運動和『抓革命，促生產，促工作，促戰備』的新高潮。」〔註 32〕右欄刊登阿爾巴尼亞勞動黨中央委員會賀電，評價中共九大「對於全世界一切共產黨人、各國人民和真正的革命者，都是一個具有歷史意義的事件」。〔註 33〕第 2 版不但刊登首都工人、上海閥門一廠革委會、浙江省革委會的賀文，而且設專欄匯總西藏自治區革委會、雲南省迪慶藏族自治州革

〔註 30〕張士義、王祖強、沈傳寶：《從一大到十九大：中國共產黨全國代表大會史》，北京：東方出版社，2018 年，第 182 頁。

〔註 31〕《全國人民熱烈慶祝黨的「九大」開幕》，《人民日報》1969 年 4 月 3 日，第 1 版。

〔註 32〕《全國各族人民歡欣鼓舞慶祝『九大』隆重開幕》，《人民日報》1969 年 4 月 4 日，第 1、4 版。

〔註 33〕《阿爾巴尼亞勞動黨中央委員會致電‧最熱烈地慶賀中國共產黨第九次全國代表大會》，《人民日報》1969 年 4 月 4 日，第 1、4 版。

委會、某蒙古族戰士等邊疆反響。第 3 版除發表羅馬尼亞共產黨中央委員會和越南勞動黨中央委員會的賀電外，還刊登新華社和《解放軍報》合作稿件《毛主席啊，珍寶島地區軍民永遠忠於您！》，報導珍寶島軍民在九大勝利召開的鼓舞下隨時準備粉碎蘇修叛徒集團武裝挑釁，保衛我國邊疆領土主權。對珍寶島地區的特殊關注有其特定背景。中共九大前後，美蘇爭霸轉為蘇攻美守，中蘇關係惡化，從 1968 年起兩國邊境衝突頻發，1969 年 3 月蘇聯兩次入侵珍寶島，我國被迫自衛反擊。中蘇邊界鬥爭加劇了中共中央對國際形勢嚴重性的估計，影響了中共九大，也一併影響了九大的新聞宣傳（後文有所提及）。〔註 34〕

　　與 4 日頭版報導相呼應，九大的新聞宣傳進入下一階段：在持續關注慶祝活動和賀文賀信的基礎上，增添對活學活用毛澤東思想群眾運動和「抓革命，促生產，促工作，促戰備」實際行動的報導。5 日，頭版報導全國軍民深入討論如何以實際行動向中共九大獻禮，包括舉辦毛澤東思想學習班、召開講用會、大煉鋼鐵、大忙春耕等。第 2 版和第 3 版分別刊登韶山、井岡山、遵義、延安等地賀文和澳大利亞、新西蘭、錫蘭等兄弟黨賀電。第 5 版報導港澳同胞舉行慶祝大會，港九印刷工人表示要將開幕新聞公報排成單行本發行。第 6 版刊登泰國「人民之聲」電臺賀文，文章詳細闡述了中共九大對中國和世界的意義。6 日，頭版報導上海工人和贛南人民開展活學活用毛澤東思想群眾運動的火熱局面。第 2 版和第 3 版分別刊登國內外賀電賀信。第 5 版以「用抓革命，促生產，促工作，促戰備的實際行動熱烈慶祝黨的第九次全國代表大會隆重開幕」為置頂標語，集納紡織、鋼鐵、石油、鐵路等各行各業工人在九大鼓舞下狠抓革命、猛促生產的報導。

　　中共九大也引起了海外報刊的關注，它們發表的賀詞或社論得到《人民日報》轉載。7 日，轉發阿爾巴尼亞《團結報》慶祝九大開幕的社論。8 日，刊登法國馬克思列寧主義共產主義報紙《紅色路線》賀電，該電將中共九大的歷史意義概括為「標誌著中國無產階級文化大革命的勝利，並樹立世界革命的導師毛澤東的思想的領導作用」。〔註 35〕9 日，報導《勞動報》《戰士報》《青年之聲報》《光明報》《教師報》等阿爾巴尼亞報紙紛紛發表評論歡呼九大召開，其中《勞動報》指出九大「將以無產階級文化大革命的勝利，將以毛澤東的思

〔註 34〕 李忠傑：《領航：從一大到十九大》，北京：人民出版社，2017 年，第 218 頁。
〔註 35〕 《法國馬列主義共產主義報紙〈紅色路線〉致電熱烈祝賀我黨「九大」》，《人民日報》1969 年 4 月 8 日第 3、6 版。

想和馬克思列寧主義路線對反革命修正主義路線的勝利而載入史冊」。〔註36〕10日，轉載馬來亞民族解放同盟駐中國代表團機關刊物《馬來亞公報》賀詞。

13日，《人民日報》頭版報導我軍在中共九大鼓舞下掀起活學活用毛澤東思想群眾運動新高潮，推進部隊革命化建設，珍寶島地區邊防戰士的反修鬥爭作為典型個案緊挨在該報導右下方。

綜上所述，從中共九大發表開幕新聞公報以來，新聞宣傳角度多元、形式豐富、點面兼顧、節奏緊湊，充分反映了社會各界和海外的反響，形成了浩大的宣傳陣勢和火熱的輿論氛圍。但無論是報導社會活動還是發表國內外賀文，均鮮明地表露出對毛澤東本人的崇拜和對「文革」的歌頌，實際上是借歡呼中共九大來助長「左」的錯誤。

4月14日晚，中央人民廣播電臺播送中共九大主席團秘書處第二次新聞公報（以下簡稱「四月十四日新聞公報」），公報宣布了大會第一、二項議程成果，即通過九大政治報告和新的黨章，並特別著墨於代表反應：「當這兩個文件一致通過的時候，全場長時間地高呼：『無產階級文化大革命勝利萬歲！』『中國共產黨萬歲！』『戰無不勝的毛澤東思想萬歲！』『毛主席萬歲！萬歲！萬萬歲！』」還以「全體代表認真地逐段、逐句地反覆地討論了林彪副主席的政治報告」「全體代表認真地逐章逐條地討論了中國共產黨章程修改草案」分別引出對九大政治報告和九大黨章的高度肯定。公報中還總結了中共九大開幕以來的慶祝盛況，包括億萬革命群眾舉行盛大遊行和集會、興起活學活用毛澤東思想群眾運動新高潮和抓革命、促生產、促工作、促戰備新高潮，以及收到許多兄弟組織和國外友好人士的賀電賀信，這些也正是此前新聞宣傳的主要內容。〔註37〕15日，《人民日報》全文刊登四月十四日新聞公報，同時報導首都廣大軍民連夜舉行慶祝會、學習會、座談會等活動歡呼公報發表和大會成果，並表示要以實際行動向九大獻禮，「進一步掀起活學活用毛澤東思想群眾運動的新高潮，進一步掀起『抓革命，促生產，促工作，促戰備』的新高潮，把偉大的無產階級文化大革命進行到底！」〔註38〕16日，頭版報

〔註36〕《阿爾巴尼亞報紙繼續發表評論熱烈歡呼我黨『九大』隆重開幕》，《人民日報》1969年4月9日第3版。

〔註37〕《中國共產黨第九次全國代表大會主席團秘書處新聞公報》，《人民日報》1969年4月15日第2版。

〔註38〕《首都廣大軍民載歌載舞湧上街頭熱烈歡呼黨的「九大」新聞公報發表》，《人民日報》1969年4月15日第3版。

導四月十四日新聞公報發表後「從首都到邊疆，從城市到農村」盛大歡騰的慶祝活動，廣大軍民在學習公報時一致指出：「按照新黨章的規定，我們的黨一定能夠領導全國人民從勝利走向勝利。」〔註39〕事實上，九大黨章錯誤地把「無產階級專政下繼續革命的理論」寫入總綱，以明文的形式使「左」傾錯誤理論和實踐更進一步合法化；完全刪除關於黨員權利的規定，並取消中央書記處和中央監察委員會等機構；尤其荒謬的是，黨章規定「林彪同志是毛澤東同志的親密戰友和接班人」，嚴重違反黨的民主集中制原則，是黨的組織建設上的嚴重倒退。〔註40〕這樣的黨章非但不能召喚勝利前景，反而潛伏諸多危機。然而，當天第 2 版選登的四月十四日新聞公報學習心得和賀文多次強調林彪作為毛澤東接班人的正確性，如《林彪同志作毛主席的接班人是全國人民的意願》指出：「在遵義會議這個偉大的歷史轉折關頭，林彪同志最堅決地擁護毛主席，最忠誠地站在毛主席的革命路線一邊，同當時的『左』傾機會主義路線進行了堅決的鬥爭。」〔註41〕又如《葵花向陽紅心向黨》寫道：「『九大』主席團秘書處的新聞公報裏說，大會一致通過的新黨章明確規定林副主席是毛主席的接班人。我們聽了高興得流下了熱淚，一遍又一遍地高呼：毛主席萬歲！毛主席萬萬歲！」〔註42〕可見，黨的新聞媒體深陷於「以階級鬥爭為綱」的錯誤泥淖中，淪為林彪集團篡黨奪權的工具。第 3、4 版分別報導韶山、井岡山、遵義、延安、西柏坡和首都軍民慶祝公報發表的集會遊行活動。

　　四月十四日新聞公報發表後的新聞宣傳工作同之前一樣節奏緊湊、聲勢浩大。從 17 日起，報導重心從慶祝活動向革命、生產運動轉移。這天頭版再次刊登珍寶島邊防軍民對公報的反響，「隨時準備痛擊蘇修新沙皇的武裝侵犯，用奪取新的更大勝利的實際行動慶祝九大」。〔註43〕18 日，頭版報導全國掀起活學活用毛澤東思想群眾運動和抓革命、促生產、促工作、促戰備的新高

〔註39〕《全國億萬軍民熱烈歡呼「九大」通過林彪同志政治報告和新黨章》，《人民日報》1969 年 4 月 16 日第 1 版。

〔註40〕丁晉清：《九大將「左」傾錯誤理論和實踐合法化》，《新快報》2007 年 10 月 13 日第 A05 版。

〔註41〕《林彪同志作毛主席的接班人是全國人民的意願》，《人民日報》1969 年 4 月 16 日，第 2 版。

〔註42〕《葵花向陽紅心向黨》，《人民日報》1969 年 4 月 16 日，第 2 版。

〔註43〕《緊跟毛主席，奪取新的更大勝利！——珍寶島地區軍民熱烈歡呼『九大』新聞公報發表》，《人民日報》1969 年 4 月 17 日，第 1 版。

潮，第 2 版則具體展現九大鼓舞下工農牧業的革命、生產實踐，既有吉林、山東、杭嘉湖地區、關中平原貧下中農和革命幹部開展春耕任務，又有江西、江蘇發展化肥等工業支持春耕，還有新疆、內蒙古人民接羔育幼保畜。19 日延續這一宣傳走向，報導北京二七機車車輛工廠升為先進單位、柳州鐵路局都勻分局革委會成立、多地革委會大辦毛澤東思想學習班、人民解放軍鐵道兵部隊生產捷報頻傳等獻禮九大的實際行動。

海外媒體也持續關注中共九大。如牙買加《團結報》發表文章稱中共九大是對牙買加人民爭取民族解放的「新的巨大激勵和鼓舞」。〔註44〕法國《紅色人道報》充分肯定九大確立的所謂理論立場、政治路線、組織結構，認為中國共產黨將成為「毛澤東思想時代、即帝國主義在全世界走向最後崩潰的時代的第一個偉大的黨」。〔註45〕印度《解放》月刊則在賀詞中表示九大「無疑將鞏固震撼世界的無產階級文化革命的歷史成果」，進而鼓舞世界人民的反帝反修鬥爭。〔註46〕

4 月 24 日，中共九大主席團秘書處第三次新聞公報（以下簡稱「閉幕新聞公報」）向全國人民宣布大會勝利閉幕的消息。公報發表了大會第三項議程成果，即選舉出由 170 名中央委員和 109 名候補委員組成的第九屆中央委員會。公報以較大篇幅強調本屆中央委員會的選舉過程「充分體現了黨的民主集中制和群眾路線」，委員會組成呈現出「空前的朝氣蓬勃，空前的革命團結」。事實上，其中原八屆中央委員和候補委員僅 53 人，許多久經考驗、功德兼備的老一輩無產階級革命家被排斥在外，而林彪、江青集團的主要成員幾乎全部入選，組織上的嚴重不純為日後數年的國之浩劫埋下伏筆。〔註47〕公報提出大會閉幕後全黨、全軍和全國各族人民的主要任務，一是在全國範圍內進一步開展活學活用毛澤東思想的群眾運動，學習毛澤東在大會期間的講話、九大政治報告、九大黨章等；二是繼續鞏固和加強無產階級專政，「把上層建築包括教育、文藝、新聞、衛生等各個文化領域中的革命進行到底」，在全國範圍內完

〔註44〕《牙買加「爭取民族解放青年力量」機關刊物〈團結報〉熱烈歡呼我黨「九大」》，《人民日報》1969 年 4 月 19 日，第 5 版。

〔註45〕《法國〈紅色人道報〉發表文章祝賀我黨「九大」召開》，《人民日報》1969 年 4 月 24 日，第 5 版。

〔註46〕《印度〈解放〉月刊編輯部發表賀詞祝我黨「九大」隆重召開》，《人民日報》1969 年 4 月 24 日，第 5 版。

〔註47〕李忠傑：《領航：從一大到十九大》，北京：人民出版社，2017 年，第 219 頁。

成鬥、批、改的各項任務。在「偉大的領袖毛主席萬歲！萬歲！萬萬歲！」的
歡呼聲中，中共九大閉幕了。〔註48〕

第三節　中共九大閉幕後的新聞宣傳

　　大會閉幕了，但歡呼聲久久不息，閉幕後的新聞宣傳首先以全國軍民的歡
慶活動和對毛澤東為首的新中央委員會的擁護為主題。4 月 25 日，《人民日
報》發表閉幕新聞公報和第九屆中央委員會委員和候補委員名單，並報導首都
軍民連夜舉行盛大慶祝集會和遊行，包括新聞在內上層建築各個領域的工人
反覆收聽公報並進行座談討論和學習，以表示對大會閉幕的熱烈祝賀和對以
毛主席為首林副主席為副的新中央委員會的衷心擁護。26 日，頭版報導首都、
上海、毛澤東家鄉韶山、革命老根據地井岡山、少數民族聚居區等全國各地億
萬軍民開展盛況空前的各項慶祝活動，並宣布由中央新聞紀錄電影製片廠和
中國人民解放軍八一電影製片廠攝制的彩色文獻紀錄影片《中國共產黨第九
次全國代表大會在北京隆重開幕》今起在北京和全國各地陸續上映。第 2 版刊
登工人、貧下中農、人民解放軍指戰員、紅衛兵、革命幹部和革命知識分子的
賀文，在歡呼九大勝利閉幕的同時極盡讚美毛澤東的偉大貢獻，如八三四一部
隊支左人員《在偉大領袖毛主席領導下奪取更大勝利》以「毛主席啊！」開頭
形成四個排比段，盡顯「無限忠於您的革命戰士」對革命領袖的歌頌。〔註49〕
第 3 版整版刊登長文報導首都軍民歡慶九大閉幕的盛況，第 4 版則聚焦人民
解放軍和上海人民的反響，與頭版形成呼應。第 6 版進一步將視野拓展至海
外，亞非國家的友人和報刊對九大勝利表示祝賀，如尼泊爾《祖國週刊》發表
評論稱九大「充分證明了中國人民對毛澤東思想的無限的信仰」。〔註50〕27
日，特闢專題「在毛澤東思想的偉大紅旗下奮勇前進——喜看彩色文獻紀錄
影片《中國共產黨第九次全國代表大會在北京隆重開幕》」，集中刊登對前一日
報導的彩色文獻紀錄影片《中國共產黨第九次全國代表大會在北京隆重開幕》

〔註48〕　《中國共產黨第九次全國代表大會主席團秘書處新聞公報》，《人民日報》1969
　　　　　年 4 月 25 日第 2、3 版。
〔註49〕　《在偉大領袖毛主席領導下奪取更大勝利》，《人民日報》1969 年 4 月 26 日第
　　　　　2 版。
〔註50〕　《亞非朋友和報刊熱烈祝賀我黨第九次全國代表大會》，《人民日報》1969 年
　　　　　4 月 26 日，第 6 版。

的觀後感。然而，這些所謂觀後感大多脫離對影片本身內容和質量的評價，而成為向毛澤東抒發崇拜之情的載體。如《永遠忠於您》寫道：「從影片中，我又一次幸福地看到了我們最敬愛的偉大領袖毛主席，並且聽到了毛主席的親切聲音……我忘記了自己是在看電影，一個勁地和代表們一起鼓掌歡呼，特別是聽到毛主席在主席臺莊嚴宣布『中國共產黨第九次全國代表大會現在開始』的偉大聲音時，我激動得熱淚盈眶，一遍又一遍地歡呼：『毛主席萬歲！毛主席萬萬歲！』」〔註51〕

　　從 27 日起，新聞宣傳重心逐漸傾嚮於學習宣傳貫徹中共九大重要文獻。九大新聞公報成為學習資料之一，在宏觀要求上，北京市革委員明確「把這個學習當作今後一個相當長時期的中心任務」，上海市革委會發出關於認真學習九大文獻的通知，提出把學習「同革命大批判結合起來，同總結經驗、落實黨的各項政策結合起來，同掀起『抓革命，促生產，促工作，促戰備』的新高潮結合起來，同加強調查研究、改進工作作風結合起來」；在學習方法上，各地迅速舉辦學習九大新聞公報的毛澤東思想學習班，井岡山地區寧岡縣革委會常委和各公社革委會主任還帶著公報步行至毛澤東當年居住或召開會議的革命聖地，請當地革命老人講述毛澤東的偉大革命實踐；在宣傳範圍上，吉林省各級革委會深入工人、農村、學校、機關、街道，即便是交通不便的偏僻地區也有由人民解放軍指戰員組成的毛澤東思想宣傳隊跋山涉水前往宣傳。〔註52〕28 日，《人民日報》第 1 至 5 版全文發表九大政治報告。29 日，第 2 版整版刊登九大黨章。第 3 版公布九屆一中全會新聞公報，全會選舉出中央領導機構，毛澤東任中央委員會主席，林彪任副主席。該公報下方報導全國人民就九大政治報告開展廣泛深入的學習和宣傳活動，這進一步體現在第 5 版集中刊登的數篇學習心得中，其中撫順紅星煤礦革委會制訂了具體措施：革委會成員深入各車間宣傳報告；舉辦各種類型的毛澤東思想學習班，掀起活學活用毛澤東思想群眾運動新高潮；召開群眾性的落實政策講用會；革委會和各車間領導幹部召開群眾講評會，講評落實政策的經驗和問題。〔註53〕30 日，頭版右下角刊登《紅旗》1969 年第 5 期目錄節選，該期雜誌收錄了《在中國共產黨第

〔註51〕《永遠忠於您》，《人民日報》1969 年 4 月 27 日，第 4 版。
〔註52〕全國人民認真學習黨的「九大」新聞公報》，《人民日報》1969 年 4 月 27 日，第 1 版。
〔註53〕《落實毛主席的各項政策搞好鬥批改》，《人民日報》1969 年 4 月 29 日第 5 版。

九次全國代表大會上的報告》《中國共產黨章程》《中國共產黨第九次全國代表大會主席團秘書處新聞公報》（包括 1969 年 4 月 1 日、14 日、24 日共三期）《中國共產黨第九屆中央委員會第一次全體會議新聞公報》等九大文獻，是學習會議路線及精神的重要資料。《人民日報》還發表西柏坡大隊學習九大政治報告和北京化工三廠學習九大黨章的座談紀要，為各地開展學習宣傳實踐提供借鑒。第 6 版刊登海地勞動黨馬列主義宣傳組《海地紅色郵報》的賀信，信中指出毛澤東思想「正在全世界廣泛深入地傳播」。〔註 54〕

　　1969 年「五一」國際勞動節是中共九大閉幕後的第一個重大節日，這成為新聞宣傳的契機。5 月 2 日，《人民日報》報導毛澤東、林彪同九大代表及首都軍民共度「五一」，並指出首都學習宣傳九大精神的群眾運動在「五一」慶祝活動中達到新高潮，如在慶祝會、聯歡會、遊園會上表演歌頌九大的革命文藝節目，大辦學習九大文獻的各類毛澤東思想學習班、講用會和報告會等。還選摘阿爾巴尼亞《人民之聲報》為慶祝「五一」發表的文章，文中說：「中國人民是在中國共產黨第九次全國代表大會的極其重要的決定激起的充滿革命熱情和樂觀主義的大好氣氛中慶祝『五一』節的。」〔註 55〕3 日，頭版報導全國各地在「五一」慶祝活動中熱烈歡呼九大勝利，更加廣泛深入地學習和宣傳九大重要文獻，並掀起將九大精神落實於行動的熱潮。第 2 版與之呼應，報導廣大工農群眾在九大鼓舞下抓革命促生產的實際成果，如廣州市工交戰線工人在九大期間完成 1000 項技術革命，其中不少項目達到國內外先進水平。〔註 56〕值得一提的是，第 6 版轉載日本東方通訊社報導，報導稱日本東京慶祝「五一」的集會中有群眾舉著「中國共產黨第九次全國代表大會勝利萬歲」標語牌。〔註 57〕

　　此後，中共九大的新聞宣傳響應大會閉幕式提出的任務，主要包括以下兩方面內容：一是全國乃至全世界廣泛深入學習宣傳大會重要文獻，二是我國廣大軍民以鬥、批、改的實際行動貫徹落實大會精神。5 月 4 日，《人民日報》詳細報導首都工人階級和革命群眾廣泛開展學習宣傳落實九大精神活動的

〔註 54〕　《海地勞動黨馬列主義宣傳組〈海地紅色郵報〉熱烈祝賀我黨『九大』》，《人民日報》1969 年 4 月 30 日第 6 版。
〔註 55〕　《阿〈人民之聲報〉發表文章慶祝『五一』國際勞動節》，《人民日報》1969 年 5 月 2 日第 6 版。
〔註 56〕　《廣州工交戰線技術革命技術革新群眾運動蓬勃開展》，《人民日報》1969 年 5 月 3 日第 2 版。
〔註 57〕　《日本工人學生集會慶祝『五一』國際勞動節》，《人民日報》1969 年 5 月 3 日第 6 版。

熱潮。第 5 版報導泰國「人民之聲」電臺高度評價九大政治報告給全世界無產階級和革命人民增添了「革命鬥爭的思想武器」，〔註 58〕多位日本進步人士也紛紛表示要深入學習和廣泛宣傳九大政治報告的偉大意義，並以該報告為武器推動日本的革命鬥爭。〔註 59〕5 日，報導人民解放軍各級黨組織和黨員認真學習九大黨章。6 日，頭版轉載《紅旗》1969 年第 5 期文章《為落實毛主席的無產階級政策而鬥爭》，文章重點論述毛澤東的無產階級政策，並表示「我們正在認真學習毛主席的最新指示，認真學習林副主席的政治報告，認真學習中國共產黨章程，決心為實現『九大』提出的各項戰鬥任務而奮鬥」。〔註 60〕第 2 版報導上海掀起群眾性學習九大精神熱潮。第 3 版為「社會主義大學應當如何辦？」專題，駐北京鋼鐵學院和駐河北醫學院工人、解放軍毛澤東思想宣傳隊均表示應徹底批判反革命修正主義教育路線，以響應繼續進行上層建築領域中的革命的號召。第 4 版報導天津市知識青年上山下鄉運動在九大的鼓舞下蓬勃發展，九大召開以來下鄉的有一萬三千多人。7 日，頭版轉載《紅旗》1969 年第 5 期文章《「國際專政論」是社會帝國主義的強盜「理論」》，開頭即指出九大政治報告「尖銳地揭露了蘇修叛徒集團『國際專政論』的社會帝國主義本質」。〔註 61〕第 4 版匯總某國產抗菌素試製成功、火車車輪輪箍廠提前超額完成生產計劃、馬鞍山鋼鐵公司革命生產形勢大好三則報導，作為革命工人響應「在全國取得更大的勝利」號召的表現。第 5 版彙集海外輿論，一位日本進步學生稱必須深入學習九大政治報告並向群眾廣泛宣傳，使之成為日本人民戰鬥的思想武器。〔註 62〕8 日，摘錄澳大利亞共產黨聲明，聲明中指出澳大利亞工人階級認真學習九大的新聞公報、政治報告和黨章，並評價政治報告是對馬克思列寧主義和毛澤東思想「光輝的系統的闡述和運用」。〔註 63〕9 日，

〔註 58〕《「泰國人民之聲」電臺熱烈歡呼林副主席的政治報告》，《人民日報》1969 年 5 月 4 日第 5 版。

〔註 59〕《日本進步朋友熱烈歡呼林副主席的政治報告》，《人民日報》1969 年 5 月 4 日第 5 版。

〔註 60〕《為落實毛主席的無產階級政策而鬥爭》，《人民日報》1969 年 5 月 6 日第 1 版。

〔註 61〕宮均平：《「國際專政論」是社會帝國主義的強盜「理論」》，《人民日報》1969 年 5 月 7 日第 1 版。

〔註 62〕《日本工人、學生和友好人士祝賀我黨「九大」勝利閉幕》，《人民日報》1969 年 5 月 7 日第 5 版。

〔註 63〕《澳共（馬克思列寧主義）發表聲明歡呼我黨「九大」的偉大勝利》，《人民日報》1969 年 5 月 8 日第 6 版。

頭版報導北京北郊木材廠革委會多次開門整風推動全廠清理階級隊伍和整黨建黨工作取得顯著成效。第 3 版報導江蘇省各級黨委會把帶領革命群眾學習九大文獻作為中心任務，並通過開展貫徹九大精神的群眾運動來帶動工農業生產水平提升。10 日，第 2 版以「認真學習『九大』文獻．堅決貫徹『九大』精神」為置頂標語，集中報導遼寧撫順紅旗煤礦各級革委會、陝西國營東方機械廠革委會、吉林通化耐火材料廠革委會、上海川沙縣革委會及工宣隊、軍宣隊學習宣傳九大文獻的實踐活動和經驗，如川沙縣將學習九大文獻與學習黨史、村史、家史相結合，與鬥私批修相結合。〔註 64〕第 5 版轉載日本東方通訊社報導，報導稱日本進步人士連日舉行集會歡呼九大政治報告和黨章，北海道札幌市友人還多次舉辦討論會學習九大文件。〔註 65〕11 日第 2 版同為學習九大文獻專版，集納汨羅縣汨羅公社、北京製藥廠、河南羅山縣、西安市第二十中學等地學習九大精神的活動。該專版再度出現於 13 日頭版，報導人民解放軍指戰員和江西九江地區革命群眾掀起學習九大文獻和活學活用毛澤東思想高潮，營造出軍民同心、一致擁護會議路線的良好氛圍。14 日，頭版報導鞍鋼各級革委會舉辦以學習九大文獻為中心內容的各類毛澤東思想學習班，鞍鋼工人在學習九大文獻熱潮的鼓舞下取得鋼鐵生產優異成績。在第 3 版中，華東師大工人毛澤東思想宣傳隊教育革命組就「社會主義大學應當如何辦」這一問題表示堅決響應九大關於推進文教戰線革命的號召，建立「為無產階級政治服務的嶄新的無產階級教育」，並指出「清理階級隊伍工作是教育革命的一個重要組成部分」。〔註 66〕第 4 版報導珍寶島邊防部隊深入學習九大新聞公報、以毛澤東思想統帥反修鬥爭。15 日，發表西藏翻身農奴黨員學習九大黨章座談會紀要，報導駐北京科學教育電影製片廠工人、解放軍毛澤東思想宣傳隊及河北省大廠回族自治縣祁各莊公社八百戶大隊學習九大文獻的實踐經驗。16 日，頭版公布繼《中國共產黨第九次全國代表大會在北京隆重開幕》後又一部彩色文獻紀錄影片《中國共產黨第九次全國代表大會四月十四日舉行全體會議》上映的消息。與上一部影片的宣傳策略類似，17 日第 3 版和 19 日第 4 版特闢「在毛澤東思想偉大紅旗下團結起來，爭取更大的勝利！──喜看彩色文

〔註 64〕　《川沙縣革委會和工宣隊、軍宣隊克服一般化領導．深入基層帶領群眾學好『九大』文獻》，《人民日報》1969 年 5 月 10 日第 2 版。

〔註 65〕　《日本工人和進步人士連日集會熱烈歡呼林副主席政治報告和我黨新黨章》，《人民日報》1969 年 5 月 10 日第 5 版。

〔註 66〕　《把教育戰線的革命進行到底》，《人民日報》1969 年 5 月 14 日第 3 版。

獻紀錄影片《中國共產黨第九次全國代表大會四月十四日舉行全體會議》」專欄，集納《團結就是力量·團結就是勝利》《堅持團結·堅持革命》《偉大的團結》《眾志成城》《緊密地團結起來，把革命進行到底》《團結是革命的需要》等數篇觀後感，這些觀後感仍然洋溢著對毛澤東的無限擁戴，此外還顯示出全黨、全軍、全國人民團結一致、爭取勝利的決心，正如四月十四日新聞公報所言，中共九大「是一個團結的大會，勝利的大會，是一個奪取全國更大勝利的誓師大會」。

　　然而，由於中共九是在「無產階級專政下繼續革命」的錯誤理論指導下召開的一次大會，所謂「團結」「勝利」實質上是「左」傾錯誤在思想上、政治上、組織上的全面系統發展，中共九大同「文革」一樣「不是也不可能是任何意義上的革命或社會進步」。〔註67〕對於這場在特殊歷史條件下召開的帶有特殊性質的大會，其新聞宣傳無可避免地為適應「以階級鬥爭為綱」的需要而服務，淪為助長「左」傾錯誤和極端個人崇拜的工具。作為國之災難的產物，中共九大的新聞宣傳既是受害者，反映出「文革」對我國新聞事業的嚴重破壞；同時也是幫兇，其所謂宣傳效果只可能是進一步擴大「文革」對黨和國家發展消極影響的惡果。

〔註67〕胡柏：《特殊歷史時期召開的錯誤的大會──中共九大》，《黨史縱覽》，2011 年第 7 期，第 4～8 頁。

第十章 歧路坎坷：中共十大的新聞宣傳〔註1〕

　　1973 年 8 月 24 日，中國共產黨第十次代表大會在北京召開，至同年 8 月 28 日結束，出席大會的代表有一千二百四十九位，代表著全國兩千八百萬位黨員。8 月 30 日，中國共產黨第十屆中央委員會舉行第一次全體會議。中共十大是在倉促和草率中召開的，提前了一年。按照九大的黨章，中共十大應該在 1974 年召開，但是在 1973 年的「九一三」事件以及黨的批林整風運動的進行中，中共中央的副主席是空缺的，並且中央政治局委員中有一些也是屬於林彪集團的，是被打擊的對象，這些成員都需要緊急進行調整。此外，以林彪為首的反革命集團覆滅之後，由周恩來負責中央日常工作，在 1972 年和 1973 年間，全國的形勢逐漸好轉，於是決定召開第十次全國代表大會。黨的十大還是在延續中共九大的「左」傾錯誤，但也有一些積極的轉變，十大的報告中依舊肯定黨的九大路線，指出社會主義中將會長期存在著兩條路線的鬥爭，會出現十次、二十次甚至三十次。〔註2〕實踐證明，這些論斷都是完全錯誤的。但報告中對於林彪反革命集團的批判有一定的正確性，指出林彪是以極「左」的面貌出現，進行著反革命活動的兩面派。

　　目前，學界中關於「中國共產黨十大」的研究相對較少。在「CNKI——中國期刊全文數據庫」中以「中共十大」為篇名，只檢索到四篇論文，主要是對十大錯失歷史機遇以及中央軍委的組成問題進行探析，研究數量如此之少，

〔註1〕劉欣欣、鄧紹根：《歧路坎坷：中共十大的新聞宣傳》，未曾公開發表。
〔註2〕陳平：山重水複：中國共產黨第十次全國代表大會〔M〕，石家莊：河北人民出版社，2012：139。

當然與其召開時間的特殊性有關。從新聞宣傳的角度去分析中共十大的文章更是少之又少，所以本文擬從新聞宣傳的視野出發進行分析，介紹在中國十大召開之前相關的新聞宣傳情況、中共十大召開期間媒體的宣傳和報導以及中共十大閉幕之後媒體對大會精神的新聞宣傳，在媒體的相關報導中主要分析《人民日報》以及《光明日報》所發布的文章，二者都是很重要的黨中央報紙並且數據庫資源豐富，這些分析對於理解中共十大的相關問題一定程度上具有重要的價值和創新性。

第一節　迎來轉機：中共十大籌備階段的新聞宣傳

　　1966 年 5 月「文化大革命」爆發，此後全國局勢緊張發展。1967 年 5 月 18 日以及 6 月 11 日，《紅旗》《人民日報》等雜誌報刊都相繼發表一系列文章，提出「無產階級專政下繼續革命的理論」，也就是「繼續革命」理論。〔註3〕這個理論是「文革」時期的指導思想，在黨的九大以及十大的政治報告以及黨章中都有記載。1968 年 9 月 7 日，《人民日報》發表了《無產階級文化大革命的全面勝利萬歲》的文章，介紹當前是全國山河一片紅的壯麗景象，積極的宣傳要實現「文化大革命」的偉大勝利，表示這個是一件非常正確並且值得全國人民開心的大好事。〔註4〕

　　1969 年 4 月 1 日，中共九大在北京舉行，被籠罩在「左」傾錯誤中。九大上，毛澤東任大會主席團的主席，林彪任副主席並向大會作了政治報告，周恩來任秘書長。九大的政治報告中堅決肯定「繼續革命」的理論，並將其放在了更高的層面上，指出目前的基本路線主要是進行階級鬥爭。此外，在第九屆中央委員會選舉中，林彪以及江青反革命集團的重要骨幹人員進入了中央委員會，但很多優秀的老一代幹部們卻被排除。

　　1970 年 8 月 29 日的中共九屆二中全會中，林彪集團企圖進行奪權，但沒有實現。在會議之後，黨中央和毛澤東通過多種方式對林彪集團進行批評教育以及權勢的削弱。這個時候林彪集團在黨中央的勢力逐漸變弱，但是江青反革命集團的勢力卻並沒有減弱，反而不斷在壯大。1970 年 11 月 6 日，經過毛澤東的批准，中共中央作出了《關於成立中央組織宣傳組的決定》，在陳伯達等

〔註 3〕陳平：山重水複：中國共產黨第十次全國代表大會〔M〕，石家莊：河北人民
　　　　出版社，2012：423～424。
〔註 4〕《無產階級文化大革命的全面勝利萬歲》〔N〕，人民日報，1968-09-07（001）。

人倒臺之後，原有的中共中央宣傳部被撤銷，中共中央政治研究室的相關事務沒有相應部門以及人員負責，設立中央組織宣傳組可以解決這些問題，這一點在決定的第六條中也可以體現。但是這個機構卻是在「四人幫」的控制之下，是文革後期他們掌控組織以及宣傳權力的機構。

《關於成立中央組織宣傳組的決定》共有六條，其中第一條表明了設立的目的，為了目前黨正在進行的組織宣傳工作，進行統一的管理，決定設立中央組織宣傳組。中央宣傳組的權力很大，在第三條和第四條中可以很明顯地體現出，掌管著重要的媒體資源，中央黨校、人民日報、新聞總社、人民日報、光明日報、紅旗雜誌以及中央組織部、中央編譯局和中央廣播事業局的工作都是他們負責管理的；此外，各級工會、共青團以及全國婦聯等中央一級的機構以及五·七幹校都是由中央組織宣傳組負責。〔註5〕

在關於中央組織宣傳組的人員構成上，第二條明確規定，組長是康生，組員主要有江青、張春橋、姚文元、紀登奎、李德生。宣傳組人員的構成上除了李德生之外，大部分都是以江青為代表的反革命集團的重要人員。江青、張春橋以及姚文元正是「四人幫」的成員，康生從九屆二中全會之後因病基本不參與工作，而李德生因不是江青團隊的，後來被解除了在北京的工作，固中央組織宣傳組的權力實際上都是在「四人幫」的成員手上。

1970 年 8 月的九屆二中全會以及「九一三事件」是文革的重要轉折點，在客觀上表示了「文化大革命」理論和實踐上的失敗，這為結束這些錯誤提供了一個很好的轉機。〔註6〕中共十大是在林彪反革命集團覆滅之後，由周恩來主持中央日常工作，全國各方面的工作有了好轉的形勢下召開的。周恩來主持中央日常工作期間，積極利用新聞媒體進行宣傳，進行對極左思潮的批判，一定程度上修正了文革中的一些錯誤。

在此期間，周恩來在批評林彪等人罪行的同時，加強對於極「左」思潮的批評，並且是把批評極「左」思潮放在一個非常重要的位置，試圖消除其影響。此外，他還將批評「左」思潮與黨的幹部政策、經濟政策以及文藝教育政策相結合。

〔註5〕中共中央關於成立中央組織宣傳組的決定〔EB/OL〕，〔1970-11-06〕，中國文化大革命文庫，https://web.archive.org/web/20200210020148/，http://ccradb.appspot.com/issuer/8。

〔註6〕中共中央黨史研究室：光輝歷程——從一大到十五大〔M〕，北京：中共黨史出版社，1998：217～218。

　　1972年，根據周恩來的指示，《人民日報》發表了三篇批判極「左」思潮的文章，比如《無政府主義是假馬克思主義騙子的反革命工具》〔註7〕在《光明日報》中搜索1972年帶有批判極「左」思潮的文章共有六十七篇，雖然大部分的文章中依舊是秉持著「繼續革命」的指導思想，但也意識到了需要批判極「左」思潮，這是很珍貴的。但可惜的是在1973年搜索《光明日報》中關於批判極「左」思潮的文章寥寥無幾。

　　在黨的幹部政策上，《人民日報》在1972年4月24日發表《懲前毖後，治病救人》的社論，強調老幹部是經過了長期的革命鬥爭鍛鍊的，是中共的寶貴財富，應該要珍惜和重用優秀的老幹部，對待老幹部，要去看他們全部的歷史和全部的工作，不要局限於其一時一事。〔註8〕於是，一些多年未曾出現在政治舞臺的老幹部也得以重新出現在重要崗位上。尤其值得注意的是，1973年3月10日，黨中央作出決定，恢復了鄧小平國務院副總理的職務。此外，一批專家、學者、教授也得以重新回到工作崗位，大家都盡其所能，在艱難中為社會主義的發展做出自己的努力。

　　經濟政策上，相關的經濟部門也根據周恩來的意見提出了相應的整頓企業以及促進經濟發展的具體措施；文化教育方面，在1971年的全國教育工作會議上，江青等人提出了所謂的「兩個估計」，這對於教育方面的發展帶來了巨大的危害。對此，周恩來在主持日常工作時期提出基礎的理論教學和研究應該要被重視和加強。周恩來指示和支持了北京大學的周培源在這方面發表了文章，《對綜合大學理科教育革命的一些看法》發表在《光明日報》上，強調學校要做好基礎理論課的教學，尤其是綜合大學的理科更要重視基本理論的研究。〔註9〕。《人民日報》也發表了《分清路線是非·狠抓教學質量》的文章，介紹了河北省懷來縣沙城中學在教學改革方面的經驗。這一系列的新聞宣傳報導在一定程度上反映了當時廣大群眾迫切的願望。

　　這些措施迎來了一片向好的局面，但是這樣的轉機是短暫的。以江青為首的反革命集團對《人民日報》以及《光明日報》中所發表的批判極「左」思潮的相關文章進行批評，並且還指令上海的《文匯報》發表文章攻擊周培源關於

〔註7〕陳平：山重水複：中國共產黨第十次全國代表大會〔M〕，石家莊：河北人民
　　　　出版社，2012：394～395。
〔註8〕柳建輝：輝煌之路：中國共產黨全國代表大會一大至十九大〔M〕，北京：新
　　　　華出版社，2022：456。
〔註9〕《對綜合大學理科教育革命的一些看法》〔N〕，光明日報，1972-10-06（001）。

重視基礎理論的正確意見。〔註10〕1973 年底江青等人發動了「反右傾回潮」運動，指責周恩來所採取的積極措施是「復辟回潮」，將 1972 年到 1973 年初步恢復的工作打斷。

　　此時，江青等人對於周恩來等一批優秀領導幹部在極「左」思潮的批判發起了猛烈的攻擊。如果能夠正確支持周恩來等人的積極糾正措施，或許這個轉機能夠持續下去，挽救犯過的錯誤，但是毛澤東卻錯誤地支持了江青等人的主張，在他心中，如果繼續批判極「左」思潮，他所倡導的「文化大革命」將會被否定，這是與他的意願不符的。所以他表示，林彪集團並不是極「左」而是極右，做出了錯誤的決斷，使得周恩來等人挽救極「左」錯誤的努力被中止。1973 年 7 月 4 日，毛澤東與王洪文和張春橋進行談話，在這個談話中對周恩來等人進行了批評，認為他們不去討論重大問題，而是沉浸於報送小事之中，這是不正確的，這將會走上修正主義的道路。值得注意的是，此次談話中的批判話語後面也寫進了中共十大的政治報告之中。〔註11〕

第二節　倉促召開：中共十大新聞宣傳的討論與決議

　　在周恩來主持中央日常工作期間，全國的形勢逐漸好轉，在這樣的背景下，中共十大召開了。但中共十大的召開並沒有嚴格遵循一定的程序規範，是倉促中召開的。

　　中國共產黨的第十次全國代表大會的召開按理說是非常嚴肅的政治大事，是需要各種嚴格規範的程序來選舉大會的代表，但是黨十大的代表選舉非常草率，所有的代表都是由「民主協商」選出來的；並且，按照正常的工作流程，需要去召開九屆三中全會來籌備和中共十大相關的一些工作，但是九屆三中全會並沒有召開，而是被取消了。只是在 1973 年 5 月 20 日召開了中央工作會議進行黨十大的相關籌備工作，在這次會議上，張春橋、姚文元以及王洪文負責起草了十大中的政治報告以及黨章的修改等，8 月 12 日開始，黨十大的代表按照地區單位等進行預備會議，只是對於文件草稿上的文字措辭提出了一些修改意見，整體都是認可堅持文革「左」傾錯誤基調的三份文件草稿。

〔註10〕陳平：山重水複：中國共產黨第十次全國代表大會〔M〕，石家莊：河北人民
　　　　出版社，2012：59。
〔註11〕陳平：山重水複：中國共產黨第十次全國代表大會〔M〕，石家莊：河北人民
　　　　出版社，2012：395～396。

8 月 20 日中央政治局批准發布了公布林彪反革命極端罪行的一個審查報告，從 20 日到 23 日，王洪文主導會議，通過了十大主席團名單以及第十屆中央委員會候選人名單的草案。從 5 月到 8 月，僅僅三個月的時間，在這樣短暫的時間裏去完成各種複雜的準備工作，必然會很草率。並且更為嚴重的是，對於林彪等人的反革命活動還並沒有查清楚，就匆忙召開重要的黨代表大會，存在著各種問題，尤其是和林彪集團相勾結的江青、王洪文、張春橋、姚文元等人還積極活躍在政治舞臺上，並且掌控著大權，由他們去負責起草文件以及修改黨章，確定中央政治局的人員以及主持大會等工作，相應的召開的十大也必然充滿著錯誤和問題。

　　倉促和草率中召開的中共十大存在著很多問題和錯誤。1973 年 8 月 24 日，中國共產黨第十屆代表大會在北京舉行。一千二百四十九名代表參加了會議，代表著全國兩千八百萬黨員。在 8 月 24 日舉行第一次的全體會議，選舉出由一百四十八名代表組成的主席團，毛澤東依舊是擔任主席團的主席，值得注意的是「四人幫」中的王洪文擔任了副主席、張春橋擔任了主席團的秘書長。大會首先由周恩來宣讀政治報告，這個報告主要是張春橋執筆，毛澤東也指導了報告的起草工作。政治報告中堅持延續了黨九大中錯誤的組織以及政治路線，肯定階級鬥爭；大會第二項是關於黨章的修改，王洪文對此進行報告，因為九大的章程中一部分是關於林彪的內容，於是十大進行了修改，但除刪除和林彪相關的內容外，依舊是延續九大黨章中各種錯誤的規定，並且更加突出文革的重要價值，以及發展了「左」傾錯誤，如堅持將批修作為黨加強思想建設的長期任務、肯定「反潮流」的重要性，這個黨章總綱的基本內容都是錯誤的；再者是《關於林彪反黨集團反革命罪行的審查報告》，這個報告主要就是對林彪集團進行處理，但可惜的是沒有將其徹底查清，沒有看到林彪集團與江青等人的勾結。

　　8 月 30 日，中國共產黨第十屆中央委員會舉行第一次全體會議。新華社以及《人民日報》都對此進行了記錄宣傳。在這一次的全體會議當中，值得注意的是以江青為代表的「四人幫」反革命集團都是中央政治局的重要成員，他們在其中相互勾結，推行自己的反革命運動。王洪文還是中央委員會的副主席，位置僅位於周恩來後面，江青和張春橋也是中央政治局委員的重要成員，此外，張春橋還是中央政治局常務委員會的委員。〔註12〕

〔註12〕《中國共產黨第十屆中央委員會第一次全體會議新聞公報》〔N〕，人民日報，1973-08-31（001）。

正如前面所介紹的，倉促召開的中共十大通過的一些決議都是非常草率並且錯誤的，大部分都是延續了中共九大的一些錯誤方針和政策。在關於新聞宣傳方面的規定並沒有新的決議出現，還是延續九大錯誤的方針，新聞宣傳體系的建設在「文革」期間同樣遭到破壞，宣傳大權都被反革命集團的人員掌控著。此外，值得注意的是，中共十大召開期間的各個媒體的報導宣傳並沒有像之前正確的中共八大以及錯誤的中共九大一樣進行聲勢浩大的宣傳，這一方面肯定與十大的倉促召開有關；另一方面，相比於九大時期，人們還對於「文化大革命」中所推進的一些政策持有積極熱烈的態度，但是在十大時期，一部分人已經開始對此表示不滿。所以在關於中共十大會議期間的新聞報導相較之前的大會而言是比較少的，在召開的當天8月24日，《人民日報》《光明日報》等都沒有相關的報導，只有在8月30日的時候，才進行了相關的報導，公布了十大中主席團的名單以及政治局委員和常委的名單，並且進行大量的圖片報導，介紹黨中央的重要領導。

第三節 「批林批孔」：閉幕後全國學習貫徹會議精神的新聞宣傳

中共十大會議召開期間，媒體的宣傳報導和記錄不夠豐富，但是在閉幕之後的宣傳依舊是比較豐富的。《人民日報》《光明日報》等報紙在會議結束的次日的報紙頭版上對中共十大進行報導，公布選舉的重要領導成員名單以及進行系列的圖片報導，《人民日報》8月31日的報導發布相關的閉幕消息，並且發表系列文章表示全國各地響應十大的會議精神，堅持批林整風。

從1973年9月開始到12月底，《人民日報》關於十大的相關報導共有四百八十七篇，《光明日報》中關於十大的相關報導共有三百九十四篇，整體都是比較豐富的，內容上主要集中於介紹各地對於十大精神的貫徹，各個地區、少數民族、婦女、兒童、廣大軍民以及共產黨員對十大精神積極響應，開展批林整風以及批判修正主義等活動。比如《人民日報》在1973年9月10日發表的《繼續把批林整風放在首位》文章中介紹了浙江省三門縣委對於中共十大中文件的學習，採取各種措施積極開展批林整風運動。

如前文所介紹，中共十大路線依舊是錯誤的，所以中共十大閉幕後相關的宣傳也都是在推進其錯誤精神。以《人民日報》《光明日報》等媒體為代表，

積極宣傳批林整風以及批修整風運動，在江青等人的推進下，大肆批判孔孟之道等。1974 年 1 月，在北京召開的一些幹部大會上，江青兩次動員大家進行「批林批孔」，將矛頭對準周恩來、葉劍英等幹部，對周恩來在 1972 年到 1973 年間進行的糾正工作進行猛烈攻擊。「四人幫」反革命集團控制下的寫作人員在報紙上發表大量的文章進行批林批孔。在《人民日報》中以「批孔」為關鍵詞進行搜索，從 1974 年 1 月到 2 月 28 日的時間裏，共有二百二十六篇文章，可見其對於「批孔」的大肆倡導。1974 年以「批林批孔」為關鍵詞搜索，《人民日報》中共發表了兩千八百二十篇文章，在 1974 年的上半年文章主要集中於號召大家參與到批孔的運動中來，大量的宣傳各地響應批孔運動的現狀，各個工廠、幹部甚至學校開展批孔活動；在 1974 年的下半年文章主要集中於介紹「批林批孔」的成果，但大部分的報導都是誇張事實的宣傳報導，比如 1974 年 12 月 30 日《人民日報》發表的《抓批林批孔・促煤炭生產》文章，介紹了鶴壁礦務局在積極貫徹十大精神，努力推進批林批空運動，促使該局提前完成了煤炭生產的計劃。又比如發布的《在批林批孔推動下農業學大寨運動深入發展》中介紹了批林批孔運動下農業的發展，農業學大寨運動深入發展，廣大幹部和社員群眾以「人定勝天」的革命精神，戰勝嚴重自然災害，農業連續實現全面的豐收。〔註 13〕

　　《光明日報》也積極發表了關於「批林批孔」的文章。在 1974 年共發表了兩千零四十六篇文章，大致內容也是類似，前半年積極宣傳各地各部門「批林批孔」的現狀，後半年宣傳「批林批孔」下的一些積極成果，將一些好的成果都和「批林批孔」結合起來進行宣傳。比如說《光明日報》1974 年 12 月 31 日發表的《批林批孔推動衛生革命不斷向前發展》文章中介紹了醫院成功搶救搶救青年女工吳愛菊的事例，認為這個成功的事例離不開「批林批孔」運動，其中提及到病人出院時還在激動說：「是黨和同志們給了我第二次生命，是批林批孔運動使我再生！」〔註 14〕

　　總之，在文革期間召開的中共十大是歧路坎坷的，黨的九大、十大以及十一大都是在錯誤思想的指導下召開的，在這個時期去考察回顧當時的新聞宣傳是有一定的價值的。但此時的新聞宣傳體系被嚴重破壞，宣傳以及組織大權

〔註13〕《在批林批孔推動下農業學大寨運動深入發展》〔Ｎ〕，人民日報，1974-12-30（001）。

〔註14〕《批林批孔推動衛生革命不斷向前發展》〔Ｎ〕，光明日報，1974-12-31（002）。

在文革時期都掌握在反革命集團人員的手中。在中共十大召開之前，社會整體都是籠罩在九大的「左」傾錯誤當中，新聞宣傳整體也都是在積極響應九大的精神，直到九屆二中全會以及九一三事件之後，林彪反革命集團覆滅，急需召開黨的十大來糾正之前的錯誤，並且彌補領導人員的空缺。值得注意的是，在十大召開之前，新聞宣傳方面的一個大的舉措是建立了中央組織宣傳組，可惜的是這樣一個權力很大的機構是被反革命集團掌握在手中，這就使得整體的宣傳生態被破壞，所宣傳推崇的思想也有很多的錯誤和問題。此外，在中共十大召開前，周恩來主持中央日常工作期間全國的形勢有所好轉，在這個時候，周恩來也積極組織相應的媒體進行正確思想的宣傳，大力批判極「左」思潮，讓我們看到了轉機，但可惜的是，以江青為代表的反革命集團針鋒相對，也利用自身的宣傳和組織大權對周恩來等人展開了猛烈攻擊，毛澤東在面對他們的尖銳對立時，錯誤的支持了江青等人，使得轉機被中斷。在中共十大召開時，因為召開的倉促和草率，以及召開前一部分人已經有一些不滿，媒體在十大召開期間的四天並沒有過多的報導，並未像之前正確的八大以及錯誤的九大那樣進行聲勢浩大的宣傳；在中共十大閉幕之後，相關的媒體宣傳還是很豐富，集中於宣傳十大的會議精神，並且以江青為代表積極推進「批林批孔」運動，利用媒體發布一系列的報導，號召開展「批林批孔」。在前期集中於從理念上對孔孟之道進行批判，並且積極宣傳各地各部門對於「批林批孔」運動的現狀，發表多篇的文章介紹其運動推行的高歌猛進；後期主要是集中於介紹「批林批孔」的成果，將一些積極的成果和現象或者通過誇大事實的方法來宣傳「批林批孔」的成就。因此，從新聞宣傳的角度看中共十大，和它本身的政治發展一樣，都是歧路坎坷，存在著各種錯誤；新聞宣傳方面也存在著一些宣傳正確思想的報導，比如在周恩來負責中央日常工作的期間，積極推進《人民日報》《光明日報》等發表批評極「左」思潮的相關文章以及大力推進宣傳正確的經濟文化教育上的發展方向，有一定積極的宣傳成果。